EL TIGRE y la DUQUESA

EL TIGRE y la DUQUESA

JORDI SOLÉ

Editado por HarperCollins Ibérica, S.A.
Núñez de Balboa, 56
28001 Madrid

El Tigre y la Duquesa
© Jordi Solé Comas, 2020
© 2020, para esta edición HarperCollins Ibérica, S.A.

Diseño de cubierta: Manuel Calderón
Imágenes de cubierta: Dreamstime.com y Shutterstock

ISBN: 978-84-9139-435-8
Depósito legal: M-35655-2019

1

Es una de esas mañanas de primeros de junio típicas de Barcelona: tibias, mullidas y neblinosas. Moha empuja el carrito de la limpieza mientras la nariz se le llena del aire cargado de salitre y de libertad que llega desde el otro lado del paseo de Colón. Crecido en la sierra del Atlas, donde la arena siempre será áspera y testaruda, ese olor mitad salado, mitad vegetal es una de las cosas que más le seducen de aquella ciudad que lo ha recibido mejor que a la mayoría de sus compatriotas.

Sí. Moha es un tipo afortunado. En lugar de vivir a salto de mata, vendiendo Nikes y Dolce & Gabanas de imitación, con un ojo puesto en el cliente y el otro en los de la urbana —que nunca sabes cuándo decidirán dejar de hacerse el sueco—, a él le ha tocado en suerte barrer las calles. Y no de cualquier manera, no: equipado con un uniforme de un verde-y-amarillo resplandeciente, unos zapatones con los que podría escalar sin problemas las montañas de su infancia y guantes a juego, que lo salvan de ensuciarse las manos con las delicadezas que debe retirar de la vía pública.

Levantarse cuando todavía es de noche y recorrer Barcelona, limpiando la mierda que otros han esparcido alegremente por doquier, no le parece tan mala cosa. Al contrario: le proporciona un contrato, papeles y la posibilidad de solicitar en breve el reagrupamiento familiar. Con suerte, en pocos meses podrá traer a Fatemeh y al niño, y volverán a estar los tres juntos. Mientras temblaba de frío y de miedo, atravesando el Estrecho a bordo de una patera que amenazaba con capotar en cualquier momento, la aventura europea no le había parecido buena idea. Pero ahora, desde la perspectiva, lo volvería a hacer. Cien veces. Mil. Aunque sabe que le faltó un pelo para quedarse en el fondo de aquel mar, hostil y embravecido, tan diferente del que ahora lame con mansedumbre el muelle que tiene a cuatro pasos.

Como hace todos los días, se esfuerza en dejar presentable la plaza de la Mercè y, a continuación, enfila el callejón del mismo nombre para enfrentarse a la del Duque de Medinaceli; con esas palmeras que le recuerdan tanto a su casa y el estanque circular en el centro, coronado por una estatua que solo se adivina en lo alto de una columna de hierro fundido. Recorre la vía, adoquinada y siempre en penumbra, dejando a un lado el instituto de toxicología forense —un lugar donde no quisiera entrar por nada del mundo—, y el muy *fashion* hotel Soho —adonde le encantaría llevar a Fatemeh algún día, aunque solo fuera para pedir un menú—. El carro se desliza fácilmente por aquellas calles. Aun así, piensa en lo bien que estaría que se lo cambiasen por uno de aquellos que van solos y que hasta tienen recogedor automático. Pero claro, de esas filigranas no hay más que cuatro y están reservadas a quienes se pasean por los barrios finolis de Sarrià y Pedralbes.

A los de Ciutat Vella, la tracción animal de toda la vida.

Sonríe y sacude la cabeza. ¡Qué pronto se acostumbra uno a lo bueno!

El día que aquel Ayuntamiento, tan amistoso con los recién llegados, le confió el carro que empuja habría llorado de alegría. Y pocos meses más tarde ya está soñando con uno que ande solo. Lo que tiene que hacer es concentrarse en hacer su trabajo mejor que nadie, para que no se lo den a otro. Y así, en un año o dos, tal vez hasta pueda arreglarse los dientes. Eso sí que sería grande.

En fin. Si Dios quiere...

Deja pasar un taxi y cruza la calle, casi desierta. El sol no tardará en calentar, pero ahora a la plaza todavía la acaricia la brisa leve que llega desde el mar. La calima lo desdibuja todo y se agarra a cualquier cosa que se mueva por el barrio Gótico.

Coge la escoba con entusiasmo y ataca la arena. Cómo se reirían en su pueblo de esa costumbre europea. ¡Barrer la arena! ¡Qué tontería! Sí, ya. Pero somos nosotros los que tenemos que jugarnos la piel para ir a hacerlo a su casa, ¿no es cierto? Pues no os riais tanto. Igual ellos saben algo que nosotros ignoramos...

Entonces la ve.

Una mujer joven, sentada en un banco. A su lado, una maleta de esas que se llevan en los aviones, de color azul eléctrico. ¿Qué diablos hace allí? Si todavía no están puestas ni las calles. Esperar, claro. Pues él a una belleza como esa no la tendría demasiado rato esperando. Que las europeas no son como sus mujeres y se lo piensan poco a la hora de dejar plantados a sus hombres para correr a buscarse otros. No entiende cómo los hombres de este país se lo consienten. Si él tuviera que pasarse el día pensando en que Fatemeh puede estar besándose con otro ahora mismo no podría soportarlo.

Les envidia muchas cosas. *Muchas*. Pero esa, desde luego, en absoluto.

Las mujeres gozan de demasiada libertad en Europa. Y no paran de pedir más. Y eso no es bueno. Dios lo sabe. Cada uno debe saber estar en el lugar que le corresponde. Si el mundo funciona es, precisamente, gracias a eso.

Moha decide cambiar de trayectoria para no levantar polvo con la escoba y molestarla. La plaza es grande y él puede esperar a barrer aquella parte. Seguro que un coche se detendrá enseguida a recogerla.

En el extremo que da a la fachada del hotel se encuentra con un puñado de latas, tiradas por el suelo. Las recoge sacudiendo la cabeza. ¡Pero si tenían una papelera ahí mismo! ¿Qué les costaba?

Termina de recoger la última cuando una mancha le llama la

atención. Se pone en cuclillas para verla bien. Cuatro gotas de un rojo intenso. ¿Qué es? ¿Pintura? No lo parece. Y no sabe cómo proceder.

El pedazo de escoba que lleva no sirve para tratar con algo tan pequeño. Aun así, lo barre como puede mezclándolo con arena, y lo echa en el carrito.

No hay tiempo que perder. El supervisor no les perdona los retrasos. Y lo último que él quiere son problemas. Se juega demasiado.

Cuando encuentra la segunda mancha, ni se lo piensa. La barre como la primera. Y lo mismo hace con la tercera y la cuarta. Pero cuando, ya en el otro extremo de la plaza, sigue encontrando más manchas, vuelve a agacharse, se quita el guante y se moja la punta de los dedos.

No, no es pintura.

Es sangre.

La viscosidad y el color son idénticos a los que le empapaban las manos cuando en el pueblo había fiesta y le tocaba degollar una cabra.

Se levanta como impulsado por un resorte. Ha oído hablar a los compañeros de la sangre con la que deben lidiar en algunos rincones donde todavía se juntan heroinómanos. Pero ese no es uno. Se mira las puntas de los dedos con recelo y corre al estanque, a limpiarse. ¡Ha sido un idiota tocándola! Se examina las yemas. Gracias a Dios, no tiene ningún corte.

Respira, aliviado.

¡Enfermos de mierda!

Cuando se da la vuelta, se percata de que la chica de antes sigue sentada en el mismo sitio, en idéntica postura. Se había olvidado por completo de ella. Y, al parecer, quien tenía que recogerla, también. La contempla un instante. Desde más cerca le resulta aún más bonita de lo que había intuido. Con la espalda bien recta, los labios entreabiertos y los ojos de par en par bajo el flequillo negro que le brota, desordenado, frente abajo.

Podría ser la imagen del cartel de una película y él iría a verla. Con eso está todo dicho.

Se sorprende al constatar que la espera no parece incomodarla demasiado. Mira hacia algún punto, calle abajo, con una media sonrisa en los labios. Totalmente ajena a él y a todo lo que la rodea.

Hipnotizado, Moha es incapaz de apartar los ojos de ella pese a ser consciente de que con aquella actitud roza la impertinencia. En cualquier momento se volverá hacia él y le espetará: «Y tú ¿qué miras?». Y tendrá toda la razón. Pero la regañina no llega y continúa embobado. Porque la chica se ha vestido para que la miren, eso está claro: con una camisa de seda brillante, estampada en rojo, negro y beis, y unos pantalones con una pernera blanca y otra roja. Enormes pendientes en forma de aro y, en el cuello, un cordón de cuero del que cuelga un sol dorado.

Una mujer de las que te obligan a torcer el cuello cuando pasan por tu lado.

Está a punto de obligarse a quitarle los ojos de encima de una vez cuando oye el zumbido de las moscas que, hasta entonces, le había pasado desapercibido. Mira al suelo y las ve, dando vueltas, como locas, sobre un charco carmesí, medio oculto tras la maleta que hay junto a la joven.

Y entonces se da cuenta: las perneras no son bicolores. La pierna derecha está empapada de la misma sangre que se le acumula bajo los pies.

Moha suelta un gemido. ¡No puede ser! Aquello no le puede estar pasando.

Se le acerca, muy lentamente.

—Señorita, ¿estás bien?

Ella no responde. Sigue medio sonriendo y mirando hacia algún punto, más allá de la calle. Más allá de todo.

Y Moha ya no tiene ninguna duda: está muerta.

Mirando a ambos lados, se aleja del cuerpo, sin saber qué hacer.

¿Qué ha hecho para tener tan mala suerte? ¡Ahora que todo iba tan bien! Ni la ha visto nunca, ni le ha hecho ningún daño a aquella pobre desgraciada. Pero si algo ha aprendido desde que está en ese país es que lo más sencillo es culpar de todo al moro.

Siempre.

Y, para su desgracia, allí el único moro que hay es él.

Vuelve a mirar a su alrededor. Nadie. Todavía no lo han visto. Puede coger el carro, dar media vuelta y salir por patas. En pocos minutos algún vecino demasiado madrugador bajará y se encontrará con el marrón.

Al español, la única consecuencia que le acarreará será que llegará tarde al trabajo.

En cambio, si la encuentra él…

Piensa en Fatemeh y en el niño y el corazón vuelve a pedirle que se largue. La cabeza, sin embargo, es de otra opinión. Ha pasado por allí. Ha destruido pruebas. Será mucho más sospechoso si se larga que si hace lo que debe.

Si opta por la huida, no puede alargarlo más. En cualquier momento aparecerá alguien y será tarde. Las moscas continúan zumbando a su alrededor, excitadas con aquel banquete inesperado.

Todo le da vueltas.

¡Qué mierda, Dios! ¡Qué puta mierda!

Retrocede hasta el estanque para apoyarse. Mete la mano en el agua fresca y se remoja la cara. Aún no aprieta el calor, pero está empapado en sudor.

Si te marchas, te meterás en un buen lío, resuena una voz en su cabeza. No podrás justificar por qué lo has hecho.

Suspira.

Se saca el móvil del bolsillo y marca el número del supervisor.

Todo irá bien, trata de convencerse mientras suena el tono.

Insha'Allah.

2

Antes de salir del vestuario, Vicky se detiene un momento frente al espejo. ¡Cómo odia ese uniforme! Podrías ser la jodida Kendall Jenner y continuarías pareciendo un espantapájaros, embutida en esa pesadilla a rayas verdes y naranjas. Quien lo haya diseñado lo ha hecho adrede, no cabe otra explicación posible. Lo último que quieren las marujas que van al súper es que sus cabestros puedan fijarse en la competencia. Y, como el señor Mercadona conoce la mentalidad de las que lo han hecho de oro, ha elegido vestir a sus empleadas como payasas de circo. ¡Problema resuelto! Las únicas que se salvan de aquella mierda son las de perfumería. Y tampoco es que el traje de chaqueta azul y la camisa blanca sean nada del otro mundo, pero se pueden llevar con dignidad. Y con maquillaje. Nadie en aquella mierda de sitio encajaría como ella en ese puesto. Pero, claro, la bruja de la supervisora preferiría arder en la hoguera a tener que asignarla allí.

La historia de su vida.

Que vacas mal folladas como esa le hagan la vida imposible ha sido su pan de cada día desde el instituto. Debería estar más que acostumbrada. Y resbalarle toda su envidia y su mala leche. Pero no puede evitar odiarlas con, al menos, la misma intensidad con la que ellas la odian también.

Y, ya puesta, también odia al resto de las envidiosas patéticas que tiene como compañeras.

Porque la envidian. ¡Con toda su alma! Se lo ve en los ojos, aunque ellas traten de disfrazarlo de todas las maneras posibles: que si es mala compañera, que si es una creída; que si tal y que si cual.

Chorradas.

Envidian su aspecto. Su manera de vestir. Lo que provoca en los hombres sin tener que esforzarse nada. La envidian tanto que se mueren de envidia. Y buscan cualquier manera de disimular toda esa envidia y justificar que son las buenas y ella la mala. Pero, en el fondo, todas saben perfectamente de qué va aquello. Por eso ni se molesta en disimular lo que siente. Son como las leonas y las hienas: viven en los mismos parajes pero nunca pierden la oportunidad de lanzarse un buen zarpazo.

Y ella es la leona, claro.

Lo que más rabia le da es que parecen creer que todo lo que tiene es un regalo de la naturaleza. Que no le cuesta. Que es gratis. Más de una vez, a la hora del desayuno, cuando pasan en rebaño hacia la sección de pastelería, para hartarse de bollería industrial, ha estado a punto de echárselo en cara. ¿Y dónde esperáis meter todo eso, imbéciles? ¡Después no lloréis cuando os miréis al espejo! Porque os lo habréis ganado a pulso. ¿O es que os creéis que a mí me gusta esta mierda de zanahoria? ¿O que prefiero una infusión a una lata de Coca?

Pero, por supuesto, es más fácil tacharla de puta y de trepa que controlar la dieta y machacarse en el gimnasio.

Aunque luego compense.

Y compensa. *Mucho*. Cuando los hombres pasan por el aro y te van detrás, con la lengua fuera, como cachorritos, una ni se acuerda de lo que no ha comido.

De modo que, tal y como lo ve, si no están dispuestas a pagar el precio, no deberían escupir toda aquella bilis contra las que sí lo están. Al contrario, deberían admirarlas. Pero está en la naturaleza de las tías: morderse unas a otras, sacarse los ojos con las uñas, ponerse a parir a la más mínima. Incluso las mejores amigas se despachan a gusto, a sus espaldas.

Es lo que hay.

La ironía es que ha terminado en el mismo agujero que todo ese grupo de focas patéticas, que solo piensan en casarse con un mecánico o un conductor de autobús que las deje preñadas enseguida para tenerlo agarrado por los huevos y así abandonarse sin miedo.

¡Qué puta pesadilla! Pasarte el resto de la vida quitándoles los mocos a dos o tres chiquillos, mientras tu marido aprovecha cualquier oportunidad para ponerte los cuernos con otra, con suerte solo un poco menos patética que tú.

¿Sueñan con esa vida? Pues todita suya. Ella aspira a otra cosa.

Y creía que la había conseguido. Estaba segura.

¿Quién se hubiera imaginado que la promotora se iría al carajo? ¡Pero si los Rovira sudaban billetes de cincuenta pavos! Les quitaban los pisos de las manos y no paraban de anunciar nuevas promociones. Entrar a trabajar para ellos había sido un golpe de suerte increíble. Especialmente para alguien que apenas si tenía el graduado escolar. Y todavía más cuando Roger se había fijado en ella y se había empeñado en que fuera su secretaria, prefiriéndola a candidatas mucho más cualificadas.

Mano derecha del hijo del dueño, nada menos. ¡Menudo chollazo!

Y conste que lo de después no había sido coser y cantar. Él le había tirado los tejos desde el primer día, sí, pero tenía todo lo que gusta a las chicas, y lo sabía. Las tías hacían cola para meterse en su cama. Por suerte, ella jugaba a ese juego como si se lo hubiese inventado. Había ido soltando hilo y recogiéndolo hasta volverlo loco. Y, entonces, cuando lo tuvo justo donde le quería, le había cantado la canción de J.Lo.

¿Y el anillo pa' cuando?

Habría aceptado cualquier cosa que ella le hubiera pedido, está convencida.

15

Pero, de repente, el espejismo se había volatilizado. Igual que el oasis se desvanece ante las narices del explorador muerto de sed.

Había pasado todo a la vez: requerimientos judiciales, auditorías, imputaciones. Una tormenta perfecta de porquería se les había venido encima sin que ella tuviera ni tiempo de darse cuenta. Un día Roger le juraba que de todo aquello, nada de nada; que no se preocupara, que todo quedaría en humo, y al siguiente el viejo señor Rovira entraba en prisión, esposado como un mafioso cualquiera, mientras su heredero salía del país, por piernas, con destino desconocido y una orden internacional de búsqueda y captura con su nombre en el encabezamiento.

Menos mal que ella había podido demostrar que no sabía ni una palabra de todo aquel maldito embrollo. Otras habían acabado entre rejas por bastante menos, le había comentado un poli que quería hacerse el simpático. Pero, por lo visto, Rovira júnior se había asegurado de dejarla al margen de todas las triquiñuelas.

No. Si todavía resultaría que tenía que estarle agradecida al hijo de puta de Roger, ¡¿no te jode?!

Después de aquello, ninguno de los currículos que había enviado a diestro y siniestro había llegado más allá de la papelera o la destructora de documentos. El escándalo de Rovirahogar estaba en todos los telediarios y cualquier persona mínimamente relacionada con ellos era considerada como tóxica por los departamentos de recursos humanos.

Incluso un bellezón como ella.

Contestar el anuncio del Mercadona había sido el último recurso. Mientras hacía la entrevista, una parte de ella rezaba para que no la cogieran. Pero, mira por dónde, el desbarajuste de Rovirahogar no había llegado hasta allí. O sí, pero al entrevistador le había dado igual.

La había elegido a ella entre más de cincuenta candidatas.

Menuda suerte has tenido, ¿eh, guapa? ¡Bienvenida a la gran familia Mercadona! Por cierto, ¿tienes planes para este sábado noche?

Le había costado no vomitarle encima. ¿Se suponía que tenía

16

que estarle agradecida por aquella mierda de trabajo? Aquel tipo, además de idiota, debía de estar ciego. ¿En serio pretendía cobrarse el favor de esa manera?

¡Los cojones!

Después, había tratado de convencerse de que aquello sería solo temporal. Que no tardaría en encontrar otra cosa y que el episodio Mercadona quedaría rápidamente enterrado entre los peores de la teleserie de su vida.

Pero ya lleva ocho meses enterrada allí y sigue sin tener nada mejor a la vista. La simple idea de que pueda alargarse indefinidamente le da ganas de tirarse al tren.

La irrupción repentina de Esther en el vestuario la rescata de las ruedas del expreso de las 15.30. Rubia de raíces oscuras, ojos avellana y labios carnosos, Esther tiene uno de esos físicos chillones que hacen estragos en cualquier polígono, un viernes noche. Fuera de ese ámbito, sin embargo, le falta clase y, sobre todo, ambición, para sacarse el partido que podría. Y, además, está colada hasta las trancas por un tal Ruben; un muchacho solo ligeramente por encima de la media de los de las otras dependientas, pero que a ella le parece un ángel bajado del cielo solo para hacerla feliz.

Pobrecilla.

Sin embargo, es la única persona de aquel maldito agujero con quien puede cambiar unas palabras sin que le den arcadas.

Jadeando por el esfuerzo, la rubia teñida se desabrocha la chaqueta vaquera y la cuelga en la taquilla.

—¡No sé cómo me las apaño para llegar siempre tarde! —gime—. Un día de estos Encarna me dará un disgusto. Pero es que la RENFE está cada día peor. ¡Es una puta vergüenza!

Vicky, que no comparte el pánico que le inspira la supervisora, la contempla con una media sonrisa de lástima.

—No te preocupes tanto, mujer. Que nos echen es lo mejor que nos podría pasar. Hay todo un mundo ahí fuera. Créeme.

Esther la mira con incredulidad. ¿Qué coño dice? ¿Que deberían echarlas? ¡Pero si el barrio está lleno de chicas que matarían por aquel curro! Otro día se lo habría discutido, pero hoy tiene algo que le angustia más.

No sabe qué cara ponerle mientras descuelga el traje de chaqueta azul marino de la percha.

—Me lo dijeron anoche —termina atreviéndose a contarle—. Tú ya te habías ido. Ya sé que querías el puesto. Y que te toca por antigüedad. Te juro que yo no…

Vicky consigue esbozar una mueca de indiferencia. Tiene que reconocérselo a la supervisora: ha dado con la solución más humillante. No solo no la ha trasladado a perfumería, como hubiera querido, sino que le ha dado el puesto a Esther.

Dos pájaros de un tiro. Buen trabajo, Joe.

—¡Bah! no te preocupes. No es culpa tuya. Aprovéchalo. Es mucho mejor que pasarse el día en caja o cortando filetes de besugo en la pescadería. Además, a mí ya me da igual. No estaré mucho más tiempo aquí.

Esther le dedica una mirada llena de genuino interés.

—¿Sí? ¿Has encontrado algo, entonces? ¿Dónde? ¿En la empresa esa que me comentaste?

Vicky hace un gesto impreciso y lo acompaña de una sonrisa misteriosa.

—Mejor no digo nada, que luego estas cosas se gafan. Pero tiene buena pinta. Seguramente la próxima semana me dirán algo.

Esther sonríe y se apresta a abrocharse la camisa blanca. Está guapa con el uniforme azul y la sombra de ojos a juego. Vulgar, pero guapa. Vicky se le acerca para enderezarle el cuello de la camisa.

—¡Vamos! A vender Oud Noir como una loca.

La rubia de bote suspira.

—Gracias. Por no enfadarte, quiero decir…

Vicky vuelve a poner cara de que todo le resbala.

—¿Enfadarme? Una solo se enfada por las cosas que le importan. Y a mí todo esto me importa una mierda. Tranquila.

Esther la mira y se muerde uno de esos labios suyos de almohada. Diga lo que diga, le duele haberle birlado el trabajo. Ella es la primera en reconocer que, de todo el personal, Vicky habría sido la elección más idónea. Pero es que no lo pone nada fácil con su actitud. Encarna es gruñona y picajosa, sí. Pero ni mucho menos tan hijaputa como dice su amiga. De hecho, con la única con quien no se lleva bien es con ella.

Bueno, como el resto, en realidad. Nadie la soporta, a la Duquesa. Solo ella le dirige la palabra. Y las otras ya empiezan a mirarla de reojo por culpa de esa relación.

Menea la cabeza mientras abre la puerta del vestuario para salir. Están a punto de levantar la persiana. Le duele la situación. Vicky no es mala tía. Creída, creidísima y un poco peliculera, sí. Pero no mala. Solo con que tuviese un poco menos de orgullo…

No entiende cómo puede vivir de esa manera. Aislada del resto. Sola contra todas. Ella no podría soportarlo. En absoluto.

La última cosa que querría es que sus compañeras la llamasen Duquesa a sus espaldas.

En cambio, está convencida de que Vicky es precisamente eso lo que quiere: que el resto la vea como una duquesa, muy por encima de las demás.

Pobrecilla.

3

Los párpados le duelen terriblemente al abrir los ojos. Como si alguien se los hubiese grapado y ella tuviera que arrancarse las grapas solo con su fuerza de voluntad. Se incorpora trabajosamente y le parece que un orfebre maléfico le está tañendo el cráneo con uno de esos martillitos que utilizan para grabar el metal.

Enseguida le sobreviene la arcada.

Reacciona con rapidez, el tiempo justo de llegar al baño y enterrar la cabeza en el inodoro antes de vaciarse. Lleva meses hecha un trapo, pero hasta hoy ignoraba que pudieras encontrarte tan mal y seguir viva. Vomita con toda el alma hasta que dentro solo le quedan la culpa, que lleva adherida al alma, y esa tristeza que la lastra, como si le hubieran derramado encima un barril de alquitrán que la mantiene pegada al suelo y convierte cada movimiento en un esfuerzo inhumano.

Cuando termina, se incorpora trabajosamente y se apoya en la pared, jadeando. El hedor de la pota se mezcla con el del sudor que le impregna la ropa. Ni recuerda la última vez que se puso una muda limpia. Nota el pelo pegado en la frente y en el cuello, como rojizos hilos mugrientos.

Se obliga a levantarse. Sigue encontrándose fatal, aunque la pota le ha sentado bien. Se tambalea por el pasillo en penumbra y regresa a la habitación donde se ha despertado. Ha dormido vestida y con las botas puestas, no es de extrañar que ahora tenga tan mal cuerpo. Se sienta en la cama y recoge el bolso que hay a sus pies, para buscar un cigarrillo.

No encuentra ninguno. Pero, a cambio, los dedos topan con la P99 que guarda allí, en lugar de la pistolera reglamentaria.

La saca lentamente y se queda mirándola fijamente.

Abre la boca y mete el cañón. El metal frío entrechoca con los dientes y empuja la lengua, todavía humeante de vómito. El índice busca el gatillo. Todo con mucha sangre fría. Sin teatralidad. Sin aspavientos. Es solo una opción que tiene y que está considerando.

Los ruidos de la calle, que despierta lentamente, le llegan amortiguados por la ventana entreabierta. Se imagina la detonación súbita y la salpicadura de sangre y de fragmentos de hueso y de cerebro, redecorando la pared y el cabezal de la cama al estilo de George Pollock.

El dedo continúa firme sobre el gatillo. No tiembla en absoluto. Un milagro, teniendo en cuenta que todavía está borracha.

Por fin se saca el arma de la boca y la devuelve al bolso. Se encoge sobre sí misma y entierra la cara entre las rodillas. El pelo le cae, como una cortina grasienta, sobre las puntas de las botas.

Nota las venas latiéndole furiosamente contra las sienes, como si los Stomp hubieran escogido su cráneo para hacer una representación privada de sus *greatest hits*.

Mierda. Debería haberse pegado un tiro. Ahora ya no se siente con fuerzas para volver a intentarlo.

Suspira y se obliga a ponerse de pie. Puede que en el botiquín todavía le quede algún analgésico.

Cuando Elsa Giralt pisa la calle lleva mejor pinta que hace un rato. Se ha cambiado la camiseta manchada de restos de vómito por otra algo menos maloliente, pero sigue con los mismos vaqueros desgarrados y las Doctor Martens con las que ha dormido. La cabellera pelirroja la lleva recogida en una cola de caballo que no la favorece nada, pero al menos se ha lavado los dientes y hasta ha hecho unas gárgaras de Listerine. Los ojos, ligeramente inyectados en sangre, delatan la precariedad de su estado, así como los andares, de faquir que camina sobre una cama de clavos.

Afortunadamente, allí no hay ningún superior que pueda verla. Si consigue tomarse dos cafés y acompañarlos con algún ibuprofeno, dará el pego. Siempre y cuando no pase por la comisaría hasta después de comer, cuando ya todo el mundo empieza a estar un poco baqueteado por las horas de trabajo.

Todavía no hace calor, pero la cara le hierve. Está a punto de dar media vuelta y volver para remojarse, pero se le ocurre otra idea y decide que mejor cruza la calle y se acerca al estanque que hay en el centro de la plaza para refrescarse. Le faltan unos cuantos metros para llegar cuando se da cuenta del ademán nervioso de aquel empleado municipal de la limpieza. Ha dejado la escoba apoyada en la fuente y camina de un lado a otro, hablando solo y moviendo las manos en el aire.

Cuando la ve llegar, pone cara de pánico y va a interceptarla.

—¡No, señorita! —le advierte interponiéndose—. Mejor no vas a la fuente.

—¿Por qué? ¿Qué problema hay?

El muchacho no sabe qué decir. Tiene el rostro desencajado y parece al borde de un ataque de nervios.

—Nada. Ningún problema. Pero mejor no vas…

Elsa suelta el aire por la nariz. No tiene el coño para ruidos. Se saca la carterita que lleva en el bolsillo trasero y la abre para enseñarle la placa con el escudo de la Generalitat y la palabra *Policía* bien visible en la parte superior.

Moha pone expresión de incredulidad. ¿No hace ni cinco minutos que ha hablado con su supervisor y ya tiene a la policía allí? ¡Qué rapidez! Ni los agentes de la Gendarmería Real de su país son tan eficientes.

—¿Eres policía? —pregunta, sin terminar de creérselo.

—O eso, o me devolvieron mal el carné de la biblioteca la última vez. ¿Me dirás qué cojones pasa aquí de una vez?

Moha se aparta y señala hacia la chica del banco, con un *trolley* azul a los pies.

—La he encontrado así, te juro.

Elsa tarda un momento en comprender. Luego, de repente, se da cuenta del zumbido de las moscas y del charco rojo sobre el que revolotean.

—No me jodas...

El dolor de cabeza se le pasa de golpe. Arquea la espalda y se acerca muy lentamente al cuerpo, tratando de no contaminar la escena del crimen. Asegurándose de donde pone los pies, llega hasta delante mismo de la víctima.

Se agacha para mirarla desde su misma altura. Una chica de unos veintitantos. Guapísima. Tiene los ojos muy abiertos y una media sonrisa en los labios, como si supiera algo que tú ignoras y que se esconde en algún punto, a tu espalda. Lleva una blusa muy llamativa, que se ve a la legua que es buena, y unos pantalones blancos, que la hemorragia que la ha matado ha teñido de rojo.

Elsa busca dentro del bolso y saca unos guantes de látex. Se los pone sin apartar los ojos del cadáver, rodeada por el zumbido frenético de las moscas. No hay tantas como parece, pero son muy escandalosas.

A pesar de los guantes, no se atreve a tocar nada. Sabe de más de un caso que se ha ido al garete, así que se aguanta las ganas y se conforma con observar.

¿Quién te ha hecho esto, princesa? ¿Algún cabronazo que no ha sabido encajar que no es no?

Pero esa teoría no se sostiene. Ni por la postura del cuerpo —que es evidente que ha llegado allí por su propio pie, sin que se aprecien señales de lucha—, ni por el *trolley* que todavía sostiene con una mano, como para evitar que alguien se lo quite.

No. Llevaba la muerte puesta cuando llegó a aquel banco. Se sentó para tomar aliento y ya no pudo volver a levantarse.

¿Y de qué demonios te reías? ¿Te pareció un chiste que te metiesen medio palmo de acero entre las costillas? Pues vaya un sentido del humor.

Elsa se vuelve hacia el empleado de la limpieza, que la observa, desencajado.

—¿Has encontrado algún rastro? ¿Manchas de sangre?

Por su vacilación, advierte que la respuesta es afirmativa, pero que las habrá barrido o algo por el estilo. Desde que estrenaron *CSI*, la gente de la calle conoce los protocolos policiales mejor que muchos agentes.

Le dedica una mueca simpática, para apaciguarlo. Tranqui, no pasa nada. No pringarás. Le parece distinguir un suspiro de alivio.

—Allí, allí… Y también allí. —Le señala el chaval por fin.

Elsa retrocede, tratando de poner los pies sobre sus propias huellas. Observa a su alrededor. Ni un alma. Quisiera ir a echar un vistazo en la dirección que le ha indicado el chico, para ver si encuentra más manchas, y seguirlas. A veces, los casos se solucionan de manera tan sencilla como esa. Pero no puede dejar un cadáver en mitad de la calle, así como así.

Busca el móvil en el bolso. Apenas lo saca el chico la advierte:

—Yo he llamado.

—Sí, sí —dice ella, como si ya lo supiera—. Pero voy a necesitar más gente.

Está marcando el número cuando ve las luces, azules e intermitentes, de un coche patrulla que llega, cagando leches, desde el paseo de Colón. Guarda el teléfono y vuelve a sacar la placa, que muestra, brazo en alto, a los dos agentes que emergen del auto con cara de pocos amigos. Uno de ellos se relaja al reconocerla.

—¡Coño, Giralt! ¿Qué haces tú aquí? —le dice. Y fijándose en la pinta que tiene, añade—: ¿Te ha pasado un camión por encima?

Ella se guarda la placa.

—¡Tú sí que sabes cómo hablarle a una mujer, Farrés! —le espeta. El otro agente, al que no conoce, deja escapar una risotada al oírla—. Vivo aquí —les aclara señalando su edificio—. Acaba-

24

ba de poner los pies en la calle cuando me he encontrado este marrón.

—¡No jodas! ¿Te han dejado un fiambre a la puerta de casa? ¡Eso es de récord! Tienen razón cuando dicen que...

De repente, el uniformado se interrumpe. Se da cuenta de que estaba a punto de meterse en un jardín.

Pero ella no está dispuesta a dejárselo pasar.

—¿Cuando dicen *qué*, Farrés?

Él no sabe dónde meterse. Desvía la mirada, sin encontrar la manera de salir del atolladero.

—¿Qué dicen? —insiste ella, con mucha más mala leche que hace un instante.

—Joder, Giralt, yo no pretendía...

En ese momento, otro coche llega por donde lo ha hecho el primero. También lleva una luz intermitente en el techo, pero ningún distintivo. Frena junto al de patrulla y sale un hombre vestido de calle. Elsa no lo ha visto nunca. Parece un poco más joven que ella. Unos treinta. Con cuerpo de gimnasio y estilismo de *El sargento de hierro* —camiseta ajustada, vaqueros, deportivas y pelo cortado al dos—. Milagrosamente, sin embargo, parece más el protagonista de una teleserie para adolescentes que un miembro de una banda *skin*. Llega a su lado con cuatro zancadas y saluda al compañero de Farrés con una inclinación de cabeza. Este le devuelve el gesto, desganado.

—Buenos días, compañeros —les desea el recién llegado—. Venía por Colón y he oído el 10-200 por radio. Estaba aquí mismo y he respondido.

A Elsa le parece estar mirándose al espejo. Están cortados por el mismo patrón: lleva ropa de ayer, los ojos inyectados en sangre y hasta un moratón bastante escandaloso en la mejilla. Cualquiera con dos dedos de frente se iría a dormir y no respondería un aviso. Pero él ha hecho precisamente lo contrario. Igual que ella en la situación inversa.

Quizás por eso siente una corriente de afinidad inmediata.

A los otros dos tampoco les pasa por alto que el compañero no está en su mejor momento. Pero nadie dice nada. Entre nosotros no nos vamos a tocar los cojones, forma parte del código no escrito. Y ese todo el mundo lo respeta.

—Pues estás de suerte, Santi —dice el binomio de Farrés, dejando patente que se conocen—. El follón habría sido todo tuyo… si no fuera porque aquí la compañera resulta que vive justo en frente y ha llegado antes que nadie. De manera que ya no es necesario que te quedes. Vete a dormir un rato, que parece que te hace falta.

Pero Santi hace como si no lo hubiese oído. Fija los ojos en la víctima, que continúa en esa postura tan inverosímil, como si todo aquello no fuera con ella, y le pide permiso a Elsa con la mirada para acercarse.

Adelante, sírvete, le responde ella, también con los ojos.

Mientras el otro agente curiosea, Farrés se le acerca como quien no quiere la cosa y le pregunta en voz baja:

—¿Cómo estás, Giralt?

Se conocen desde la Academia. Elsa sabe que es un buen tipo y que solo se interesa por ella, después de lo ocurrido. Pero no puede evitar que las palabras le salgan de la boca envueltas en bilis.

—Como una puta rosa. ¿No se me nota?

Farrés ignora la mala leche. Al contrario, todavía endulza más la voz cuando insiste:

—Nadie piensa que tuvieras la culpa. Lo sabes, ¿verdad? Son cosas que pasan. Va con el trabajo.

Ella tiene los ojos clavados en Santi, atenta a que no cometa ningún error que contamine la escena. Por eso ni le mira mientras responde:

—Eso díselo a Nico. Y a su mujer y a los dos críos.

—Nicolau es el primero que te ha exonerado. De eso puedes estar segura.

Elsa lo sabe perfectamente. Pero no le importa una mierda.

—Me parece que Yolanda es de otra opinión.

—¡Hostia, Elsa! Es su mujer. ¡Se le ha caído el mundo encima! Es normal que no piense con claridad. Pero su opinión es la última que debería importar en todo este asunto. No puedes hundirte por lo que piense ella.

—¿Quién está hundida aquí? Ya te he dicho que estoy de puta madre.

Pero el otro no se rinde.

—Por favor. Lo que estás haciendo no es bueno. Nadie te pide que estés bien. Tu compañero se ha quedado tetrapléjico. Y tu marido…

Ella no le deja continuar. Se vuelve y le fulmina con la mirada. Farrés tiene mucha calle como para no saber cuándo no puedes jugar con alguien.

Levanta los brazos.

—Vale, vale. No me meto más donde no me llaman. Tú sabrás lo que haces. Pero que sepas que no tuviste ninguna culpa de lo que le pasó a Nicolau. Y no conozco a nadie que lo crea.

Elsa sabe que debería darle las gracias por habérselo dicho. Pero está demasiado furiosa con el mundo como para permitirse hacer lo que sabe que estaría bien.

—Eso: no te metas donde no te llaman… —murmura, en voz lo suficientemente alta como para que el otro pueda oírla. Después vuelve a girarse hacia Santi, que continúa observando el cuerpo, sin hacer nada incorrecto.

Y decide acercársele.

—¿Qué opinas? —pregunta llegando por detrás sin hacer ruido. Él, sin embargo, no parece sorprendido.

—No la han asesinado aquí, es evidente. No estaría tan bien puesta. Nunca había visto un cuerpo como este. —Por un instante, Elsa no sabe si se refiere a la posición o a la belleza de la chica. Pero él continúa haciendo un análisis profesional—: Debió de llegar herida hasta aquí. Una puñalada o una bala de pequeño calibre, es difícil de precisar sin poder ver la herida. Seguro que no era consciente de que estaba lista.

27

—¿Y eso cómo lo sabes?

—¡Mujer! No la habría espichado sonriendo, ¿no?

Elsa mueve la cabeza. Muy bien, Sherlock, tiene lógica.

Santi se vuelve para mirarla directamente. Tiene los ojos de un castaño verdoso, la mandíbula cuadrada y los labios tan bien perfilados como si los hubiera dibujado Jone Bengoa.

—Por cierto —le dice alargando la mano—, Santi González. Estoy en Sants-Montjuic.

Ella no sabe por qué, pero se siente ligeramente descolocada cuando chocan. Una sensación que hacía tiempo que no tenía.

—Elsa Giralt. De Ciutat Vella. —Le parece ver un destello en su mirada cuando oye su nombre. Pero si ha oído hablar de ella, nada más lo delata. Elsa lo agradece. Acaba de ganarse unos puntos.

—¿Lo llevarás tú? El caso, digo… —quiere saber él.

—Espero. Llámame quisquillosa, pero cuando algún hijo de puta le da matarile a una chica delante del portal de casa, me gusta ser yo quien se lo haga pagar.

—¿Te importaría que lo hiciéramos juntos?

¡Vaya! Da por hecho que no tiene compañero. No se ha imaginado lo que ha visto en sus ojos hace un instante. Lo sabe. Por un momento está tentada de hacerle sudar un poco. No sé qué pensará mi compañero cuando le diga que quiero cambiarlo por el primero que pasa. O algo por el estilo. Pero aún siente que hay algo que los une. El dolor, seguramente. O la culpa. O vaya usted a saber.

Un alma gemela. Un pobre diablo tan jodido como ella.

¿Y por qué no? Videla lleva días dándole la vara con que hay que asignarle alguien. Que no puede ir por ahí por libre, como en las películas americanas. Que aquello no es el Bronx.

—¿Por qué?

Él vacila un momento. Después decide ser sincero.

—No estoy en mi mejor momento, ¿sabes? Ya sé que al decirlo tiro piedras contra mi propio tejado, pero te enterarás igualmente de una manera u otra. Estoy atravesando una mala temporada. Me estoy volviendo todo un especialista en cagarla. —Se señala el moretón de la cara—. Necesito volver al buen camino. Dejar de hacer el imbécil. Pero no me veo capaz de soportar a un compañero de esos que llevan el manual tatuado en la frente. Contigo, en cambio…

—Conmigo, ¿qué?

El tono es retador. Nada amistoso. Pero él no entra al trapo.

—No lo sé. Me ha parecido que contigo podía ser diferente. Pero, oye, es tu caso. Haz lo que tengas que hacer. No he dicho nada. Ya me las ingeniaré. Perdona por habértelo pedido… ¿Sabes qué? Me voy al sobre, que es donde debería estar. Buena suerte con eso. Haz que se arrepienta de haberla dejado en tu portal.

Elsa le deja dar tres pasos. Después le llama.

—¡Santi! —Él se gira—. Veré qué puedo hacer, ¿vale? Pero no te prometo nada. Ahora mismo mi criterio no es precisamente el más apreciado del cuerpo. Dependerá de mi supervisor.

Él asiente con un ademán. Claro.

—Gracias.

Saluda al uniformado que ha aprovechado el tiempo para precintar el perímetro con cinta policial. Sube al coche, devuelve la sirena a la guantera y se pierde por el paseo de Colón.

Elsa suspira mientras ve como llega una furgoneta de la científica. Va a su encuentro. Va a ser una mañana larga.

Ni rastro de la resaca.

4

Dragan Jelusic se toma el café que ha pagado a un precio exorbitante en aquel local para turistas, donde todas las caras son iguales y nadie se fija en la del que está junto a él. Un último vistazo a la joyería que está justo al otro de la calle y se levanta del sofá donde ha estado sentado las últimas dos horas. A su alrededor todo el mundo sigue a su bola, consultando mapas de la ciudad, enumerando las visitas que todavía les quedan por hacer o quejándose del calor, que ya empieza a molestar. Se asegura de no mirar a nadie a los ojos y sale del local al desgaire. Como todos los que pretenden acercarse a la Pedrera y ponerse a la cola para la visita.

Solo que va en dirección contraria. Busca la estación de metro de Diagonal y entra por una boca situada frente a la sede de una gran entidad bancaria, de amenazante estética setentera. Baja las escaleras a buen paso, cruza el vestíbulo, sella la T-10 y pasa bajo un mural hecho con baldosas de cerámica, de tonos azul verdoso. Deja pasar el primer convoy deliberadamente, para poder estudiar el andén y asegurarse de que nadie lo sigue.

Satisfecho, toma el siguiente. Cualquier cosa fuera de lo corriente le habría obligado a coger un tren en dirección contraria, dejar pasar unas cuantas estaciones y, luego, salir a la calle para deshacerse del indeseado compañero de viaje. Pero, como la precaución es innecesaria, recorre buena parte de la Línea 3 hasta la estación de Poble Sec. Allí, todavía hace una última comprobación: sale a la calle y anda un par de manzanas sin ir a ninguna parte. Para estar seguro.

Una vez más, la maniobra no obtiene resultados.

Convencido, da media vuelta y, esta vez sí, se dirige al apartamento turístico que tiene alquilado. El tercero en siete días. Siempre estancias cortas, como muchos de los turistas que visitan la ciudad, en pisos ni mejores ni peores que los que usa la mayoría.

¡Cómo han cambiado las cosas desde que empezaron! Hace unos años se habría paseado por la calle sin tener que preocuparse de nada. A cara descubierta. Ahora, en cambio, si no fuera la aguja del pajar, no duraría ni dos días.

Pequeños inconvenientes de ser miembro de la organización de ladrones de joyas más buscada del planeta.

Echa un vistazo al reloj —un modelo barato, nada vistoso— que lleva en la muñeca. Las siete en punto. Pronto será la hora de la cena. Le da pereza prepararse cualquier cosa, pero sabe que es mucho más seguro que ir a un restaurante, donde un camarero con demasiada memoria podría recordarlo. De manera que se obliga a entrar en el primer Mercadona que encuentra y va directo a la nevera donde están los platos preparados. Elige unos macarrones y, para acompañarlos, compra también un sobre de queso rallado y un par de Coronas. Con las cuatro cosas se acerca a la caja, con un billete de diez euros a punto.

No se fija en la cajera hasta que la tiene delante. Levanta los ojos de la pantalla del móvil y se encuentra con los de ella, color oliva, que lo miran directamente. Es lo último que hubiera querido: una mirada como esa. Pero en lugar de esquivarla, no sabe por qué, la sostiene y hasta se la devuelve con idéntica intensidad.

La cajera no se achanta, como habrían hecho el resto de las empleadas de aquel súper. Al contrario, tuerce los labios en una sonrisa descarada.

Ni siquiera aquel uniforme que la favorece tan poco consigue

31

restarle ni una brizna de atractivo. Un arma que, salta a la vista, ella es consciente de poseer y que sabe utilizar sin reparos.

—Cinco con setenta y dos —le suelta por fin.

La voz, a juego con el resto, es sugerente, sin resultar melosa. Un punto descarada. Le entrega el billete, manteniendo el duelo visual que ella le propone. Hay tanta electricidad en el ambiente que hasta la mujer que está en la cola tiene que morderse la lengua.

Buscaos una habitación, por Dios.

La chica se ve obligada a bajar los ojos un instante para contar monedas. Pero cuando los levanta de nuevo la expresión es la misma.

Cuando le devuelve el cambio, sus manos se rozan. Ninguno de los dos podría decir de quién ha sido la iniciativa.

Se guarda las monedas y sale a la calle. Vicky lo ve alejarse sin que su expresión delate la menor decepción. Tampoco se digna a devolverle el comentario a la clienta que, mientras pone la compra sobre la cinta, le suelta con sorna:

—Qué pedazo de hombre, ¿eh, nena? Un poco más y se te lleva a ti también, con las cervezas y los macarrones.

Solo cuando la mujer ya lo ha metido todo en la bolsa y se está dando media vuelta para irse, la escucha musitar:

—Ya le habría gustado…

En el apartamento, Dragan vacía la segunda Corona. Los macarrones siguen en el plato, casi intactos. Cada vez le cuesta más comer. Podría pasar semanas sin probar bocado y no lo echaría de menos.

Sigue sin poder quitársela de la cabeza.

Al salir se ha fijado en la hora de cierre. Si quiere bajar a por ella, tiene el tiempo justo.

¿Qué estás haciendo, idiota? No estás aquí para esto. Llevarte a la cama a una local es la peor de las decisiones, lo sabes. Hay mil cosas que pueden salir mal. ¡Mil! E incluso aunque saliera bien, seguiría estando Stana. Tiene un radar para este tipo de cosas y si llega a enterarse…

No puedes arriesgarlo todo por un polvo. Aunque sea con una mujer así.

Las reglas están para algo. Te mantienen vivo y lejos de una celda. Saltárselas, aunque solo sea una vez, es caer en una espiral cuyo final es siempre el mismo. Lo has visto docenas de veces. Es un patrón: te crees más listo que nadie. Indestructible. Empiezas a cometer errores, a dejar pistas. Hasta que un día…

Ninguna policía del mundo es incompetente. Hasta las de los países más inesperados terminan siendo peligrosas.

Especialmente cuando te tienen ganas.

Y a nosotros todos nos las tienen. *Todos.*

Lo mejor que puede hacer es irse a la cama. Mañana se le habrá pasado el ardor y ya no se acordará ni de esos ojos oliva ni de la manera en que lo miraban.

Se levanta y va a la cocina. Lava el plato y lo deja en el fregadero. Apaga la luz y enfila el pasillo.

No ha dado ni cuatro pasos cuando da media vuelta, recoge la cazadora del respaldo de la silla y sale a la calle dando un portazo.

Vicky nunca pierde el tiempo cuando dan las nueve y media. Se libra cuanto antes de aquella ropa que odia a muerte y sale cagando leches. Nada que ver con la pachorra que gastan las demás, mientras sus maridos o novios las esperan pacientemente en la calle.

Hoy el gran tema de conversación es el nuevo puesto de Esther. La afortunada es el centro de atención. Los comentarios van de un extremo a otro del vestuario: ¿Qué tal el primer día? ¡Qué suerte, chica! ¡Te lo merecías, guapa! Vicky sabe que, en realidad, la mayoría de esas frases van dirigidas a ella. Tanto por el tonillo como porque, quienes las sueltan, la miran por el rabillo del ojo.

Una vez más, la leona que lleva dentro se muere por arrancarles los hocicos a un par de esas hienas. Pero se aguanta.

Se echa un último vistazo en el espejo, se cuelga el bolso al hombro y sale sin prisa, pasando entre las compañeras, que hacen como si no estuviera. Solo Esther levanta la mano para despedirse.

Hasta mañana.

Cuando pone los pies en la calle se lo encuentra esperándola bajo la luz exigua de una farola mal alimentada. Fumando tranquilamente. Cualquiera diría que está allí por casualidad. Sin otro objetivo que dejar correr el tiempo.

Pero Vicky sabe que es por ella.

La clienta metomentodo tenía razón en algo: es un pedazo de hombre. Alto, delgado y con ese aire de depredador con el que se nace, que no se puede adquirir. Con todo, no es eso lo que le ha llamado la atención. Buenazos los tiene a puñados. El de ahora, sin ir más lejos. O el mismo Roger tampoco estaba nada mal. Pero ninguno de ellos tiene, ni de lejos, lo que ella ha intuido en el hombre que ahora la contempla, con los ojos entornados tras el humo del cigarrillo, que sube al cielo en espirales.

Una calidad indefinible pero que ella sabe distinguir y que la pone. Algo que a sus ojos lo convierte en un hombre de verdad, a años luz de esos payasos que esperan sus compañeras, como vacas paciendo en mitad del campo. Y que también le permitiría pasearse por los salones de cualquier palacio o mansión sin desentonar en absoluto.

Es ese aire, más que la percha, lo que le ha llamado la atención. Hombres como ese no se encuentran en la cola del Mercadona.

Cuando él la reconoce, da una última calada y tira la colilla al suelo. Endereza la espalda y da un paso. Vicky, en cambio, se queda quieta donde está.

Si quieres algo, ven tú.

Se miran sin moverse. Al final, él cruza la calle y se le para delante, demasiado cerca para alguien cuyo nombre ni siquiera conoces.

—Soy Dejan —le pone remedio.

Ella nota enseguida el acento extranjero. Como el de muchos futbolistas que salen por la tele. Pero no de esos zoquetes que destrozan el castellano y parecen el indio Juan cuando lo hablan. Este es de los otros: de los que se expresan con fluidez. Debe de ser serbio o de por ahí, piensa. Solo ellos lo consiguen con tanta facilidad.

No estaría mal que jugase en el Barça, piensa mientras se hace la difícil. Pero tiene demasiada clase para dar puntapiés a una pelota. Y, además, los deportistas son más difíciles de pescar de lo que parece. Siempre dispuestos a llevarte a la cama, eso sí. Pero al día siguiente…

—Y yo, Vicky —acaba respondiéndole. No le da los dos besos de rigor. Él no parece echarlos de menos.

—¿Te apetece que tomemos una copa en algún sitio?

Va directo al grano. Eso también le gusta. Demuestra seguridad. Ya son mayorcitos para jugar a Romeo y Julieta.

—¿Dónde?

—Donde tú quieras. Estoy de paso. Llévame.

Vicky simula pensárselo y al final cabecea afirmativamente.

—¿Por qué no? ¿Tienes coche?

—No he alquilado ninguno. Prefiero un taxi. ¿Te importa?

Lástima. Le habría gustado ver qué marca de coche conduce.

Ve una luz verde en movimiento y levanta la mano.

Terminan en el Dry Martini, en el Eixample. Un local con mucho cuero, madera y latón donde Roger solía llevarla para lucirla, colgada de su brazo, y provocar envidia. Apenas entra reconoce un par de caras que hace unos cuantos meses habrían corrido a saludarla. Ahora simulan que no la han visto y se apresuran a mirar hacia otro lado. Ella los imita.

¡Que os folle un pez, hijoputas!

Se lo lleva a un rincón donde se sientan en unos sillones tapizados de azul turquesa, rodeados de cuadros con motivos del cóctel que da nombre al local. El camarero no tarda nada.

—¿Han elegido los señores?

Vicky pide un margarita y él un sazerac. Nunca había oído ese nombre. Se da cuenta de que, a pesar de que ha escogido ella el lugar, es él quien se mueve como pez en el agua.

Bueno. No le importa.

Apoya la espalda en el cuero y se pasa la mano por el pelo. Se humedece los labios con la punta de la lengua.

—¿Siempre eres tan callado?

—Mi padre decía que el silencio es demasiado precioso como para romperlo sin un buen motivo.

—Tu padre no tenía muy buena mano con las mujeres, ¿verdad?

Dragan se ríe por primera vez. La encuentra sencillamente espectacular. ¿Cómo es posible que alguien como ella esté trabajando de cajera en un súper? Pero sabe que lo último que le conviene es preguntarlo. Ya llegarán a eso, si la cosa va bien. Ahora le toca abrirse un poco.

Espera a que el camarero deje las bebidas sobre la mesita baja que tienen delante, echa un trago de su copa —impecablemente preparada— y empieza a soltarle la historia que ha estado ensayando mentalmente en el taxi. Se llama Dejan Cuturovic, es serbio y trabaja en el mundo de la importación y exportación de artículos de lujo. Viaja por todo el mundo. Muy poco a Barcelona, hasta ahora. La ciudad le gusta, a pesar de que no conoce a nadie.

Vicky se incorpora para beber su margarita. Lo observa con recelo.

—¿Trabajas con artículos de lujo y te compras la cena en un Mercadona? ¡Qué empresario más raro! Debes de ser el único de tu gremio que vive así…

Él no acusa la alarma que le provoca aquella pregunta. No se esperaba algo así de una cajera. A partir de ahora tendrá que ir con pies de plomo.

—Me cansé de los hoteles —responde con aplomo—. Cuando estás tanto tiempo fuera, todos te parecen iguales. Llevo unos meses alquilando un apartamento allá donde voy y tratando de hacer una vida más normal. Si no, se te sube a la cabeza y no es bueno.

Ella parece divertida con aquella respuesta.

—¿Y lo consigues? Lo de la vida normal...

—Hasta ahora no demasiado, pero no dejo de intentarlo.

Vicky vuelve a echarse atrás sobre el sofá. Intenta determinar si está diciendo la verdad. Por lo que ella sabe del lujo, la gente nunca se cansa de él y raramente tiene bastante. No acaba de tragarse aquella historia sobre el pobre ejecutivo, lejos de casa de mamaíta, que trata de mantener los pies en el suelo.

Pero ha visto cosas más raras. Como ser hoy el dueño de media Barcelona y mañana, un fugitivo de la justicia. Bien mirado, puede que tampoco sea tan extraño.

A pesar de que tienen demasiadas cosas que esconder, el alcohol los ayuda a relajarse. Después de la segunda copa, ella ya se ha olvidado de los imbéciles que la han ignorado al entrar y de lo fuera de lugar que se sentía. Es fácil estar allí con ese hombre. No la presiona, ni la acosa, ni le hace sentir que tendría que ser de cualquier otra manera. Se limita a hablar en voz queda de mundos en los que ella solo puede soñar. Y a mirarla con ojos de lobo malo.

Una mirada que le gusta mucho.

Cuando se termina el segundo margarita, todavía no ha decidido si pedirá un tercero. Se levanta y dice con ligereza que tiene que ir al baño, en parte para darse tiempo a decidirlo. Él afirma con la cabeza. *Por supuesto.*

No se da cuenta de que la ha seguido hasta que oye la puerta abriéndose a su espalda. Se da la vuelta y, antes de que pueda decir nada, él la coge por la cintura, la atrae y la besa con una intensidad que Roger ni habría podido imaginar. Medio borracha de tequila y deseo, le devuelve los besos. Él la levanta y se la lleva al interior de uno de los urinarios. Oye el ruido de la puerta al cerrarse de golpe y, enseguida siente su mano subiendo por el muslo para arrancarle las bragas.

Gime y le araña el pecho con la punta de las uñas, perfectamente esmaltadas de rojo. La boca de él le delinea el cuello, mordisqueándoselo con delicadeza. Un instante después, siente cómo la penetra. Se muerde el labio para no gritar, pero cuando él la embiste es incapaz de retener los gemidos. Si entra alguien, ¿qué pensará?

Se la suda.

Nunca nadie la había follado de esa forma.

—No te corras dentro, ¿me oyes? —acierta a gemir en mitad de todo aquello.

Él obedece y sale un instante antes. Se vacía sobre las baldosas, pero apenas si atenúa el orgasmo. El más intenso que recuerda. Se queda jadeando y viendo cómo él también resopla, mientras recupera las sesenta pulsaciones por minuto.

Cuando las manos de él la liberan, le abofetea con todas sus fuerzas. Tanto que le hace sangrar el labio.

Él ni se inmuta.

—¿Quieres que vayamos a mi apartamento? —le pregunta, pasándose los dedos por la herida.

Vuelve a abofetearlo. Esta vez, con mucha menos contundencia. Después se le acerca y le pasa la lengua por donde todavía queda una brizna de rojo. Muy lentamente.

Vuelve a estar húmeda.

Se muere de ganas de volver a hacerlo, allí mismo.

Pero se obliga a esperar.

5

Elsa vuelve a mirarse en el espejo del baño. Se ha tomado un par de cafés muy cargados y se ha ordenado el pelo como ha podido. No pasaría de la puerta en el baile de la reina, pero quizás sea suficiente para despachar con Santacana. Al fin y al cabo, siempre ha sido su ojito derecho y los dos lo saben.

No necesita ser Sarah Bernhardt. Solo dar el pego.

Respira, coge fuerzas y va derecha al despacho del supervisor. Todo el inmueble todavía hiede por culpa de la última inundación que ha sufrido. Es *vox populi* que pocas comisarías están como para tirar cohetes, pero todo el mundo coincide en que la de Ciutat Vella se lleva la palma. Cada vez que llueve, las viejas cañerías del edificio de Nou de la Rambla se declaran en huelga de celo y los vestuarios, y hasta el vestíbulo, terminan anegados con dos o tres centímetros de aguas fecales y otras sutilezas.

Por una vez, aquello juega a su favor. Con esa peste flotando en el ambiente mucha tendría que desprender su ropa para no quedar disimulada.

Love is in the air, como diría el poeta.

Recorre los pasillos hasta llegar a la zona acristalada, la más amable de aquel cuartel forrado de baldosas de piedra gris, y llama a la puerta del subinspector. Enseguida oye la voz grave y laminada de Santacana invitándola a pasar. Es un hombre calvo, de mediana estatura, que roza los sesenta y luce un bigote claro y frondoso, a juego con los ojos de un azul acuático.

A primera vista puede parecer un buenazo, pero no le duelen prendas cuando cree que debe darte un buen repaso. Elsa lo ha comprobado más de una vez.

—¿Cómo estás? —le pregunta apenas verla. Y sabe por el tono que no es solo cortesía.

—Bien. Muy bien.

Él la mira de arriba abajo.

—Pues si estás tan bien, deberías procurar parecerlo. Traes toda la pinta de una borracha que se ha metido dos cafés muy cargados entre pecho y espalda para salir del paso.

—Joan…, estoy bien, en serio. No feliz como una perdiz. No de puta madre. Pero puedo hacer mi trabajo perfectamente. El resto, ya se encargará el tiempo de ponerlo en su sitio. ¿No se trata de eso después de todo?

—No —discrepa el subinspector invitándola a tomar asiento—. Ese es solo un aspecto del problema. Pero para mí el tema es mucho más amplio. Elsa, en menos de tres meses los de la Salvatrucha han dejado tetrapléjico a Nico y tú te has enterado de que Jordi le había hecho un bombo a la Solà. ¡Joder! Si lo leyera en una novela, me parecería excesivo. Pero la vida es mucho más jodida que las novelas, y a ti te ha pasado. No puedes simular que todo te resbala. Si me hubiera pasado a mí, no quiero ni imaginarme cómo estaría.

Elsa se da cuenta de que Santacana la conoce demasiado. Tendrá que hacerlo mejor si no quiere que la rebaje de servicio. Lleva demasiados días sobre la cuerda floja.

—Estoy hecha una mierda, jefe, no te lo niego. Pero ahora pueden pasar dos cosas: que me obligues a cogerme una baja y me quede en casa, hundida en la miseria, o que me dejes echarle ovarios y continuar trabajando. La decisión es tuya, pero no creo que lo consiga si me quitas de en medio y el resto no para de tratarme como si fuera una muñeca de porcelana, ¡hostia!

—A mí no me grite, ¿me oye cabo?

La cara de Santacana lo dice todo: no te pases ni un pelo, que te la juegas.

—Perdona. Yo… Perdone, señor. Ha estado fuera de lugar.

Soportan un momento muy incómodo. Después, Santacana ya puede relajar el ambiente.

—He leído el informe del psicólogo. No lo ve claro. Pero tampoco es concluyente… Me deja la decisión final a mí, el muy… Por el mismo precio, podría cobrar yo su sueldo, ¿no te parece?

Elsa baja la mirada. Se ha esforzado muchísimo con el psicólogo. Y creía que lo tenía en el saco. Todo depende de lo que diga ahora.

—Señor… Joan… Te prometo que puedo hacerlo. Solo necesito concentrarme en el trabajo y empezar a dejar toda la mierda atrás.

Él se repantiga en el sillón. Temía que saliera con eso.

La aprecia de verdad. Se conocen desde que era su alumna, en la Academia. Luego, ha seguido su carrera modélica. Si alguien no se merecía lo que se le ha venido encima esa era Elsa Giralt. Pero la vida no entiende de méritos.

—Si me arriesgo y te dejo continuar, tiene que ser con un compañero —termina diciéndole, a regañadientes—. Desgraciadamente, Nico no volverá. Y no podemos continuar fingiendo que sí.

Elsa no tendrá un momento mejor que este.

—Precisamente, quería hablarte de esto. No sé si sabes lo que ha pasado esta mañana…

—¿La mujer de Medinaceli?

—Sí. La he encontrado yo. El caso es mío… Si se me permite continuar en activo, por supuesto.

Santacana levanta las cejas.

—¿Qué quieres decir con que la has encontrado tú?

—Pues eso: que la han matado justo a la puerta de casa. Es como una señal. —El subinspector arruga la nariz. No es un hombre nada místico. Para él, las únicas señales que cuentan son las de tráfico—. Al cabo de nada ha llegado otro agente que también está sin compañero. Se llama Santi González. Pasaba por allí, pero es de Sants-Montjuic. Seguro que lo puedes arreglar. Me gustaría hacerlo con él, si te parece bien.

El subinspector tiembla pensando en el papeleo. ¿Por qué tiene que complicarlo todo? ¿No hay buena gente en su comisaría? Por otro lado, es la primera vez que demuestra interés en trabajar con alguien que no sea Nico. Quiere ponérselo fácil. No se perdonaría perderla. Y sospecha que ha estado a punto. Quizás todavía lo esté.

—¿Por qué alguien de fuera? ¿Tienes problemas con los compañeros de aquí?

—¡En absoluto! Es solo que… ha llegado un par de minutos después. Ya sabes cómo va esto. Siente el caso como suyo. Y yo también. Haremos buena pareja, lo intuyo.

Otra cosa en la que Santacana no cree es en la intuición. Suspira.

—La cosa es ponérmelo difícil, ¿verdad, Elsa? Si lo llego a saber te suspendo.

Ella se relaja. Ya lo tiene. Hasta consigue forzar un mohín.

—No te lo crees ni tú. Nunca has tenido una alumna mejor.

Ahí le ha dado. No ha tenido otra como ella. Santacana sabe ver cuándo ha perdido.

—Mira… Haré un par de llamadas, ¿vale? Quizás no sea definitivo. Solo para este caso. Veré qué se puede hacer. Sea como sea, recuerda una cosa, Elsa: creo firmemente en las segundas oportunidades. Pero nada en las terceras. Si me la juego por ti y monto este pollo por el tal González, luego no la cagues.

Elsa sabe que no puede prometérselo. No tal y como está.

Aun así, lo hace.

Todo el mundo hace cábalas con el año en que el doctor Navarro debería haber colgado la bata. Pero como es el forense que

42

todos desean cuando el caso no es de los de sota, caballo y rey, ahí sigue. De metro sesenta escasos, manecitas infantiles y eterno lacito al cuello, ocupa un despacho remoto, escondido al fondo de un pasillo del instituto forense de Cataluña, a dos pasos de donde apareció el cuerpo. El lugar parece sacado de una fotografía de los años sesenta. Un espacio construido a medida de su ocupante a base de años y dedicación. Acogedor de puro caótico.

Un santuario.

Elsa lo conoce de otras veces y sabe que le gusta ir al grano. Va a buscarlo al sótano. Detesta bajar allí. El olor a muerto —o, más bien, a los productos con los que intentan disimularlo— la abruma. Pero es la forma más rápida de obtener la información que necesita. Al contrario de lo que hacen otros colegas, muy celosos de sus informes, a Navarro le gusta compartir sus descubrimientos con los agentes.

Vamos, que sería un personaje cojonudo para una novela negra.

Distingue su figura pequeña, recortada contra el marco de la puerta de la sala de autopsias, todavía con la bata verde puesta y la mascarilla blanca colgándole del cuello en vez de la pajarita habitual. Superando el mal cuerpo que le provoca el lugar, se apresura a ir hacia él.

—¡Cabo Giralt! —la saluda el doctor al reconocerla—. ¿Es usted o su versión de *The Walking Dead*? Si ha bajado hasta aquí es que debe tener un motivo poderoso. ¿Cómo puedo hacer que el mal trago le merezca la pena?

Comentarios de ese tipo son lo último que esperarías en boca de un venerable forense. Pero esa es una de las virtudes de Navarro: vivir con un pie en cada mundo sin encajar —pero tampoco desentonar— totalmente en ninguno.

—Llevo el caso de la chica que han encontrado aquí al lado.

—¿La estrella de cine? ¡Caramba! Si me permite la falta de tacto le diré que tiene mejor aspecto ella, difunta, que usted, vivita y coleando. Si le digo esto es para que se cuide un poquito más, cabo. Solo tenemos un cuerpo y si no lo tratamos como es debido terminamos bajo bisturíes como el mío antes de tiempo. Con otro, me daría igual, se lo confieso. Pero en su caso no tengo prisa en diseccionarla. O sea que hágame el favor, ¿quiere?

Elsa no se esperaba aquella declaración. No sabe si emocionarse o mandarlo al carajo. Opta por una solución intermedia.

—Bueno... Es el piropo más original que me han echado nunca. Solo por eso intentaré seguir su consejo.

—Usted sabrá lo que hace. En fin, acompáñeme.

Navarro la precede al interior de la sala. Esquiva un par de mesas de autopsias vacías y la guía hasta las neveras que hay al otro lado. Abre una y saca la litera de metal sobre la que reposa un cuerpo.

Tenía razón. Tiene mejor pinta la muerta.

—María Victoria Martí Rojas —recita, como el niño que se ha aprendido la lección de memoria—. Veintisiete años. Natural de Ripollet. Causa de la muerte: pérdida masiva de sangre a causa de una herida recibida en el costado derecho por un objeto punzante.

—¿Navaja o cuchillo?

—Ni lo uno ni lo otro. Si quiere mi opinión, creo que usaron algo poco común. Apuesto por un cúter. Hoja extremadamente fina. Tengo que hacer más pruebas. En todo caso, nuestra amiga recibió varias puñaladas y, seguramente, ni las sintió. Continuó funcionando un buen rato, lo que implica que podría haberse alejado considerablemente del lugar del crimen. La pérdida de sangre fue constante y abundosa. Tenía la pernera de los pantalones empapada. Poco a poco debió de ir encontrándose mal. Se sentó en aquel banco y... ¡puf! La posición del cuerpo es curiosa, cuando menos. Por no hablar de la expresión facial. —Señala, como quien no quiere, la media sonrisa que aún conserva el cadáver—. ¿Ha buscado restos de sangre en las aceras? Porque debió de perder mucha. Todo un rastro, como los guijarros de Pulgarcito...

Elsa hace un gesto de impotencia.

—Lo pensé enseguida, pero cuando intenté seguirlo me encontré con que habían regado las calles. ¡Para una vez que el Ayuntamiento cumple con su obligación!

—Ya. Demasiado fácil, ¿verdad? Las cosas suelen ser más complicadas.

Elsa está de acuerdo, sin expresarlo en voz alta.

—¿Qué más puede decirme, doctor?

Navarro se rasca la coronilla. Por un instante, parece un muñeco de Jim Henson. Uno de esos abueletes engorrosos que salían al final del *Show de los Teleñecos*, en un palco del teatro, poniendo a parir el espectáculo.

—Médicamente, muy poquito, la verdad. La víctima estaba en un estado físico envidiable. Tenía los órganos impecables y un cuerpo DIR de esos tan buscados. Si fumaba era con cuentagotas y no tenía rastros de ningún tipo de droga en sangre. La única pega, la puñalada. ¡Ah! Y había practicado sexo. Le he guardado una muestra para poder compararla con el ADN del sospechoso... cuando me lo traiga.

—¿Ya está? —Esperaba alguna revelación más del gran Navarro.

—Bueno... He echado un vistazo a las pertenencias mientras la desnudábamos. Llámeme tiquismiquis, pero hay una cosa que me ha rechinado. Puede que no sea nada...

—Dispare.

—¡Pum! —Navarro ríe estúpidamente de su propio chiste malo—. No, lo que quería decirle es que la víctima llevaba una blusa Hermès que vale más de dos mil euros. Lo he buscado en Internet. Pero, en cambio, los pantalones eran de Zara. Los zapatos, de piel de pega, y las joyas, bisutería. Todo el conjunto no llegaba a los doscientos. ¿No le parece incongruente?

Elsa lo piensa. Sí, se lo parece. La que puede gastarse dos mil pavos en una blusa no se compra luego los pendientes en un Bijou Brigitte. Por no mencionar que las cajeras de Mercadona no compran en Hermès.

—¿Y la expresión? —pregunta la agente—. ¿Es debida al rigor mortis?

—Si lo es, yo no había visto algo semejante en cuarenta años de oficio. No. Mi opinión profesional es que se sentó a morir en un banco y marchó de este mundo con una idea en la cabeza que le dejó la cara de Gioconda.

—¿Insinúa que la perspectiva de morir la alegraba?

—Sería la primera vez que sucede con una moza de estas características, ¿no cree usted? Personalmente, me inclinaría más por la posibilidad de que no se dio cuenta de que se moría. Creo que lo que la alegraba era otra cosa. Quizás si la averigua, descubra también al asesino.

Elsa no dice nada. Todo aquello le parece demasiado de Agatha Christie. Los casos de verdad suelen ser más prosaicos.

Navarro suspira.

—¿Sabe qué es lo jodido de hacerse viejo, cabo? Que, a mi edad, uno ya solo está cerca de una mujer como esa cuando la tiene sobre la mesa de autopsias. Y es muy triste. Aproveche ahora que todavía es joven, hágame caso. Si no, un día te despiertas y te das cuenta de que el último tren ya ha abandonado la estación.

Elsa siente una punzada en el pecho y se vuelve para fulminarlo con la mirada. ¿Hasta él sabe lo que ha pasado con Jordi? ¿Qué pasa? ¿Que lo han publicado en la intranet?

Pero el forense ni se da cuenta, inmerso en sus cavilaciones y su nostalgia.

6

Vicky abre los ojos cuando aún no es de día. El decorado que la rodea le resulta extraño. Necesita un momento para recordar dónde está y qué ha pasado.

Todavía no se lo cree. Menuda noche.

El sexo le resulta tan natural como el caminar, o el comer. Depende de con quién es una simple herramienta. Pero con el compañero adecuado se convierte en el mayor de los placeres. Desde su primera vez, a los quince —aquella vez fue un instrumento—, ha tenido tiempo para aprender a distinguir cuándo es una cosa y cuándo la otra. Y a sacar el mayor provecho posible de ambas. No tiene tabúes. Ni prejuicios. Y muy pocos límites. Este es un mundo de hombres. Y, si una mujer renuncia a usar su arma más poderosa, se merece lo que vendrá después.

El sexo ha sido siempre su territorio. La llave que abría todas las puertas. La respuesta a todas las preguntas. El lugar donde era ella quien imponía sus condiciones. Pero lo que ha pasado hace un rato. ¡Joder! Habría jurado que solo sucedía en las pelis porno.

Se vuelve para mirarlo. Juraría que está tan despierto como ella, pero simula continuar dormido. Sin pensárselo, le suelta un puñetazo en el hombro. Él no reacciona, como si no hubiera sentido el impacto. Entonces, se le arrima y le susurra:

—Fóllame.

No se equivocaba: estaba despierto.

El humo del cigarrillo se encarama hasta el techo dibujando arabescos efímeros por el camino. Él da una calada y se lo ofrece. Vicky no fuma casi nunca, pero esta vez lo acepta y lo disfruta. Se lo devuelve enseguida. Se conoce y, si no va con tiento, se engancharía al tabaco. Y eso por nada del mundo. Recuerda muy bien lo que los Ducados le hicieron a su madre y cómo la vio consumirse y toser hasta escupir los pulmones por la boca. Eso no le va a pasar a ella.

Pero, mierda, ¡qué bien le ha sentado!

Le ve fumar a él. Desnudo es aún más impresionante. Cincelado como los de las *diapos* que les pasaban en la clase de historia del arte del instituto. Pero sin excesos rollo Dwayne Johnson. Los idiotas creen que cuánto más anchos tienen los bíceps más atractivos resultan. Ese, en cambio, demuestra que es listo y solo tiene los músculos necesarios para resultar esbelto y proporcionado.

Le sobran los tatuajes, eso sí. Los tiene a puñados, como los jugadores de la NBA o los presidiarios de las películas. El más escandaloso, una enorme cruz que le ocupa todo el pecho. Aquello la descoloca un poco y decide satisfacer la curiosidad.

—¿En serio crees en Dios?

Él tarda un momento en responder. Como considerando si hacerlo.

—Me gustaría —acaba diciendo—. Pero no lo he encontrado por ninguna parte. Me lo hice por mi madre —continúa, adivinando que todo viene por el *tatoo*—. Ella sí que creía. Quería que yo también creyese y me lo hice para hacerla feliz. No creo en Dios, pero creo en que los buenos hijos contentan a sus madres.

Vicky vuelve a ver la imagen de la suya. Siempre de mala hostia. Siempre poniéndola a parir. Siempre con el cigarrillo en los labios y mendigando la atención de algún hijoputa que se quedaba el tiempo justo para echarle un polvo y llevarse el poco dinero que hubiera en casa.

Quizás si la hubieras tenido a ella no opinarías igual, piensa. Pero se lo calla. En lugar de eso, se le arrima otra vez y le mordisquea los pezones con los dientes. Enseguida nota cómo se pone tenso. No recuerda cuántas veces lo han hecho, pero sigue queriendo más.

¡Si lo viera Roger! Él, que se creía tan macho.

Quiere volver a sentirlo dentro. Pero, en el último momento, sufre un ramalazo de responsabilidad y le echa un vistazo al reloj de pulsera. La cabrona de Encarna no le dejará pasar otro retraso.

—Es tarde —dice saltando de la cama—. Tengo que irme.

A pesar de la prisa, decide pasar por la ducha. No puede presentarse en la tienda oliendo a sexo. Se pone bajo el chorro de agua caliente, procurando no mojarse el pelo. De repente, lo siente detrás. Nota su miembro, duro, contra las nalgas y las manos masajeándole las tetas y jugueteando con los pezones.

Gime.

Resulta el mejor polvo de todos.

—No vayas a trabajar —le pide, mientras la observa vestirse, totalmente desnudo—. Yo puedo cancelar lo mío para hoy. Quédate.

Es tentador. Pero sabe cómo va aquello: empiezas supeditándote a los deseos del otro y acabas siendo su chacha. Ya ha pasado esa pantalla. Se abrocha las sandalias y se levanta, decidida.

—Sí, ya. Y pagarás tú mis facturas, ¿verdad? Mira, Dejan, ha estado de puta madre, vale. Pero no nos confundamos: tú estás de paso. Te largarás en un par de días. Y yo seguiré con mi mierda de cada día. No juguemos a que somos novios, ¿quieres? No nos pega a ninguno de los dos.

Él insiste.

—Pues iré a buscarte. Como anoche.

Ella se le acerca hasta casi tocarle la punta de la nariz con la suya.

—¿Y quién te ha dicho a ti que quiero que vengas, tío? ¿Cómo estás tan seguro de que no tengo novio y tú has sido solo un polvo de una noche?

Él tira de la sangre fría que la pone tanto.

—Estoy seguro de que tienes novio. No me importa. Estaré a las diez, donde ayer.

No está acostumbrada a que den nada por hecho con ella. Solo por eso le encantaría mandarlo a la mierda, salir por la puerta y dejarlo allí plantado.

En lugar de eso le pone la mano en los huevos y empieza a magrearlos. Él vuelve a tensarse y le busca los pechos. Pero lo aparta de un manotazo.

¡Déjame hacer!

Le masturba sin prisa. Mirándolo a los ojos, lasciva, mientras va notando cómo crece y se le pone dura.

Y, cuando lo ha puesto a mil, se levanta. Él no protesta. La observa lavarse las manos en el fregadero de la cocina y después marchar sin decir adiós ni mirar atrás.

Se va al baño y termina el trabajo, furiosamente. Aun así, los huevos le laten como si alguien acabara de pateárselos.

Sentado en la terraza de un local diferente al de ayer, Dragan memoriza las rutinas de los empleados de la joyería. Son jóvenes. Elegantes. Eficientes. Y se nota que los han adiestrado en una serie de protocolos encaminados a reforzar la seguridad del local. Hay que llamar al timbre para que te dejen entrar, y nunca lo hacen sin haberse asegurado de la pinta que tienes. Además, cuando alguien abre la puerta de la calle, una mujer con visos de ser quien manda, lo supervisa siempre desde una distancia prudencial. Está claro que todo aquello no sirve de gran cosa si te atracan hombres que saben lo que se hacen. Los protocolos de la joyería son lo bastante estrictos como para cumplir los requisitos de las compañías de seguros, *OK*. Pero aquello no es Fort Knox, ni de lejos. La pega es que el local es muy céntrico y las posibilidades de que pase un coche patrulla por casualidad son elevadas. Eso les deja solo cincuenta segundos para hacer el trabajo. Cincuenta y cuatro, a lo sumo.

Suficiente.

Las aseguradoras y las compañías de seguridad privada hacen las cosas cada vez mejor. Ya no quedan mirlos blancos. Pero da igual. No hay ninguna puerta en el mundo que no se pueda reventar, ni ninguna joyería que no puedas desvalijar. Y esa no es la excepción. Ahora mismo ya sabe perfectamente lo que habrá que hacer para llevarse todo lo que le apetezca de allí.

Le encanta esa sensación. De control total. De poder hacer lo que quiera sin que nadie sea capaz de impedírselo.

Entonces recuerda su rostro desafiante, mientras lo masturbaba hace un rato.

Con ella no siente que tenga el control de nada.

Y, a pesar de todo, le gusta.

Mucho.

Demasiado.

Lo que ha pasado esta noche ha sido una locura. Y que ahora esté pensando en ella lo empeora aún más. Si le quedaran dos gramos de cerebro, abandonaría el piso hoy mismo y se esfumaría como ha aprendido a hacerlo. En su mundo, seguir las reglas no es una opción. Es la condición indispensable para continuar vivo. Él no se ha apartado nunca ni un milímetro, y ha obtenido buenos dividendos. Nunca le han detenido. No ha visto una prisión por dentro. Ni ha tenido que rendir nunca cuentas a los jefes de la organización, lo que podría ser mil veces peor que la cárcel.

Empezar a cambiar a estas alturas solo puede traerle disgustos.

Tiene que alejarse de ella. Como de la peste.

Ahora que todavía está a tiempo.

Vicky se coloca frente el espejo que tiene en el armarito. Como no soportaba ir vestida dos días con la misma ropa, ha renunciado a comer para poder correr a casa y cambiarse. Ha escogido algo elegante: jersey ligero y ceñido, de cuello de cisne, minifalda, torera de cuero y botas altas, de piel. Todo negro. Y para rematarlo, criollas de plata y un collar largo para llevar sobre la ropa. Antes de salir, ha perdido un tiempo que no suele gastar en repintarse los labios de Rouge Scandal y retocarse la sombra de ojos.

Está es-pec-ta-cu-lar.

Esther se le acerca, aún vestida con su uniforme azul, recién estrenado.

—¡Qué guapa! ¿Has quedado con ese chico? Debe de gustarte si te has vestido así por él…

—No es ese. Es otro. —No está segura de querer hablar de esto con ella—. Un tío que he conocido… Pero ni siquiera sé si vendrá.

Esther vuelve a mirarla. Con envidia, pero de la buena.

—¿No sabes si vendrá y has pasado de comer para poder ir a cambiarte? Vendrá, no lo dudes. ¡Así de seguro me gustaría tener el Gordo de Navidad! Venga, no lo niegues: este te gusta. ¡Y mucho!

Vicky resopla disimuladamente. ¿Tanto le gusta? ¿Sí? ¿Y tanto se le nota? No es eso lo que pretende. Y que para Esther sea tan obvio la pone contra las cuerdas. De buena gana le diría que se metiera en sus cosas y la dejara en paz. Pero se contiene. Es lo único que tiene ahí dentro parecido a una amiga. Y la muchacha tampoco tiene la culpa de sus comidas de olla.

Decide echar pelotas fuera.

—Me parece que exageras —dice, poniendo el tono que usa cuando quiere dejar patente que la cosa le resbala—. Mujer, el tío está bueno, no te digo que no. Pero no rollo el hombre de mi vida, ni nada parecido.

La otra no termina de dejarse convencer.

—Si tú lo dices… ¿Y al de siempre qué le has dicho?

—Nada. No lo sabe —contesta agitando la cabeza para colocarse bien el pelo—. Ni le importa. No soy suya. Es mi vida.

La rubia ha aprendido a guardarse las opiniones cuando habla con su compañera. Tú sabrás, piensa. A ella ni se le pasaría por la mente ir con otro que no fuera su Ruben. Y no le perdonaría a él que flirteara con otra. Pero hace tiempo que tiene claro que ellas dos viven en mundos diferentes.

—Escucha, voy saliendo, ¿vale? —recalca la Duquesa—. Hasta luego.

—Ve, ve…

¿Y dice que exagera? ¡Sí, ya! Nunca la ha visto apresurarse por ningún chico. Ni vestirse, ni retocarse el maquillaje. ¡Loquita por este pavo tienes que estar! Y mira que para ser más guapo que el que ya tenías…

Vicky está nerviosa mientras recorre el pasillo que lleva a la calle. No sabe si quiere que esté o no. No ha podido dejar de pensar en él en todo el día. Incluso Esther se ha dado cuenta. Lleva mucho tiempo sin querer ese tipo de relación. El único hombre que podrá marcarle el compás será uno que pueda ofrecerle la clase de vida a la que aspira.

La cuestión es si Dejan podría ser ese hombre.

Ha conocido los suficientes como para saber que está hecho de otra pasta. Pero también para darse cuenta de que no es trigo limpio. Después de todo, es una chica de barrio. Ha crecido rodeada de buenas piezas y los ve venir a la legua. Pero Dejan juega en otra liga. Los que ha conocido hasta ahora jugaban en tercera regional y él, en la Champions. Y, además, la estrella del equipo.

¿La asusta un poco?

Puede. *Un poco.*

Aguanta la respiración mientras abre la puerta, pero enseguida puede tomar aire. Está en el mismo lugar donde lo encontró la noche pasada. Fumando un cigarrillo bajo la luz mortecina de la farola, con idéntica indolencia.

Y se da cuenta de cuánto la habría puteado que no estuviera.

Se obliga a caminar sin prisa, como si le importase un comino. Por dentro, sin embargo, siente que el peso que le lastraba el pecho hace solo un instante se ha volatilizado.

—Así que después de todo, has venido…

Él entra en el juego por una vez.

—No tenía nada mejor que hacer. La tele de este país es una mierda.

Ella simula buscar a alguien, mirando a ambos lados.

—Si mi novio te ve, te partirá la cara. Quien avisa no es traidora.

—Tranquila, si aparece hablaré con él.

—¡Ah! ¿Sí? ¿Y qué le dirás?

—Que no juegue con los mayores, no vaya a hacerse daño. Y que se merece lo que le pasa por no estar aquí, contigo, en lugar de dejándole el campo libre a otro.

Vicky suelta una risita sarcástica.

—No te creas que no le gustaría. Tiene unos horarios horribles, el pobre.

—Que se joda. Hoy te llevaré yo a un sitio que conozco. ¿Te apetece?

Ella se suelta de una vez.

—Mucho —reconoce. Y le pasa la mano por la nuca obligándole a agachar la cabeza para poder besarlo—. No tienes ni idea de cuánto necesito una copa.

Él la agarra por la cintura y, así juntos, van a la esquina, a parar un taxi.

Esther es de las primeras en salir. Le da el tiempo justo de verlos de espaldas, alejándose. Vaya vayita con la Duquesa. Nunca la había visto tan acaramelada con un chico. No esperaba ver llegar ese momento.

Para que luego vaya de dura. En el fondo, es igual que todas.

7

Harry Cranston se pelea con unos archivadores de los que se debería haber desprendido hace años. Lo tiene todo digitalizado, por supuesto, pero insiste en continuar utilizando el papel siempre que puede. Y pierde el tiempo. Sabe que tiene colegas que se ríen de él a sus espaldas por eso. Que le llaman dinosaurio. Reliquia. Y también clientes que dudan de que alguien tan anclado en lo analógico pueda continuar siendo operativo en un mundo digital.

Por un oído me entra y por el otro me sale.

Lo único que importa aquí es su hoja de servicios (de Excel o de celulosa, como prefieran) y llegados a este extremo no hay otro investigador de seguros que pueda presentar una mejor. Cada año les ahorra millones a sus clientes en pólizas fraudulentas. Y cuando eso sucede, todo el mundo se olvida de sus excentricidades. Solo dan gracias por tenerlo trabajando para ellos y rezan para que no se jubile.

De nada, de nada. Vayan pasando por caja, por favor.

Tras haber revisado infructuosamente dos hileras de carpetas por segunda vez, Cranston suelta un taco y cierra el archivador de golpe. Está a punto de pillarse los dedos y eso empeora su humor. Resignado, se sienta detrás de la mesa, enciende el ordenador y hace una búsqueda. Ahí está, ¿lo ve? La mar de sencillo. Lejos de alegrarse, suelta otra imprecación. ¡Jodido mundo! No le gusta depender de los ordenadores para todo. Y la dependencia va a más, por mucho que se resista. Respira y se consuela pensando que si Meghan no estuviera de vacaciones, habría sido ella quien buscase. Pero su imprescindible secretaria antillana está de luna de miel y él tiene que apañárselas como puede mientras disfruta de dos semanas de sol, mojitos y sexo con ese monigote a quien no sabe qué demonios le habrá visto.

¡Ay, si fuera treinta años más joven!

A veces se pregunta por qué le molesta tanto depender de los ordenadores y tan poco de Meghan. Después recuerda el café que ella le trae cada mañana, cuando entra por la puerta, y la afilada ironía que le dedica a la menor oportunidad, y se queda mirando la pantalla del Mac esperando un poco de cafeína o un comentario sarcástico.

¡Vamos! ¿No sois el futuro?

Se siente, jefe. La humanidad no se nos da bien. Lo nuestro es el *big data*.

El *big data* no está mal, lo reconoce. Pero prefiere un chiste malo o un consejo de esos que no necesita. Solo espera que cuando ella vuelva no se despida a los cuatro días para dedicarse a tener hijos como una loca. No quiere ni pensar en qué sería de él sin toda esa ironía pululando por la oficina.

Por no hablar de cuánto echaría de menos el café.

En fin, ya solo quedan cinco días. Sobrevivirá.

El teléfono fijo que tiene sobre la mesa empieza a sonar con insistencia. Otra cosa de la que se encargaría Meghan y que a él le da una pereza terrible: tratar con los posibles clientes.

A la quinta llamada, se rinde.

—Cranston.

—¡Harry! John Thaw. ¿Cómo estás?

Crantson se pone alerta. Al otro lado del hilo está uno de los hombres fuertes de Berkshire Hathaway Inc., la segunda compañía de seguros más importante del mundo. Y uno de sus principales

56

clientes. Si el Pez Gordo en persona se ha tomado la molestia de hacer aquella llamada no es solo para charlar.

Obvia responder la pregunta de cortesía —a los hombres como Thaw se la trae al pairo cómo esté el resto del mundo— y va al grano.

—¿En qué os puedo ayudar, John?

—Pues espero que en mucho. Tengo un buen marrón entre manos: una póliza de más de veinte millones de euros que nos reclama un establecimiento de Barcelona, por un atraco.

Cranston deja escapar un silbido. ¿Veinte kilos? Un buen marrón, sí.

—¿Y sospechas que puede haber gato encerrado?

Thaw gruñe.

—¡Ojalá! No, no lo creo. Tiene toda la pinta de un trabajo de tus amigos, los Panthers. Entraron y salieron en menos de un minuto y solo se llevaron diamantes. Sabían perfectamente lo que buscaban y dónde estaba, como siempre. Mucho cristal roto, mucha intimidación, ningún herido y los tres autores, volatilizados. De manual.

—Y entonces ¿qué pinto yo?

El inglés adopta el tono de: ¿en serio necesitas que te lo explique?

—Bueno, primero, eres el tipo que mejor conoce a estos hijos de la gran puta. Igual puedes agitar el árbol adecuado a ver qué cae. Tienes muchos árboles que agitar, Harry. Y para nosotros siempre será mejor pagar un quince o un veinte por ciento del valor real de las piezas que el total. No sería la primera vez que haces un trato con esos serbios hijos de su madre, ¿no?

No. No lo sería. Pero cada vez resulta más complicado. Y nunca es por menos del veinticinco o el treinta.

—Ya veo. ¿Y segundo?

—Segundo… La encargada de la tienda es la clásica esposa trofeo. La hemos investigado un poco por encima y, aunque ahora se las dé de gran señora, sus orígenes son un poco turbios. Hablando en plata: una arribista que supo camelarse al tipo adecuado. No tiene mucho sentido que esté implicada, pero todos sabemos de tu olfato para estas cosas. No estaría de más que charlaras con ella y nos quedáramos tranquilos.

—Ya veo. Y esto ¿para cuándo lo querrías?

—Para ayer.

Ahora sería cuando Meghan arquearía las cejas y le haría el ademán de subir el precio con las manos. Mierda, esto no es lo mismo sin ella.

—Es que… verás, John…, ando un poco liado. Tengo otros clientes que…

Thaw es cortante sin resultar ofensivo. Tiene que haberle costado lo suyo haber llegado a dominar la técnica.

—Mira, Harry, tengo tres fuegos ardiendo a la vez y este no es el peor. Barcelona está aquí al lado. Coge un avión y ve a echar un vistazo, ¿quieres? Después me envías una factura por el precio que consideres justo y le diré a mi secretaria que te la haga efectiva enseguida. Y si consigues ponerte en contacto con esos cabrones y quieren pactar al alza, adelante. Lo que les saques me parecerá bien. Tu *bonus* incluido. Cualquier cosa antes que abonar la póliza entera. Este ejercicio no está siendo muy florido, y solo nos faltaría esto.

Te faltaría, piensa Cranston. Pero ya tiene lo que quería. Está harto de que le paguen a noventa días.

—De acuerdo, haré lo que pueda. Pero recuerda que los milagros son cosa de otro departamento.

Thaw suspira. Ya tiene al mejor. El resto no depende de él.

—Tú haz tu magia, ¿de acuerdo? Y me mantienes al corriente.

—Lo haré. Y suerte con los otros fuegos.

No tiene claro si ha llegado a escuchar sus buenos deseos. Thaw no se queda nunca al aparato más de lo estrictamente necesario. Piensa en lo frenética que debe de ser su vida.

Ni regalada.

Cranston apoya la espalda en el respaldo de la butaca giratoria y se queda observando el peluche a tamaño natural de la Pantera Rosa que cuelga de una horca improvisada en un rincón de su despacho.

Los Panthers son su némesis. Su obsesión. Se los lleva encontrando regularmente desde 2005, cuando se ocupó del robo de más de un millón de libras esterlinas en diamantes de la joyería Graff, de Londres. Un dinero que, por cierto, no consiguió ahorrarle a la compañía. Desde entonces han jugado al gato y al ratón por medio mundo: Japón, Dinamarca, Baréin, Suiza, Estados Unidos, Dubái... A veces ha ganado, otras muchas, ha perdido, y el resto han llegado a un pacto y los propios atracadores le han revendido el botín por un precio muy inferior al de la póliza que habría tenido que abonar la aseguradora.

Es este tercer escenario el que Harry detesta. Es un jugador y, como tal, está dispuesto a ganar o perder la partida. Pero, regalar las tablas... Quienes lo contratan, por el contrario, tienen una visión muy diferente de la historia. A ellos, el juego se la trae al pairo. Solo les preocupan las hojas de Excel. Las cuentas de resultados. Y en su mundo de números, es infinitamente mejor pagar tres millones que veinte.

Para él, en cambio, tres millones regalados a esa chusma son como tres patadas, directas a su hígado.

Y así lo tiene. Que ni Houdini.

Se levanta, se acerca a la ajusticiada figura de color rosa y, por sorpresa, le descarga un *jab* que la hace balancearse de un lado a otro al extremo del cáñamo, como si de repente estuviera bajo los efectos de un viento huracanado.

Los Panthers. Otra vez. ¡Uf!

Se está haciendo viejo. Pronto cumplirá sesenta y uno. Se mantiene en forma, vale. Pero ya no es como cuando tenía cuarenta y pocos y se veía capaz de perseguir a quien fuera, adonde fuera. Los años le han enseñado que los Panthers tienen las uñas afiladas y un zarpazo bien dado podría mandar al cuerno sus planes para la jubilación.

Los muertos no se compran una casita en las Bahamas para pasarse el día mirando el mar y bebiendo caipiriñas.

Aun así, una última partida lo tienta. Tiene cuentas pendientes con Pavel Rakic, el único hombre a quien el resto de los Panthers respetan sin fisuras. Cuentas casi de índole personal. Y también le gustaría echarle el guante a Dragan Jelusic. A este, solo por prurito profesional. Porque lo ha dejado a la altura del betún en un par de casos y estaría bien poder devolverle el favor.

Las caipiriñas le parecerían más dulces con aquellos a la sombra, ¿a que sí?

¡Y tanto! *Mucho* más dulces.

Se imagina qué le diría Meghan si estuviera sentada en su mesa: ¿Por qué finges que te lo estás pensando, Harry? ¿Una oportunidad de tocarle los huevos a Rakic? ¡No te la perderías por nada del mundo!

¡Demonio de chica! Vuelve de una vez, ¿quieres?

Levanta el teléfono y llama al aeropuerto para preguntar los horarios de los vuelos a Barcelona.

Elsa tose mientras intenta tragarse el último bocado del sándwich que se ha obligado a comer. Últimamente nada le apetece. Come porque de no hacerlo caería muerta. Y, aunque a veces no le parece tan mala opción, preferiría una manera más directa de acabar con todo.

Engulle la bola de pan y queso y la hace bajar con un trago de Coca-Cola —habría preferido una cerveza, pero quiere ser fiel a la palabra dada a Santacana—. Hace repicar tres monedas de dos euros contra el mármol de la barra y se levanta del taburete sin esperar el cambio.

Cuando se vuelve, se la encuentra delante.

La última persona que habría querido ver.

Un puñetazo en el estómago.

—Emma, ¿se puede saber qué coño haces tú aquí?

—Tenemos que hablar —La voz le tiembla ligeramente.

—Llegas un poco tarde, ¿no te parece? El momento correcto hubiera sido antes de irte a vivir con mi marido y dejar que te hiciera un bombo. *Entonces*, habría sido todo un detalle. Ahora, sinceramente, me la suda.

¿Se le habrá puesto cara de Rhett Butler mientras lo decía? Francamente, querida, ahora entiendo lo bien que sienta soltarlo.

La mira con rencor. Emma está preñada. *Muy* preñada. Y no le sienta nada bien. Ha engordado muchísimo, doce o trece kilos, por lo menos. Se le ha puesto el cuello como un toro, la cara de pan y una papada como la de Jabba el Hut. También tiene estrías en la garganta y un principio de bolsas bajo los ojos que antes no tenía. Y lleva el pelo estropajoso, como si se hubiera olvidado de dónde ha puesto la plancha que fue su mejor amiga durante muchos años.

Está viejuna. Señora. Incluso esos labios almohadillados que tanto daño habían hecho a la Academia, ahora parecen excesivos. Amorcillados. De bisturí. Nada que ver con la cadete que fue elegida por sus compañeros masculinos —extraoficialmente, claro; la policía catalana no es sexista ni cuando está de coña— como «la tía más buena de la promoción».

Y, aun así, la envidia.

Zorra.

—Elsa, perdóname. Te juro que las cosas no fueron en absoluto como queríamos…

—¡Ah! ¿No? ¿Y entonces cómo fue? Una noche te despertaste y te encontraste a Jordi durmiendo a tu lado, y pensaste: ¡pues mira, ya que está, mando a paseo el DIU y a ver qué pasa! A ver, Emma, ¡que nos conocemos desde hace muchos años!

Es cierto. *Un montón*. Desde la cola de admisión de la escuela de policía. Habían entregado la instancia una después de la otra y se convirtieron en las mejores amigas. Habían superado las pruebas juntas, patrullado las calles como compañeras y compartido cosas buenas y malas.

¡Pero si hasta fue su madrina de boda!

Hasta que, un día, al regresar a casa después de un servicio particularmente estresante, se había encontrado a Jordi esperándola, con la maleta hecha. Y, antes de darle tiempo a preguntar, se lo había soltado todo: que se iba a vivir con Emma. Que no era culpa de nadie. Que las cosas habían salido así, y que qué se le va a hacer. Que lo sentía muchísimo y comprendería que se sintiera ofendida, pero que esperaba que con el tiempo pudieran reconducir la situación como adultos. Los matrimonios se rompen todos los días. Y, después de todo, continuarían trabajando en la misma comisaría y habría que comportarse como personas civilizadas, ¿no?

El pequeño detalle de que Emma estaba de diez semanas se lo dejó en el tintero. De aquello tuvo que enterarse con el resto de los compañeros, cuando Emma lo hizo público, poniendo carita de Virgen María, sin atreverse ni a mirarla a los ojos.

Aquella misma tarde había sucedido lo de Nico. Y ella no puede parar de preguntarse si no había estado demasiado obsesionada con su mierda. Si no habría reaccionado antes de no tener en la cabeza la imagen de su marido y su mejor amiga, dale que te pego sobre las sábanas de algodón que ella misma se había esforzado tanto en encontrar (y que después había tenido que hacer jirones, una por una, antes de quemarlas).

Si, después de todo, no era culpa suya.

Y todavía tiene el valor de presentarse allí, para hablar. Le arrancaría los ojos con las uñas.

Pero Emma continúa intentando justificarse.

—¡Elsa, tienes que creerme! No lo buscamos. Jordi y yo te queríamos. Te queremos. Las cosas fueron así. Es una mierda, ya lo sé…

¡Qué vas tú a saber!

—¿Sabes qué te pasa, bonita? Que no soportas ser la mala del cuento. Vas por la vida como un tren expreso: sin mirar a ambos lados ni preocuparte de lo que te puedas llevar por delante. Y, si atropellas a alguien, todavía pretendes hacerle entender que la culpa ha sido suya, por cruzar la vía.

—No estás siendo justa…

—¿Que no? ¡Éramos amigas, tía! ¡Amigas! O yo lo era tuya. ¡Nunca se me habría ocurrido ponerle los ojos encima a un hombre con quien hubieras estado! ¡Y aún menos si ese hombre fuese tu marido! Pero al expreso Solà todo se la sopla, con tal de llegar a donde quiere. Así de sencillo.

—Ya veo que no va a haber manera de hacerte entrar en razón.

—No. No la va a haber. Ahí aciertas.

Emma baja los ojos y se coloca ambas manos en la barriga. Parece un movimiento inconsciente, compungido, pero Elsa, que la conoce tanto, tiene motivos para dudarlo.

—Pues si no quieres solucionar las cosas como amigas, yo no puedo obligarte. Pero que sepas que, si cambias de opinión, mi puerta estará siempre abierta. Y que no te guardo ningún rencor.

Elsa no se lo cree. ¿Tú? ¡A mí!

La aparta con el brazo. Con suavidad, pese a las ganas terribles de empujarla.

—Tengo prisa, ¿vale? Ya nos hemos dicho todo cuanto había que decir.

Emma tiene el buen criterio de no insistir. Casi ha llegado a la puerta del bar cuando se le ocurre que, en realidad, sí le queda algo por decir.

—Emma…

La otra se vuelve. Los ojos derramando esperanza.

—¿Sí?

—A ver si ahora, cuando salgas, os puede atropellar un autobús a ti y al alien ese que llevas dentro. Y si el bus puede ser articulado, mucho mejor.

Sale del bar sin esperar a ver qué cara se le ha quedado.

A Harry Cranston Barcelona le puede. Y eso que siempre que viene es por trabajo y nunca ha podido permitirse visitarla como se merecería. Pero su padre fue amigo de Robert Hale Merriman y en el verano del 36 lo había seguido a España, como voluntario de la Brigada Lincoln, para luchar en la Guerra Civil. Se quedó hasta octubre del 38, cuando la República tuvo que disolver las brigadas internacionales. Y antes de marcharse, de los últimos, desfiló por las calles de Barcelona siendo despedido como un héroe por más de trescientos mil agradecidos habitantes de la ciudad.

Su viejo le había contado aquella historia unas mil veces. Ni una sola sin lágrimas en los ojos.

De forma que Harry ha heredado de él el cariño por aquel pequeño y terco rincón del Mediterráneo. Tanto, que sigue con interés y simpatía las actuales ansias de independencia, que identifica con las que existían durante la guerra que su padre no pudo ganar. Por eso, ni le sorprende ver la gran cantidad de *estelades* que cuelgan de los balcones, ni necesita que le cuenten qué significan.

En el edificio de los Miralles no hay ninguna.

Es una de esas fincas antiguas del Eixample que todavía conservan las enormes viviendas originales. Trescientos metros cuadrados, totalmente reformados, cada centímetro de los cuales huele a dinero. Y muy cerca de la joyería que los han hecho posibles. Práctico a más no poder. Especialmente si tenemos en cuenta que esa no es la vivienda principal de los Miralles. Es solo la que usan cuando se quedan a pasar la noche en la ciudad. El casoplón de verdad está en Vallvidrera. Pero, por suerte, Sonia Miralles lo ha citado allí, ahorrándole el desplazamiento.

La señora casi ni le hace esperar después de que la chica de servicio que le ha abierto haya corrido a anunciarlo. Es una mujer guapa, con cierta clase, a punto de cumplir treinta. Tiene el pelo lacio, color caoba, un rostro ovalado y armónico y los ojos enormes, oscuros, bajo unas cejas perfectamente perfiladas. Va muy bien vestida y le embellece el escote, de piel morena y reluciente, una cadena de oro de la que pende un diamante de proporciones considerables.

Una esposa trofeo de gama alta, piensa Harry. Nada que ver con la rubia explosiva y vulgar que se casa con un viejo chocho y cargado de billetes, rezando para que la espiche antes de haber podido manosearla demasiado.

Sonia Miralles —ha adoptado sin complejos el apellido del esposo— le ofrece una mano rematada con una manicura enviable.

—Encantada, señor…

—Cranston. Harry Cranston. Soy…

Ella no le deja acabar.

—Sí, ya lo sé: el hombre que envía la compañía para asegurarse de que no he tenido nada que ver con el robo.

Aquello lo descoloca. No está acostumbrado a que los clientes vayan tan al grano. Sonia sonríe sin alegría.

—Disculpe si he sido demasiado directa, señor Cranston. Desde que me casé con Llorenç estoy acostumbrada a que se me recuerde a menudo que no soy un miembro de pleno derecho del mundo de mi marido.

Harry repasa mentalmente el expediente sobre ella que ha leído en el avión. Nacida en un pequeño pueblo de Galicia. Sus padres murieron cuando tenía solo veintiún años y tuvo que ocuparse de sus dos hermanos pequeños. Los pocos reparos que pudiera tener los perdió en aquella época. Durante unos cuantos años vivió la noche madrileña y se la relacionó con un par de futbolistas, un abogado sin escrúpulos y un aristócrata con más jeta que posibles. Un buen día se encontró con Llorenç Miralles: joyero, catalán, rico y discreto como él solo. La ocasión la pintan calva. Sonia dimitió de la noche, hizo un curso acelerado de refinamiento y un año escaso más tarde se convertía en la segunda señora de Miralles, después de una ceremonia íntima.

Desde entonces, su existencia ha sido tan modélica y aburrida como seguramente especifica el acuerdo prematrimonial que firmó.

Y después de un año, viene otro.

Harry siempre ha sido indulgente con las Sonias Miralles de este mundo. Cada cual juega con las cartas que le han repartido. Ella ha jugado bien las suyas, punto pelota. No piensa condenarla por ello.

Acepta la invitación para sentarse y la copa que lleva añadida. *Whisky*. Solo, por favor. Y, mientras saborea el Macallan de doce años, escucha su relato. Sólido. Cargado de verdad. Empieza aceptando que la seguridad era mejorable, pero ya sabe cómo es este negocio: los clientes no se sienten a gusto cuando tomas demasiadas precauciones. Y que estén cómodos en la tienda es la regla número uno para todo el mundo que quiera hacerse una clientela como es debido. Tu casa no puede ser como la cámara acorazada del Banco de España.

—Nuestras puertas están abiertas de par en par para todo el mundo —le suelta, con el tipo de ironía que reserva solo para las personas que le entran por el ojo derecho—. Es solo que preferimos que la gente pague por lo que le gusta.

Después, pasa a describirle lo que recuerda. Apenas llegó a verlos. Acababa de pulsar el botón para dejar entrar al primero —un hombre elegante, con gafas oscuras, de estrella de Hollywood. ¡Quién habría sospechado!— cuando empezaron los gritos y los cristales rotos. Las cuatro órdenes que les ladraron fueron en español; con acento del Este, eso sí. Casi seguro de la antigua Yugoslavia.

—Perdóneme, ¿en qué se basa para ubicar el acento? —la interrumpe Harry, procurando hacerlo tan amablemente como puede.

Sonia Miralles le dedica una mirada de reproche.

—Me decepciona, señor Cranston. ¿En su informe no decía que estuve saliendo con un futbolista croata un año y medio?

Harry hace una mueca. *Touché*.

—Ahí me ha pillado. En realidad, hasta especificaba el equipo en el que jugaba. No soy mucho de fútbol. Prefiero el baloncesto. O el *hockey* sobre hielo.

—Ahí también hay muchos balcánicos…

—Cierto. Y muy buenos. Entonces, ¿por eso le sonó el acento de los atracadores?

—Sí. Aunque no era exactamente igual. Pero no me haga mucho caso. Hace muchos años de aquello.

En realidad, no tantos, piensa Harry. Pero fue en otra vida y entiende que le quede lejos.

Termina de escuchar el relato del atraco y decide lo que ya sabía: que Sonia Miralles es una mujer lista, que dice la verdad y no está involucrada en el robo a su propio establecimiento.

Han sido los Panthers. O unos imitadores de primera.

—¿Cuál es el procedimiento ahora? —quiere saber ella, levantándose cuando entiende que la conversación ha llegado a su fin—. ¿Tardarán mucho en pagar?

—Tendrá que disculparme, pero eso no es cosa mía. Yo solo puedo decirle que mi informe será favorable. Pero esto nunca es inmediato. Hablamos de mucho dinero. Y la compañía seguramente intentará hacer algo por recuperarlo.

Sonia le mira, incrédula.

—¿Quiere decir que los perseguirán?

Harry hace un gesto indefinido. No les está permitido darles detalles a los clientes.

—Pues, si lo hacen, que sea deprisa. Ha sido un golpe durísimo. Pagamos una póliza exorbitante y esperamos que esté a la altura cuando suceden inconvenientes como este.

¿Veinte millones, un *inconveniente*? Eso sí que es flema.

—Le repito que no es cosa mía. Pero no creo que haya ningún problema. Cuando menos, por mi parte. Le agradezco su tiempo.

Como si eso le hubiera recordado que tenía que hacer algo, Sonia desvía la mirada a la muñeca donde luce un Panthere de más de cuarenta mil euros.

—Gracias a usted, señor Cranston. Si me disculpa, la chica lo acompañará a la salida.

El detective la ve marcharse.

Quizás no naciera en ese ambiente, es verdad.

Pero se ha adaptado admirablemente.

—La esposa está limpia.

Escucha el suspiro de Thaw al otro lado del Atlántico. Seguro que no se esperaba otra cosa, pero habría resultado mucho más fácil si ella estuviera involucrada.

Las cosas nunca son fáciles, ¿verdad?

—De acuerdo. ¡Qué le vamos a hacer! ¿Les seguirás la pista, entonces?

—Hurgaré un poco aquí y allá, pero no tiene buena pinta. Es un trabajo de libro: un tipo estudiando el terreno unas cuantas semanas, posiblemente una infiltrada para reconocer el terreno y dos tipos más, llegados el día anterior y que se largaron el mismo día del atraco. Ahora mismo, lo más probable es que las piedras ya las tenga el perista de turno.

Thaw no se da por vencido.

—Pues averigua quién es y le haces una oferta. Mira, Harry, te lo vuelvo a decir: tenemos que evitar pagar la prima entera. Como sea. Ayúdame con esto y te podrás retirar a tu jodida casita en las Bahamas mucho antes de lo que planeabas. ¿Me entiendes?

Harry resopla. En estos momentos, su cabeza está a años luz de las Bahamas.

—De acuerdo. Haré lo que pueda. Pero no te prometo nada. ¿Vale?

—Harry… Tú encuéntrame esas putas piedras.

8

Dragan se levanta de la cama y va silenciosamente hasta el comedor del austero apartamento turístico. Mira por la ventana. Está oscuro y la ciudad que ve a través del cristal cuesta diferenciarla de muchas otras que ha mirado de manera similar en los últimos años. Un gigante hecho de luz y caos que se resiste a dormir, a pesar de que todo el mundo lo haya dejado correr hasta mañana.

El panorama es idéntico a muchos otros, sí. Pero la situación que vive ahora le resulta completamente nueva.

Y peligrosa.

No quiere acabar como otros que se creyeron que podían ser más listos que Pavel y ahora se pudren en el fondo de algún canal, entre manchas de aceite de motor y detritus de cloaca.

Eso a los que les quedaron pedazos lo bastante grandes para pudrirse.

Los Panthers no funcionan como las sociedades secretas del pasado, que necesitaban un libro entero para dejar plasmado su código de conducta. Ni siquiera son como las familias mafiosas italianas, que aún recurren a ceremonias de iniciación seculares cuando reclutan nuevos miembros. Ellos son hombres de acción. Militares. No tienen tiempo para gilipolleces. Solo necesitan una norma.

Sé legal con los demás.

Ya está.

Pero si te la saltas…

Saca un paquete de Dunhill del bolsillo de la cazadora de piel que ha colgado en el respaldo del sofá y prende uno. Después, abre la ventana y deja que el rumor de la ciudad somnolienta le llegue desde la calle, mientras echa bocanadas de humo al cielo nocturno.

Si tuviera dos dedos de frente, le echaría un polvo de despedida y se largaría. O, aún mejor: le rompería el cuello y la enterraría en cualquier bosque de los alrededores. Cuando alguien denunciara su desaparición, él ya volvería a estar en Belgrado.

Apura la colilla y la tira a la calle después de asegurarse de que nadie pasa por debajo. Cierra la ventana y regresa a la habitación donde Vicky duerme, bocabajo, desde hace un rato.

Se queda contemplando la espalda desnuda y la avalancha de cabello oscuro que le cubre los hombros. Y cómo el cuerpo sube y baja, lentamente, al ritmo de la respiración plácida que proporciona el sueño.

Es un bellezón. De esos que pueden hacerle perder los sesos a un hombre. Pero el mundo está lleno de mujeres bonitas. Stana, sin ir más lejos, tiene poco que envidiarle, aunque en otro estilo. Por no mencionar que es la hija de Pavel, y que con la niña de los ojos del viejo no se juega.

Si se obstina en continuar con esta locura, lo más probable es que termine tirado en cualquier cuneta, con un tiro en la nuca. Y Vicky también, ya puestos.

¿Lo arriesgará todo solo por una cara bonita y unas tetas bien puestas?

No. No *solo* por eso.

Lo que sucede de verdad es que está harto de esta vida. Al principio, cuando dieron los primeros golpes, a finales de los noventa, aquello le parecía el colmo. Apenas era un chaval con la cabeza llena de grillos y se lo tomaba como si fuera el juego más emocionante al que se podía jugar. Después de lo que habían hecho con Arkan en Vukovar o Borovo Selo, durante la guerra, cualquier cambio era bienvenido. Pero es que aquello era demasiado. Pavel se lo había vendido casi como un acto de protesta contra Europa por la destrucción de la antigua Yugoslavia. Ellos nos han desintegrado la patria, nosotros los golpearemos donde más les duele: ¡en el bolsillo!

Los primeros años, pues, los Panthers habían sido una banda de ladrones de joyas con estilo. Con *mucho* estilo. Eran guapos, políglotas, llevaban relojes caros, conducían cochazos y se alojaban en hoteles de cinco estrellas. Entraban y salían en menos de tres o cuatro minutos. Nunca disparaban ni un tiro y en cada operación se llevaban millones en joyas. Dinero que después gastaban en su país, todavía deprimido por los efectos de la posguerra, lo que hacía que sus conciudadanos los tuviesen casi por unos Robin Hoods modernos.

Unos putos héroes.

Sus atracos los habrían firmado los guionistas más delirantes de Hollywood. En Tokio, dos Panthers con caretas y un bote de gas lacrimógeno se llevaron una pieza única: el collar Comptesse de Vendôme de la joyería Le Supre-Diamante Couture. En Dubái, ocho miembros de la banda usaron dos Audis de gran cilindrada —en el mejor estilo *Fast & Furious*— para hacer un alunizaje en una sucursal de Graff, situada en el centro comercial Wafi, uno de los más populares de la ciudad. En Baréin, otros seis Panthers usaron burkas para hacerse pasar por mujeres y asaltar una joyería. Y en Saint-Tropez, él mismo, Luka y Jura habían huido a bordo de una lancha motora, vestidos con camisetas de color rosa, con la cara de la famosa pantera de dibujos animados estampada en el pecho.

Con dos cojones. ¡Los Pink Panthers!

Y si los trabajos eran de película, aún lo eran más los botines. Veintitrés millones de libras de Graff, Londres; ochenta millones de euros hurtados a Harry Winston, París; ciento tres millones de euros conseguidos por un solo hombre de una exhibición de joyas coincidiendo con el festival de cine, Cannes.

Parecía que nada ni nadie pudiera impedirles que se llevaran lo que quisieran.

La fiesta, como todas las buenas, se había estropeado enseguida. Las policías de todo el mundo llevan mal que los dejen en ridículo, y se pusieron las pilas para ajustar cuentas con aquella banda de serbios hijos de puta que los estaban dejando como unos idiotas ante una prensa que mojaba pan con los titulares a sus expensas.

Y lo hicieron como en las grandes ocasiones.

La Interpol llegó a crear el Pink Panther's Project, una organización que reunía a especialistas de veintidós países dedicados exclusivamente a acabar con ellos. Ninguna otra banda criminal de la historia había recibido tal honor. Ni siquiera la mafia de los mejores tiempos.

En los años posteriores, uno de cada cuatro Panthers habían sido capturados o muertos. Y ellos habían pasado de exhibirse impunemente allá por donde iban a tener que mimetizarse con la población, para pasar desapercibidos. Adiós a los deportivos, a los hoteles de cinco estrellas, a Tom Ford y a Patek Philippe. Ahora ya solo continúan moviéndose con impunidad en Serbia y Montenegro, donde las autoridades o hacen la vista gorda con ellos o, directamente, los encubren. El resto del tiempo se lo pasan mirando por encima del hombro y desconfiando de todo aquel que los observa cuando se cruza por la calle.

Dragan está harto de todo esto. Muy harto.

Tiene dinero repartido en cuentas bancarias por todo el mundo: Hong Kong, las Caimán, Aruba, Gibraltar. Más que suficiente para pasar tranquilamente lo que le queda de vida. Puede que no lo bastante como para vivir a todo tren, de acuerdo. Pero siempre será mejor que pudrirse en una prisión de mierda de Cerdeña, como Luka, después de que lo extraditaran del Japón, donde lo pillaron por un descuido infantil.

Por no hablar del nicho donde reposa su primo, Jura, que se empotró contra un tráiler, a doscientos por hora, en una carretera de Mónaco mientras intentaba huir de la DPJ monegasca.

No. Hace años que aquello ya no le parece un juego.

Y, mucho menos, divertido.

Lleva tiempo planeando la manera de dejarlo todo atrás. Una fórmula complicada pero infalible de hacerse invisible tanto para las autoridades como, especialmente, para los Panthers. Pero cada vez que se lo ha insinuado a Stana, ella no ha querido ni hablar del tema.

La hija de Pavel es como su padre, pero con vagina: ha nacido para llevar ese tipo de vida. Es joven, guapa y todavía cree que es inmortal. Jamás aceptaría traicionar a su padre o a cualquier otro miembro de la organización. Al contrario, ella se ve heredando el lugar de Pavel y llevando el negocio, con él a su lado. «¡Juntos seremos imparables!», le ha dicho más de una vez, después de echar un polvo, excitada por el sexo y la coca. Y lo peor de todo es que lo cree de verdad.

Imparables.

Sí, ya.

Una vez le había preguntado muy seriamente a Stana qué creía que pasaba cuando un objeto imparable chocaba con otro inamovible. Ella se lo había quedado mirando con aquellos ojos tan increíblemente grises y, al final, se había echado a reír.

—¡Muy bueno! ¡Inamovible! No hay nada que nosotros no podamos mover, ya deberías saberlo.

Y le había saltado encima para arrancarle la ropa.

Mientras lo hacían, él no podía dejar de pensar que lo que no existía eran los objetos imparables. Que todo puede detenerse si utilizas los recursos adecuados.

Pregúntaselo a Luka. O a Jura.

No. Stana nunca utilizará su plan de fuga. Ya ha dejado de esperarlo. Si lo hace, tendrá que ser solo.

O... Ahora se le abre otra posibilidad con la que no habría contado nunca.

Vuelve a admirar aquella espalda alfombrada de cabellos oscuros, subiendo y bajando lentamente.

73

Lo que le está pasando con esa española no le había pasado nunca. Quizás con Stana, muy al principio. Pero ya hace demasiado tiempo que las cosas han cambiado —cuando menos para él— y no puede estar seguro. Por el contrario, lo que le despierta Vicky es tan presente. Tan intenso.

Se sienta en la cama a su lado, con cuidado de no despertarla. Acerca la mano derecha a su nuca y la acaricia suavemente.

Solo necesitaría una pequeña presión para rompérsela. Ni se enteraría.

Sería lo más inteligente.

De repente, Vicky despierta y se incorpora al sentirlo junto a ella. Él retira la mano, sin que se dé cuenta de nada.

—¿Qué te pasa? —pregunta ella intuyendo algo.

—Nada. Pensaba.

—¿En alguien?

—También, sí.

Vicky se queda quieta un momento. No está acostumbrada a que los hombres piensen en otras cuando están con ella. No le gusta nada.

—¿Cómo es? —quiere saber.

Dragan se da cuenta de que se está metiendo en un jardín.

—¿Y eso qué importa? —Después cambia de idea—. Guapa. Loca. Fiel.

Ella salta de la cama.

—Me largo.

Se agacha para buscar la ropa, furiosa. ¡Que te follen, imbécil! Él se queda sorprendido. Sabe reconocer los momentos cuando pasan: es la vida que le da una oportunidad.

La última.

Se está poniendo el jersey cuando nota sus manos en la piel, impidiéndoselo. Forcejea.

—¡Suéltame, idiota! Me haces daño.

—Ella no me importa. Ya no. Tú sí —le musita, sin obedecerla.

Vicky siente un alivio en el pecho. Pero continúa fingiendo cólera. Sabe reconocer los momentos claves de una relación con un hombre, y ese es uno. O sale victoriosa, o será siempre su esclava.

Y ya no quiere ser la esclava de nadie.

—¡Que me sueltes! Yo no soy tu putita. Esto se ha terminado, ¿me oyes? Ha estado bien, pero hasta aquí hemos llegado.

Él sigue tan impasible como siempre. Pero no la suelta.

—¿Y qué hay de ese novio tuyo que me iba a partir la cara? ¿No deberíamos estar a la par en eso? ¿O es que solo tú podías tener a otro?

Vicky querría sonreír. Si las cosas van por ese camino, lo tiene ganado.

—Que le den. Haber estado ahí en lugar de dejar el campo libre a otro. Pero yo ya no pienso en él. Mira, dejémoslo ahora y los dos tendremos un buen recuerdo de esto. Cualquier otra cosa no nos llevará a ninguna parte.

Dragan querría estar igual de seguro. Pero para saberlo tendrá que preguntárselo. Y eso contraviene todas las reglas.

La atrae, igual que hizo la primera vez, y la besa todavía con más intensidad que entonces. Ella solo se resiste un momento antes de devolverle los besos. De repente, lo aparta y le mira con una vulnerabilidad que solo finge en parte.

—¿Qué estamos haciendo, Dejan? Qué...

Él vuelve a buscarle los labios y se los devora con glotonería. Ya ha decidido que va a contárselo todo. Que hará la prueba. Y que pase lo que tenga que pasar.

Pero eso será cuando tenga la cabeza más clara. Ahora solo quiere que le deje entrar.

9

Elsa no sonríe cuando ve a Santi acercarse al coche. Está contenta de que Santacana haya conseguido emparejarlos, aunque sea provisionalmente. Pero no quiere que lo vea. Después de todo, lo que ha averiguado de él no es para tirar cohetes. Está en las antípodas de Nico: soltero, con fama de *cowboy* entre los compañeros y con un par de incidentes en su historial que podrían haberlo perjudicado bastante de no ser porque en la policía catalana, como en todas las demás, las cosas son como son cuando se trata de taparse las vergüenzas unos a otros.

Una joyita, vaya.

Aun así, exhibe una sonrisa que desarma cuando sube y se sienta a su lado.

—¿Se supone que debemos darnos dos besos? ¿O prefieres un apretón de manos y ya está, compañera? —pregunta, ligeramente socarrón.

Elsa le alarga la derecha.

—Conseguí que ni mi yaya me diera besos. No esperarás que contigo sea diferente, ¿verdad?

Santi suelta una risotada y le da la mano. Un apretón fuerte. Sincero.

—¡Vaya, vaya! Ya veo que no exageraban.

76

—¿Quiénes?

—Los que dicen que eres rollo Wonder Woman, solo que con uniforme azul. He estado preguntando un poco sobre ti, ¿sabes? Das un poco de miedo, ¿no te lo han dicho nunca?

A Elsa le hace gracia eso de Wonder Woman. La película le gustó bastante. Y ya le gustaría parecerse a la actriz…

—Pues, mira: hablando de todo un poco, yo también me he estado informando sobre ti.

—¿Y qué has averiguado?

—Que eres una especie de Clint Eastwood cuando era joven. O que te lo crees. Espero que mientras trabajamos juntos no me hagas el numerito de Harry el Sucio, ¿eh? Porque si las cosas tienen que ir por ahí, mejor saberlo ahora, para dejarlo correr.

Santi levanta los brazos en señal de rendición.

—¡Coño, Giralt! Dame un respiro, ¿quieres? Te prometo que seré un buen chico. Ya te dije que necesitaba un cambio. Dame una oportunidad y no te arrepentirás. ¡Palabrita del Niño Jesús!

Satisfecha, se permite una media sonrisa. Vamos bien.

—Llámame Elsa, ¿vale? No me gusta eso de andar con apellidos entre compañeros. Muy bien, pues… *compañero*. —Le resulta extraño llamar así a alguien que no sea Nico—. Habrá que empezar a trabajar en el caso, ¿no te parece?

—Por supuesto. ¿Alguna idea de por dónde lo hacemos?

—La víctima no tenía familia ni un círculo conocido. Había estado saliendo con el hijo de Rovira, el constructor.

Santi suelta un silbido.

—¿Con el de Rovirallar? ¡No me jodas! Pues sí que apuntaba alto…

—Sí, ya. Más dura será la caída. En todo caso Roger Rovira está en paradero desconocido y no podemos hablar con él. Lo único que nos queda es su último puesto de trabajo: un Mercadona del Poble Sec. Propongo que nos dejemos caer por allí e interroguemos al personal. Ya sabes: qué clase de persona era, si tenía algún amigo o novio. A ver si encontramos algún hilo del que podamos tirar...

Santi pone cara de circunstancias.

—¿Qué pasa? ¿No te parece bien?

—Sí, sí, no es eso. Solo... Mira, ya sé que no es la mejor manera de empezar entre dos compañeros, pero resulta que esta mañana tendría que hacer otra cosa. Es una mierda que arrastro desde hace tiempo y que hoy podré dejar terminada. Pero me iría muy bien si hicieras tú sola eso del Mercadona y luego nos encontráramos por la tarde para ponerlo en común. Me harías un gran favor, de verdad...

Elsa suspira. ¿En serio, tío? ¿El primer día y ya te estás escaqueando?

—¿Y qué cosa es esa tan importante?

—Elsa... Te pido un poco de tiempo, ¿de acuerdo? Seremos compañeros y acabaremos contándonos muchas cosas. Es inevitable. Pero no me hagas empezar por las que más me avergüenzo. El primer día. Te juro que te lo explicaré todo, pero dame un poco de tiempo, ¿quieres?

Al tipo de agente que era —esa que seguía el libro al pie de la letra y que hacía las cosas como se debe— le habría costado mucho empezar de semejante manera. La nueva Elsa —la que ya tiene bastante con ocultar lo jodida que está—, sin embargo, es más proclive a hacer la vista gorda.

Además, ella también necesita estar sola.

—De acuerdo. Por esta vez te cubriré la espalda. Pero no te acostumbres, ¿eh?

Él respira. Le ha quitado un peso de encima.

—Palabra. Y gracias, *compañera*.

Lo dice con el mismo tono dramático que habría utilizado un mal actor en una serie de polis.

—¡Anda y que te den! —le suelta ella—. Quedamos a las cuatro, aquí mismo. *Compañero*.

Santi le da un golpecito en el hombro y sale del coche.

Ella le observa alejarse y baja los ojos. No se había dado cuenta de cuánto echaba de menos eso de ser dos.

Se siente aún más culpable por lo que le ha sucedido a Nico.

—¿Señor Cranston? Lo recibirá ahora. Si me acompaña…

Harry se levanta de la cómoda butaca donde se ha pasado los últimos diez minutos y echa a andar detrás de aquella recepcionista tan competente. El mobiliario y hasta las paredes de las nuevas oficinas del Gemological Institute of America de Barcelona todavía huelen a nuevos. Por eso ha tenido la suerte de encontrar a la persona idónea allí: porque se ha acercado para asegurarse de que todo anda como ella quiere.

A Ivy Culter no le gusta perder el tiempo. Comprueba en persona que las cosas estén como es debido y que la gente haga su trabajo. Es gracias a eso, entre otras cosas, como se ha labrado la reputación que tiene.

La GIA es una organización que tiene su sede en una torre de cristal y acero, en la esquina de la Quinta Avenida con la Calle 47 —el corazón del distrito de los diamantes de Nueva York—; y mantiene sucursales en ciudades tan diversas como Johannesburgo, Bombay, Londres, Bangkok y Hong Kong. Sus principales usuarios son *brokers* y *graders*, que utilizan los microscopios y demás equipos de que disponen todas las sedes para evaluar el color, la claridad y las dimensiones de las piedras. Barcelona ha sido la última en añadirse a la lista y nadie esperaba librarse de la visita de la mariscala Culter.

Que haya sido precisamente hoy es un golpe de suerte.

En fin, de vez en cuando ya le toca.

La muchacha lo conduce hasta una sala de reuniones del primer piso, llama a la puerta y lo invita a pasar. Culter espera al otro lado. Es una mujer alta, de complexión elegante, que lleva gafas sin montura, suéter de cuello de tortuga y un pin en forma de diamante que distingue sus treinta años de servicio a esa industria. A veces puede resultar un poco cargante, pero nadie sabe más que ella de todo lo que rodea a ese mundo.

La mayoría de los diamantes que se venden en joyerías de prestigio han sido cuidadosamente examinados en alguna sede de la GIA. Cada piedra ha sido reconocida por un experto que ha elaborado una ficha donde constan las calidades y se determina si el color ha sido alterado por algún proceso químico. Cada año, los gemólogos de Culter repiten esa operación en, aproximadamente, un millón de nuevas piedras. Y, de estas, a más o menos la mitad se les añade un código de seguridad microscópico que permitirá que sea fácilmente identificada en caso de robo.

Esta semana, Culter ha recibido quince peticiones de contraste de cuerpos de policía de todo el mundo. Y solo estamos a miércoles.

La gemóloga no es una mujer simpática, pero se las apaña para demostrarle que se alegra de verlo. Tiene el apretón de manos robusto de la corredora de fondo que es en realidad. Él se la imagina fácilmente en mallas y con un dorsal en el pecho. Seguro que le quedan tan bien como lo que lleva ahora.

—¡Harry Cranston! Un poco lejos de casa, ¿no?

—No tanto como tú, Ivy.

—Solo he venido a echar un vistazo —dice ella, como si tuviera que justificarse—. Ya sabes: asegurarme de que hacemos lo que se espera de nosotros. Siéntate, por favor. ¿En qué puedo ayudarte?

—¿No te lo imaginas?

—¿Vas tras las piedras de la Miralles? —Trata de fingir sorpresa, pero es una pésima mentirosa.

—Tan aguda como siempre. ¿No tienes nada?

Culter niega con la cabeza. El GIA es una de las máximas instituciones mundiales sobre diamantes, pero no se dedica a perseguir ni a fiscalizar a nadie. Solo indexan, clasifican y, si se lo piden —ya sean las autoridades o un comprador honesto—, confirman que una determinada pieza no haya sido robada. Pero también pueden concertar un encuentro entre dos particulares y dejarlos solos en una sala, para que hagan los tratos que quieran, como es práctica habitual en aquel negocio. En realidad, lo que acuerden no es cosa nuestra, repite cuando la gente se extraña al enterarse.

Eso, sin embargo, no significa que les haga el juego a los malos. No hay otro *grader* más obsesivo ni riguroso que ella. Y, cuando se le encarga, usa su memoria prodigiosa y aquel ojo privilegiado que tiene para terminar detectando siempre una pieza de procedencia ilegítima. Los diamantes, simplemente, la fascinan. Puede pasarse horas examinando las oclusiones concretas de una piedra. Características como que parece una flor o un árbol de Navidad, que conserva indexadas en la memoria y es capaz de recordar muchos años después de haberlas visto por primera vez.

No. Culter no tiene demasiados fans entre los Panthers. De hecho, le deben más de un disgusto. El año anterior, sin ir más lejos, había frustrado la venta de siete diamantes amarillos, de entre cuatro y siete quilates, que habían formado parte del botín de un golpe a la sucursal de Graff de Mónaco, el 2007. Y todo porque, cuando un colega menos apasionado que ella estaba a punto de darlos por buenos, había recordado una pequeñísima marca que le había pasado por alto al otro.

—Harry —lo regaña finalmente, y se le nublan los ojos un instante—, no me creo que tenga que decirte esto: tardaremos meses en ver cómo estas piezas empiezan a salir. Y no lo harán aquí. Conoces perfectamente la ruta: Amberes, Tel Aviv, Nueva York... ¿O es que te han dado algún soplo?

—¡Ojalá! No, lo cierto es que estoy bastante perdido...

Después de un robo, la mayoría de los diamantes robados siguen dos caminos: o bien los adquiere algún particular con pocos escrúpulos de Francia, Italia, Suiza y —sobre todo— Rusia, o bien entran bajo mano en los talleres de Amberes, donde los vuelven a cortar para, acto seguido, enviarlos a Israel y volver a entrar en el mercado legal como piedras nuevas, totalmente legítimas.

—El cliente te presiona —adivina ella, que no solo entiende de diamantes—. ¿Para quién estás trabajando?

—Para John Thaw.

Ella levanta las cejas y tuerce la cabeza.

—¿Thaw es quien te está comiendo la oreja? Pues no te arriendo la ganancia, chico.

—Sí, eso mismo —concede el investigador—. Mira, Ivy, ya sé que las piedras no han pasado por aquí, ni pasarán. Pero si le pudieras decir a tu gente que tuviera los ojos y los oídos muy abiertos, te debería una. Berkshire Hathaway está dispuesto a pagar hasta un treinta para recuperar el lote entero. Y seguramente habrá alguna bonificación para quien nos pueda ayudar. Este es un mundo muy pequeño…

No necesita decir más. Se levanta y ella lo imita.

—Mañana estaré en Nueva York. Y el próximo jueves tengo que ir a Tel Aviv. Te prometo que daré voces. Pero prométeme que no te harás ilusiones.

Harry no piensa hacérselas. Solo que, puestos a dar palos de ciego…

Mientras se encamina a la puerta, hace un ademán con la cabeza que abarca toda la sala.

—Por cierto, muy mono el chiringuito que os habéis montado aquí. Veo que al GIA no le afecta la crisis.

Ella lo manda al cuerno con la mano. ¿Desde cuándo las crisis han afectado a los compradores de diamantes?

Elsa pronto se da cuenta de que Vicky Martí no era precisamente popular entre sus compañeras de trabajo. La supervisora del Mercadona, una mujer bajita y rechoncha que tiene uno de esos rostros tan apacibles como carentes de la más mínima virtud estética, intenta poner cara de consternación cuando la informa de que Victoria Martí ha sido encontrada muerta en plena calle. Asesinada, con toda probabilidad.

—¡Dios mío! Pobre chica. Es horrible.

Elsa, que ha asistido a unas cuantas escenas como esa, le daría solo un aprobado justito en aflicción. Cinco punto dos, y gracias.

—¿Tiene idea de quién podría desearle mal a la señorita Martí?

Encarna Baena cambia la cara de luto por otra de vacilación. Ay, no sé si debería contarle esto... Elsa también se conoce la expresión. Es señal de que se muere de ganas de soltarlo. Solo hay que darle un empujoncito.

—Le recuerdo que está colaborando en una investigación policial. Guardarse cualquier cosa que crea que nos puede ser de utilidad sería una muy mala idea.

Ahora que nadie podrá acusarla de ser mala compañera, la supervisora abre las compuertas.

—Es que, verá... Vicky no era una persona demasiado popular, por decirlo suavemente... No hay más que ver cómo se despidió para darse cuenta. Me costó mucho convencer a Toñi de que no la denunciara después de lo que pasó. —Y le cuenta los engorrosos acontecimientos que provocaron que Victoria Martí dejara de pertenecer a la gran familia Mercadona.

—Ignorábamos que se había despedido.

—Sí. Estábamos preparando los papeles del despido. Un asunto muy desagradable. Victoria era... ¿Sabe ese tipo de chicas que van por la vida dándose aires de gran señora? Pues así era ella. Se lo tenía muy creído. Miraba a todo el mundo por encima del hombro y nunca participaba en nada. Si alguna compañera se quedaba en estado o se casaba, ella no contribuía al regalo que le hacíamos entre todas. Tampoco iba a ninguna fiesta o salida que hiciéramos. Ese tipo de cosas, ya me entiende.

La entiende.

—¿Le parece que podría haber sido alguien de aquí? Después de lo que me acaba de decir...

La supervisora da un saltito y pone cara de susto.

—¡Válgame Dios! ¡No! ¡De ninguna manera! Pondría la mano en el fuego por cualquiera de las otras chicas. Y también de los chicos. No, no. Puede estar segura de que la cosa quedó entre estas cuatro paredes. Solo quería decirle que difícilmente le podremos contar algo de ella, porque no tenía ninguna amiga. Si acaso, Esther, es la única con quien se hablaba un poco…

—¿Esther…?

—Esther Barrio. Un encanto de chica. Está en la sección de perfumería. Si quiere hablar con ella, la hago venir ahora mismo.

—Por favor.

La dependienta está intimidada. Salta a la vista. Mira a ambos lados como un cervatillo perseguido por los lobos. Parece esperar que en cualquier momento los agentes J y K salgan de la oscuridad y hagan relampaguear ante sus ojos un neuralizador que le borre la memoria. Otra actitud que Elsa está harta de encontrarse: la ciudadana que no ha hecho nada malo pero le tiene un miedo irracional a la policía. ¿Es que nadie se cree lo de proteger y servir? Porque ella sí.

La chica realmente parece un encanto. Se esfuerza por hacer que se sienta bien.

—Señorita Barrio, soy la agente Giralt, de los Mossos de Esquadra —le enseña la placa—. Antes de continuar, sepa que no es sospechosa de nada ni se la acusa de ningún delito. He pedido hablar con usted solo porque su supervisora me ha dicho que era la única de este lugar que se relacionaba con Victoria Martí. ¿Es así?

La joven parece relajarse un poco. El tono de voz de Elsa, extraordinariamente amable, ha contribuido bastante. Alguien que te habla de esa manera no puede desearte ningún mal.

—¿Con Vicky? Sí… Quiero decir que no puede decirse que fuésemos amigas ni que hiciéramos nada juntas, pero sí que hablábamos cuando coincidíamos en los vestuarios. ¿Por qué quiere que le hable de ella, si puedo preguntarlo?

—¿No le ha dicho nada su supervisora?

—No. Solo que una agente de policía quería hablar conmigo.

—Pues lamento tener que ser yo quien le diga que la señorita Martí ha muerto.

Es como si le hubiesen dado un puñetazo.

—¿Muerta? ¡No puede ser! Pero… ¿cómo? —Esa sí es una imagen de consternación real. No finge. Está muy afectada.

—No puedo darle detalles, está bajo secreto de sumario. Solo puedo decirle que todo hace pensar que la señorita Martí ha sido asesinada.

Esther se queda todavía más sorprendida. Aquello solo sucede en las series. En la vida real no matan a las personas que una conoce. Le cuesta asimilarlo.

—¿Me está diciendo que la han… la han… matado?

—Como le he dicho, no puedo darle detalles. Pero las pruebas apuntan en esa dirección, sí. Por eso estoy aquí, para ver si los que la conocían nos pueden dar alguna pista sobre quién podría quererla mal. Sé que su salida de aquí fue… problemática. Cualquier cosa que se le ocurra: un novio celoso, algún pretendiente a quien hubiera rechazado. O alguien a quien le debiera dinero.

Esther parece anonadada. No consigue reaccionar.

—¿Quiere un poco de agua?

—Sí, por favor.

Elsa va hasta el dispensador que hay en un rincón de la salita de descanso de los empleados y llena un vaso. La dependienta se lo bebe a sorbitos. Se la ve algo más calmada. Al final, se anima a hablar:

—Ya le he dicho que Vicky y yo no éramos exactamente amigas. Era buena chica, pero tenía un carácter difícil. Si quiere mi opinión, creo que no quería el tipo de vida a la que más o menos aspira todo el mundo. Solo pensaba en progresar. En dinero y lujos. A mí siempre me pareció una persona terriblemente infeliz, la verdad.

—¿Había alguien que pudiera tenerle ganas? ¿Algún hombre, quizás?

—¡Uf! ¡Hombres! Vicky es… era muy guapa. Cuando llegó aquí organizó un buen jaleo. Los chicos se la rifaban. Pero aquello no duró ni una semana. Se los quitó a todos de encima y dejó bien clarito que un trabajador de Mercadona no tenía ninguna posibilidad con ella. Como puede imaginarse, pasó de ser la mujer más deseada a que ni la mirasen. Pero le dio igual. Fue entonces cuando Raúl le puso el mote de la Duquesa.

—¿La Duquesa?

—Sí. Por lo creída que era. La idea tuvo mucho éxito y enseguida todos la llamaban así. Pero ¿sabe qué? Yo creo que a ella hasta le gustaba. No se sentía ofendida para nada. Era un mundo aparte.

—¿Y con usted por qué era diferente?

Esther también se ha hecho esa pregunta más de una vez.

—Sinceramente, no lo sé. Quizás porque, por muy duquesa que seas, siempre necesitas a alguien. O porque a mí no me parecía tan terrible que quisiera ser otra cosa.

O puede que fuera porque a ti te respetase un poquito más que al resto, piensa Elsa, a quien le parece que empieza a entender cómo pensaba Vicky Martí. Si Emma no estuviera de baja, sería la agente ideal para investigar este caso. En muchos aspectos víctima e investigadora se parecerían mucho. Lástima que estará muy ocupada pariendo al hijo de Jordi, de manera que la Duquesa tendrá que conformarse con lo que queda para que le hagan justicia.

¿No dicen que cada cual tiene lo que se merece?

—¿Y de fuera de aquí? —insiste Elsa, que ve cómo se le van cerrando las puertas sin haber podido salir del callejón sin salida—. ¿No le conoció ninguna relación? ¿No venía nadie a buscarla?

—Sí, claro. Ya le digo que hombres no le faltaban. Yo llegué a distinguir tres o cuatro. Pero ahora hacía unos meses que iba siempre con el mismo. No sé ni cómo se llamaba, porque nunca se le ocurrió presentármelo. Llegaba siempre en su coche, a la hora de salir, y se iban quemando goma. Era un chico muy guapo. Pero los suyos siempre lo eran…

—¿No puede decirme nada más, Esther? —se desespera la *mossa*. Si se va de ahí con las manos vacías, el caso entrará en punto muerto—. ¿Consumía, quizás?

La dependienta niega enérgicamente.

—Juraría que no. Repito que casi nunca me hacía confidencias, pero no parecía el tipo de persona que está enganchada. Y no lo digo por decir. Por desgracia tengo algunas amigas que lo están. Y se comportan muy diferente de como lo hacía ella. No me gusta hablar mal de nadie, y todavía menos de una… bueno de una que ya no está. Pero lo único que le interesaba era el dinero. Y la manera más rápida que veía de conseguirlo era echándose un novio rico. Así de fácil.

Elsa resopla. ¿Qué tiene? Una chica guapa y muy ambiciosa, que no se relacionaba con nadie y a quien le han dado matarile en plena calle, vete a saber por qué. Quizás, simplemente, tuvo la mala suerte de estar en el lugar equivocado en el peor de los momentos, que también pasa.

La aguja en el puto pajar.

—Hay una cosa… —dice de repente Esther—. Seguramente no sea nada, pero…

—Cualquier cosa es importante. Dígame.

—La última semana que estuvo aquí venía a buscarla otro chico que no era el de costumbre. Solo lo vi una vez, y de reojo, pero con él se comportaba muy diferente que con todos los demás.

Elsa abre mucho los ojos. ¡Eso es!

—¿Qué quiere decir?

—Pues que él la esperaba en la calle y después se iban en taxi. Los otros siempre venían a recogerla en coche o en moto. Y ella nunca era muy cariñosa con nadie. Muy Duquesa, ¿sabe a qué me refiero? En cambio, con este iba cogida por la cintura y hasta los vi darse un beso. A mí me pareció que se había colgado con él. Que estaba ilusionada.

Elsa está excitada. Por fin tiene algo. Pero necesita más.

—Esto es muy importante, Esther. Lo está haciendo muy bien. ¿Podría describírmelo?

—¡Aix! Solo le vi una vez, de espaldas y con poca luz. Era un chico alto, más que el otro. Delgado. Elegante. No tanto por la ropa que llevaba sino por la manera de llevarla, ¿sabe? Andaba como un modelo. Me parece que tenía el pelo largo y oscuro. Pero ya le digo que no pude verle bien. Lo siento muchísimo.

—Tranquila. Me está ayudando mucho. ¿Y el otro chico? El que la venía a buscar los últimos meses ¿Podría describirlo?

La interrogada duda.

—A ese lo vi más veces, pero no se crea. Casi siempre estaba dentro del coche. No sé… Unos veinte y muchos. Atlético. Uno ochenta y dos u ochenta y tres… Con pinta de futbolista, o de boxeador. Morenito, con el pelo muy corto. Guapo, de discoteca. Hacían muy buena pareja, a pesar de que siempre me pareció que a ella se le quedaba pequeño. Que era un pasatiempo, pero no lo que buscaba. —De repente, baja la mirada, avergonzada—. No sé qué pensará de mí… Debo de parecerle la tía más cotilla del planeta…

Nada más lejos de su pensamiento. El trabajo de los polis sería infinitamente más difícil sin gente que se fija en las vidas de los demás.

—Si le soy sincera, ojalá hubiese sido más cotilla. No me será nada fácil encontrar a esos hombres solo con esto… ¿Sabría decirme la marca y el modelo del coche?

Esther se encoge de hombros.

—Lo siento muchísimo, pero los coches no me dicen nada. Un deportivo, diría. Molón. Lástima que Ruben no llegara a verlo, porque él sí que se lo habría podido decir. Pero siempre llegaba cuando ellos ya se habían marchado. Vicky se moría de ganas de perder de vista todo esto. Siempre se iba la primera.

Elsa ya ve que es su día de suerte. Un coche deportivo. Como el que tienen todos los chulos de polígono capaces de poder pagarse la entrada. Hace un gesto de impotencia, que provoca que Esther se esfuerce para poder darle algún detalle más:

—Ya debe de haberse dado cuenta de que me tenía un poco fascinada. Tan guapa. Con tanta clase. Y tan sola y frustrada, la pobre. Me atraía y me repelía a un tiempo. Últimamente me hablaba de un trabajo fabuloso que estaba a punto de salirle, pero estoy segura de que era mentira. Y, con todo y con eso…, cada vez que me dirigía la palabra tengo que reconocer que me hacía sentir especial. No puedo creer que esté muerta. —Menea la cabeza otra vez. Le falta solo esto para echarse a llorar—. ¿Encontrarán a quien lo ha hecho?

Ahí está: la gran pregunta. Con los datos que tiene en la mano, ahora mismo no apostaría a su favor.

—Haré todo lo que esté en mi mano. Se lo prometo. Y, Esther, si recuerda cualquier otro detalle, por insignificante que le parezca, no se corte y llámeme.

Le entrega una tarjeta y ve como la otra se la guarda en el billetero, con mucho mimo. Puede estar tranquila: si recuerda algo, la llamará.

No tienen nada más que decirse. Elsa le agradece su tiempo y la deja volver al trabajo. Se dan la mano y Esther tiene que morderse la lengua para no comentarle que le vendría de perlas un poco de maquillaje, para arreglarse un poco. Que es una lástima que se deje tanto. Que, si quiere, ella le echa una mano para elegirlo. Pero por muy amable que haya sido con ella, es poli y le da yuyu. A lo mejor quiere tener aquella cara para acojonar a los delincuentes con los que tiene que tratar cada día.

Qué sabrá ella de nada.

Calladita está más guapa.

Elsa se queda sola en la sala de descanso y revisa las notas que ha tomado. Lo de los dos maromos, promete. La mayoría de las veces las cosas son justo lo que parecen. Y, ahora mismo, aquello tiene toda la pinta de otro caso de violencia machista. ¿Te vas con otro, con más pasta? ¡Pues llévate esta puñalada de recuerdo, zorra! Ni más ni menos. La clave está en encontrar a cualquiera de aquellos dos tipos y hacerles sudar un poco en la sala de interrogatorios.

Decide volver a hablar con la encargada, a ver si tienen cámaras de seguridad en el exterior y dónde están. Después, se dará una vuelta por el barrio, para ver si encuentra alguna otra cámara que le pueda ser de utilidad.

Maldice a Santi por no estar allí. Se lo está tomando con calma.

Me estás siendo de gran ayuda, *compañero*.

Elsa detiene el coche frente a los cinco módulos de piedra y cristal que ocupan las dependencias del Instituto Guttman, en el camino de Can Ruti. Saca las llaves del contacto y respira profundamente.

Hace demasiado que tiene aquello pendiente. Pero hasta hoy no se ha sentido con fuerzas.

En realidad, hoy tampoco. Pero ya no puede continuar escondiendo la cabeza bajo el ala. No ahora, que ya tiene hasta un nuevo compañero asignado.

Lo que daría por una botella de ginebra.

Sale del coche, se repasa la ropa y camina hasta la recepción. Allí pregunta por la habitación de Nicolau Bonfill. La primera vez, tan bajito que la enfermera hasta la mira con cara de suspicacia y le hace repetir el nombre.

—¿Es familia? —quiere saber.

—¿Y a usted qué…? —Se lo repiensa. Empieza otra vez, con un tono menos agresivo—. Soy su compañera. Estaba con él el día de… el día que…

La recepcionista —una mujer de mediana edad, rubia teñida, que ha visto de todo en los años que lleva allí y ha desarrollado un sentido de la empatía muy superior a la media— se olvida de la mala pinta que trae y le ofrece una sonrisa compasiva.

Ya debe de tener bastante con lo que tiene, la pobre.

—Está en la 215. Perdone si la he incomodado. Es que tiene las visitas restringidas. Pero siendo quien es…

Elsa hace una mueca. ¡Mierda! No debería haber venido.

—¿Todavía tiene las visitas restringidas? ¿Cómo está?

La enfermera junta los labios y mueve la cabeza. Así, así.

—Se alegrará de verla. Ver a los amigos siempre se agradece.

Ojalá ella pudiera estar tan segura.

Mientras recorre los pasillos que la separan de la 215 solo las ganas de salir por patas superan a las de esconderse en el culo de una botella. Por suerte, allí solo las hay de suero. Pero la tentación de dar media vuelta y largarse es intensísima.

Se obliga a continuar avanzando.

Se lo debe a Nico. Por lo menos, esto.

La puerta de la habitación está entreabierta. Llama antes de pasar.

La sonrisa de bienvenida de Yolanda se le hiela en los labios al ver de quién se trata.

—¡Debes tener mucha cara para venir aquí! —exclama levantándose. Es una chica pequeña, graciosa, peripuesta, de aire quebradizo. Pero, por lo que le ha contado Nico en las incontables horas pasadas juntos, esa apariencia esconde un carácter fuerte, que solo saca con los íntimos o cuando alguien la enfada mucho.

Nunca han sido íntimas.

Una vez más, las ganas de huir la abruman.

—Yolanda, mi amor —interviene Nico antes de que aquello vaya a más—. ¿Te importaría dejarnos solo cinco minutos?

Ella le mira, herida como si le acabara de dar una bofetada.

—¿Quieres que te deje a solas, con *ella*? Lo que debería tener es la decencia de no haber venido.

—Yolanda, por favor te lo pido. Aprovecha para dar una vuelta. Llevas todo el día encerrada aquí. Tómate un café. Yo estaré bien.

Se le ve en los ojos lo que piensa: estoy aquí encerrada porque tú tampoco puedes salir. Y es todo por culpa suya.

Pero se traga la rabia. Y el orgullo. Le da un beso en los labios y sale de la habitación sin prisa, dedicándole a Elsa un último vistazo impregnado con todo el desdén que es capaz de reunir.

Nos has destrozado la vida.

Elsa está tan avergonzada que le falta muy poco para tener que correr al baño, a vomitar. Solo cuando Yolanda sale por la puerta consigue volver a sentirse persona.

—¿Cómo estás? —es lo único que se le ocurre decirle.

Se le ve tan frágil. Tan desvalido. Él, que era el compañero más fiable que se hubiera podido desear. El hombre que te hacía sentir segura en mitad de una persecución a cien por hora por la Ronda de Dalt solo porque lo llevabas sentado a tu lado.

Y ahora apenas puede mover los labios y los párpados.

La voz de Nico suena sorprendentemente firme. Sin reproches.

—Elsa, no me preguntes eso. Desde el primer día te juré que te diría siempre la verdad.

—Perdona. No sé ni cómo me he atrevido a venir...

Él tarda un momento en responder:

—¿Te culpas de lo que pasó? Porque yo no lo hago.

—Pues tendrías todo el derecho. Tendría que haberle pegado un tiro a ese cabrón, Nico. Tuve tiempo.

—Elsa... No vamos por las calles pegando tiros. Si las cosas hubieran sido a la inversa, ahora tú estarías en esta mierda de cama. Porque yo no habría disparado. No tal y como fueron las cosas. A aquel hijo de puta se le fue la olla. Así, en un instante. No se podía prever. No tuviste la culpa.

—Yolanda no opina igual.

El antiguo Nico habría sonreído. El nuevo todavía no ha encontrado la manera de hacerlo. Ni sabe si la encontrará alguna vez.

—Yolanda siempre ha creído que querías ligar conmigo. Te odia a muerte desde la primera vez que te vio. No se lo tengas en cuenta. Le es más fácil culparte a ti que aceptar que hemos tenido mala suerte.

Elsa se queda de piedra. Jamás lo hubiera imaginado. Siempre tan agradable, en aquellas cenas de parejas que hacían de vez en cuando. Tan atenta. Si casi la consideraba una amiga.

—¿De verdad cree que yo…?

—¿Por qué te extrañas? Me quiere. Mucho. Incluso ahora piensa que les gusto a las enfermeras. No todo el mundo es como…

Aborta la frase un instante demasiado tarde. Y eso provoca que Elsa se dé cuenta de cómo ha cambiado. El Nico de antes ni siquiera se lo habría insinuado.

¿Cómo no estar de mala leche, cuando la vida te ha hecho una putada como esa?

—¿Sabes que Emma vino a hablar conmigo?

—¿Se atrevió? ¡Qué narices! ¿Qué le dijiste?

—Le deseé que la atropellara un autobús. Articulado, a poder ser.

—Esta es mi Elsa. Elegante y nada rencorosa. Toda una lección de *fair play*.

Le encantaría reírle el chiste. Pero pese a la ironía de las palabras, los ojos de Nico están enfangados con una desesperación que abruma. Le conoce demasiado como para no darse cuenta.

Son una mala parodia de lo que eran.

—Nico… ¿Puedo hacer algo? Lo que sea. De verdad…

De repente su mirada cambia. Un rayo de esperanza. Baja el tono para decirle:

—¿Lo que sea?

—Cualquier cosa.

—Mátame.

—¿Qué?

—No ahora mismo. Quiero decir…, planeémoslo. Quizás podrías conseguir algún veneno. Lo haremos bien para que no te salpique…

—Nico, para. ¡No puedo hacerlo!

Por la manera como se lo dice, él se da cuenta de que nunca lo ayudará a morir. Se ha equivocado pensando que lo haría.

—Nada. Olvídalo. —Hace esfuerzos para evitar mirarla.

Pero Elsa no puede dejarlo pasar.

—Nico, espera. Hablemos. No puedes…

Ahora él la corta. Casi le escupe cada palabra.

—¡No, Elsa, por favor! Entiendo que no quieras hacerlo. Es un marrón demasiado grande. Podrías acabar en la cárcel, ya lo sé. No pasa nada. Pero, por favor, no me insultes diciéndome que las cosas mejorarán, ¿quieres? Ni que todo irá bien. Ni mierdas por el estilo. Nada volverá a ir bien, nunca más. Tú no tienes la culpa ni te guardo ningún rencor, te lo juro. ¡Pero no te puedes imaginar qué es esto! ¡No sé en qué pensaban los putos médicos cuando decidieron salvarme la vida!

—Nico…

—Vete, Elsa. Te lo suplico.

—Escúchame, yo…

—¡Que te vayas! Haz tu vida sin remordimientos. Yo no te culpo y tú tampoco deberías. Pero, te lo suplico, no vengas más. No tiene ningún sentido, ¿me entiendes?

No sabe qué decir. Daría lo que fuera por ser ella quien estuviera paralizada en esa cama.

—Nico… Créeme que me cambiaría por ti, ahora mismo —se atropella.

—Sí. Yo también me cambiaría por ti. Pero no puedo. Vete de una vez. Yolanda debe de estar al caer.

Elsa no puede más. Da media vuelta y sale de la habitación rogando por no encontrarse a la esposa en el pasillo.

Necesita un trago.

No, mejor una botella.

10

Vicky está encantada de la vida.

Están en Eclipse, un local para gente guapa que monopoliza la planta veintiséis del hotel Wella, uno de los emblemas de la nueva Barcelona, tan cosmopolita y gentrificada.

Le encanta aquel ambiente: código de indumentaria, reserva obligatoria de mesa y consumición mínima de doscientos cincuenta pavos. A cambio, te obsequian con cócteles de diseño, cocina Sushi Fusion, una decoración impactante en tonos morados y azul marinos, y las mejores vistas de la Barcelona marítima que se pueden pedir.

Mataría por quedarse a vivir allí.

Dejan le ha dado dinero en efectivo y le ha pedido que reserve, a nombre de ella, una *suite* orientada al Mediterráneo —de película— donde han hecho el amor apenas llegar. Después, cuando ella acababa de salir de la ducha y llevaba solamente el fabuloso albornoz del hotel, el servicio de habitaciones ha llamado a la puerta y un *groom* uniformado le ha hecho entrega de una caja envuelta con un papel precioso. Embriagada, se ha apresurado a abrirla y se ha encontrado con el logotipo del caballo, la calesa y el cochero de Hermès, grabado en letras doradas sobre cartón negro y caro. Y, debajo, también envuelta en papel satinado, una deslumbrante blusa de seda, estampada en rojo, negro y beis, como solo las había visto en las revistas de moda o en las pelis de Hollywood.

Una pasada.

El segundo polvo ha sido mejor, incluso, aunque a ella le costaba apartar la vista de la caja donde la esperaba la prenda. Después ha vuelto a pasar por la ducha y se ha encerrado a solas en el vestidor. La blusa parecía haber sido diseñada para ella y le quedaba que ni pintada con la faldita de piel que había escogido sin saberlo.

Se ha vestido y se ha maquillado sin prisa. Saboreando el momento. Cuando, por fin, ha salido, la mirada de él se lo ha dicho todo. De buena gana le habría dejado follarla otra vez, a cuatro patas, sobre aquellas sábanas tan suaves. Pero no quería tener que volver a pintarse.

Más tarde, guapo. Luego.

Y ahora, vestida como una estrella de cine, cena un *dim sum* buenísimo con Barcelona a los pies y el hombre más atractivo del hotel al otro lado de la mesa, destilando deseo por ella.

Es esto, se dice entre el primer y el segundo plato, mientras saborea un vino demasiado bueno para que su paladar inexperto pueda apreciarlo en su justa medida.

Es *exactamente* esto.

La vida de una duquesa.

No dejará que se le vuelva a escapar.

Con las piernas bien plantadas en el parqué y las palmas de las manos apoyadas en el ventanal, Vicky siente cómo la penetra mientras, debajo, el reflejo de las luces de la ciudad pestañea sobre el agua marina.

Ningún hombre la ha satisfecho tanto como él, sin ningún esfuerzo aparente.

Siempre ha pensado que, en la cama, las personas son como

dos manos que se encuentran en el vacío. A veces, los dedos siguen trayectorias paralelas y pasan sin rozarse siquiera. Con más suerte, logran tocarse y hasta restregarse con intensidad.

Pero pocas veces, muy pocas, los dedos se entrelazan hasta formar una sola cosa.

Como ellos, precisamente: manos entrelazadas.

Como serpientes lascivas.

Menea el trasero mientras nota sus manos masajeándole las tetas. Si lo hacen bien, que le pellizquen los pezones es una de las cosas que más la excita.

Él podría escribir un manual sobre cómo hacerlo.

Mientras lo siente llegar, gime y grita sin ningún pudor. Aquella *suite* es enorme y al otro lado del ventanal solo está el viento de levante para escucharla.

—¡Oh, sí, rey! Sí. ¡Muy bien! ¡Síííííííííí!

Espera a sentirlo vaciarse en su interior y, agotada, se deja caer entre las sábanas enmarañadas.

La mejor noche de su vida. ¡Y ella que creyó que Roger era lo máximo a lo que podía aspirar!

Aquel sentimiento tan absoluto solo dura un instante. Apenas el que él tarda en volverse, mirarla a los ojos, muy serio, y soltarle:

—Tengo que contarte algo.

Esa frase nunca ha augurado nada bueno.

—¿Me estás diciendo de verdad que eres un puto gánster?

Vicky no termina de creerse lo que acaba de oír. Mejor dicho: se lo cree. Pero querría que fuese mentira. Una broma estúpida.

Aunque ya empieza a conocerlo como para saber que aquel hombre no bromea nunca.

—Gánster, no. Soy un ladrón de joyas. Un Pink Panther. Es distinto. En mi país, la policía me saluda por la calle.

Sí, ya. Un país que a ella ni siquiera le parece de verdad. ¿Montenegro? ¿Y se supone que tienes que creerte que existe un lugar con ese nombre? El único que le parece aún más ridículo es el que se llama igual que la ensalada de frutas.

Está que trina.

—Vale, sí. En Pantherlandia eras el jodido Robin Hood, ya lo capto. ¿Y aquí?

Él ha decidido que no disfrazará las cosas. Si acepta, tiene que saber dónde se está metiendo.

—Aquí, me detendrían. Y descorcharían una botella de champán para celebrarlo.

—Por eso hemos hecho la reserva a mi nombre, ¿verdad?

Sabía que había gato encerrado.

—Sí. Es mejor que no deje ningún rastro. Cada vez son mejores rastreándote.

Ella se imagina a la Guardia Civil reventando la puerta y entrando como locos. Recuerda cómo fueron las cosas cuando lo de Rovirallar. No querría volver a pasar por eso por nada del mundo.

—¿Y a mí qué me pasaría si me pillan contigo?

—Por eso no te preocupes. Tendrías que contestar a unas cuantas preguntas, seguro. Pero nada más. Tú no has hecho nada. Follar no es delito en este país. Ni siquiera conmigo.

Pues debería serlo, piensa ella.

—Entonces, ¿por qué no me lo dijiste la primera noche, ¿eh? ¿No te parece que tenía derecho a saberlo antes de enrollarme contigo? —Lo fulmina con la mirada.

Él se la sostiene, muy frío. Tiene que hacerle comprender de qué va todo esto.

—No es algo que se vaya diciendo de buenas a primeras. Tengo amigos que, ahora que lo sabes, querrían que te matase.

Vicky suelta una risotada sarcástica. Matarme. Sí, claro. ¡Seguro!

Pero él se queda impasible, como hace tantas veces. Imposible saber qué está pensando.

Por un instante, le da miedo.

—¿Vas a matarme? —Le mira de arriba abajo—. ¿O vas a follarme?

—Eso dependerá de ti —dice, tras una pausa que podría indicar que está dudando.

Sus ojos son dos botones negros. Esta vez, ella está asustada de verdad. Satisfecho, él puede continuar.

—Tranquila. No quiero matarte. Pero tenía que hacerte entender que esto va en serio. Más en serio que nada de lo que te haya sucedido antes. ¿Me sigues? —Ella da a entender que sí—. Estoy aquí por un trabajo. Uno muy gordo. Mucho dinero. Millones.

¿Millones? ¡Hostia!

—¿Y por qué me lo cuentas? ¿Qué pinto yo en eso?

—Nada. O mucho. Depende de ti. Hace tiempo que pienso en dejar esta mierda. Retirarme. Vivir. Casi tengo lo suficiente guardado. Si me quedase con lo que saquemos aquí, el dinero no volvería a ser un problema nunca más. Pero eso significa traicionar al resto. Y los míos no perdonarían algo así.

A Vicky se le acelera el corazón a medida que ve por dónde van los tiros.

—¿Qué me estás proponiendo, Dejan?

—Que me ayudes a quedarme con el botín y te vengas conmigo. Llevo pensando en ello desde hace tiempo. Sé cómo hacerlo. No es fácil y sí muy arriesgado. Pero puede salir bien. Estoy convencido.

Ella lo ha sabido siempre. Había algo en aquel hombre. Pero ahora, eso no es lo que más le preocupa.

—¿Por qué? —quiere saber.

—¿Por qué, qué?

—¿Por qué yo?

Por un instante, él no es tan indescifrable.

—Si no lo sabes, igual no deberíamos estar teniendo esta conversación.

—Y si digo que no, ¿qué? ¿Me rompes el cuello con esas manazas tuyas y sales por esa puerta?

El cinismo con el que puede actuar ella nunca deja de sorprenderlo. Ni tampoco lo bien puestos que los tiene.

—No. Entonces, salgo por esa puerta y no volvemos a vernos. Y si la policía me trinca por tu culpa, una noche te visitará un amigo y hará que desees que te hubiese roto el cuello antes de salir.

Vicky sabe que no lo dice por decir. Sin darse cuenta, se toca la garganta con la punta de los dedos esmaltados. Está excitada y asustada al mismo tiempo. Ahora que lo ha probado, quiere todo aquello que solo él puede darle. Sabe que no volverá a tener la oportunidad. Ya es un milagro que, después de lo que pasó con Roger, el destino vuelva a llamar a la puerta.

Pero es que... él habla de matar como otros de llevar el coche al mecánico.

No es cobarde. Pero ha visto suficientes cosas en el barrio como por saber que con determinada gente es mejor no mezclarse. Le da miedo que le hagan daño.

O aún peor.

Vacila. Si fuera lista, le diría que cogiera los pantalones y se largara. Después se imagina a Esther preguntándole por él en el vestuario. Pensando en lo que podría haber tenido y en cómo lo dejó escapar.

Arrepintiéndose el resto de su vida.

Deseando cada día haberle dicho que sí.

Se conoce. No podrá vivir con eso encima.

—¿Estás seguro de que no acabaremos muertos en algún agujero?

Él no responde tan deprisa como le hubiera gustado.

—No quiero mentirte: no hay nada seguro. Y requerirá pasar ocultos tres años, puede que cuatro. Solo te daré detalles si aceptas, pero sí; puede hacerse.

Le cree.

—¿Y qué pasa con tu rubia loca y fiel? —hurga—. ¿La vas a dejar tirada por mí? ¿Así de fácil? ¿Quién me dice que luego no harás lo mismo conmigo?

Él se imagina a Stana en la misma situación. ¡Habría reaccionado de una manera tan diferente! No sabe si le gusta o no. Pero sí que no quiere jugar a ese juego.

—Tú formas parte de esto, igual que yo. —Vuelve a ser el hombre ártico de siempre—. Sabes lo que está pasando aquí. Pero no somos personajes de una novela de Barbara Cartland. Y no voy a jugar a ser tu príncipe azul ni el hombre moreno de tus sueños. Estoy haciendo algo que nunca pensé que haría y te estoy proponiendo que lo hagas conmigo. Eso debería significar algo. Tú decides.

Vicky piensa en Roger, yéndole detrás con la lengua colgando, como un perrillo abandonado. Todo es mucho más sencillo cuando un hombre depende tanto de ti.

Este no es de esos.

En el fondo, lo prefiere.

—¿Puedo pensarlo? Me gustaría poder decirte que sí ahora, pero, francamente… estoy asustada. No sé si quiero meterme en algo así. O si puedo.

Él esperaba una respuesta, pero lo encuentra razonable. Ya no recuerda cómo era, pero sabe que hay una manera de vivir —la de la gente normal— en la que la posibilidad de recibir una bala es infinitesimal. Y cuando no hay una guerra de por medio, pasar de la una a la otra no debe de ser tan sencillo.

A él no le dieron la oportunidad. Visto con perspectiva, le habría gustado tenerla.

—Sí, claro. Todavía tengo trabajo por hacer. Puedo darte dos días. Iré a buscarte al trabajo pasado mañana. Si es que no, solo tienes que pasar de largo. ¿De acuerdo?

No pierde el tiempo añadiendo nada. Se levanta para irse, pero ella lo retiene, cogiéndolo por la muñeca.

—¿Qué haces?

—Dejarte pensar. Es lo mejor.

Lo atrae hacia ella besándolo ferozmente. Él la desea más que nunca. Si no la folla ahora mismo, estallará.

—De eso ya tendré tiempo. La habitación está pagada y sería una pena dejarla. Ven.

Por una vez, él obedece.

11

Elsa respira cuando, desde lejos, ve llegar a Santi.

Cinco minutos más y habría ido a comprarse una botella.

Y no quiere. No quiere beber. Quiere estar serena para encontrar al cabrón que le ha dado el pasaporte a Miss Plaza de Medinaceli y poder devolverle el favor a Santacana. No se merece que le haga quedar como un trapo. Él no.

Pero, por encima de todo, quiere estar serena por Emma. Por nada del mundo querría darle munición para que pueda utilizarla en su contra. Y después del último numerito, si de algo está segura es de que, cuando vuelva, irá a por ella con todo lo que tenga.

Por suerte, entre la baja y el permiso de maternidad, tiene para medio año.

Y, ¿quién sabe? A lo mejor, parir la hace ser un poco menos hijaputa.

Por un instante, se imagina a su antigua amiga dando a luz al hijo de Jordi y siente un deseo irrefrenable de echar un trago. Los ve a los dos en la cama y recuerda lo que Emma le contaba que le gustaba hacerles a los tíos.

Siempre presumía de que ellos la encontraban irresistible.

Vomitaría.

Qué cabrón. No había más mujeres en el mundo. Tenía que

ser con Emma. Ojalá le hubieran partido a él la columna de un tiro, y no al pobre Nico. A ver cómo te la follabas, sin poder mover más que los párpados.

¡Dios, necesita una botella!

No entiende cómo puede depender tanto de algo que ni siquiera le gusta. El alcohol tiene un sabor de mierda. Antes de que todo se fuera al carajo, apenas bebía. Y cuando lo hacía, solo se mojaba los labios, por compromiso.

Pero, vamos a ver: ¿cuántas vidas conoce que se hayan ido por las alcantarillas de una manera tan perfecta y absoluta como la suya? Tu marido le hace un hijo a tu mejor amiga y tu compañero se queda tetrapléjico por tu culpa. ¿Y todo en menos de un mes?

Eso bien se merece pillar una turca, ¿no les parece, amigos?

De manera que ponerse a beber como una loca era casi obligado. Porque sí, sabe a pis y los efectos secundarios son devastadores. Pero, si bebe lo suficiente, puede soportar la imagen de Emma encima de Jordi. Y hasta la de Nico, inmóvil en una cama, pidiéndole que lo ayude a morir. Y, si bebe aún más, consigue incluso olvidarlos a todos. Y, por fin, poco antes de vaciar la botella, las luces se apagan y puede desconectar.

Y eso hace que beber merezca la pena.

La voz de Santi la obliga a regresar a la tierra.

—¡*Compañera*! Gracias por cubrirme. Te debo una.

Ni te lo imaginas, piensa ella. Pero mueve la cabeza para que vea que no ha sido nada.

—¿Has solucionado tu problema? —pregunta, sin tener claro si es por cortesía o por auténtico interés.

Él pone los ojos en blanco.

—Tengo demasiada mierda acumulada como para poderla limpiar en una sola mañana. Ya lo irás viendo. Pero me ha ido muy bien. Te lo agradezco de verdad. ¿Y tú qué tal? ¿Has descubierto algo que nos pueda ser útil?

Elsa le hace un resumen.

—¿Sus compañeras la llamaban Duquesa? —la interrumpe

en mitad del relato—. ¡Menudo bicho debía de ser nuestra víctima!

Elsa no se toma nada bien el comentario. ¿Otro idiota que culpa a la víctima y no al cabronazo que la ha despachado?

—Bicho o no, no me parece que se mereciera una puñalada en las costillas, ¿no te parece?

La temperatura baja un par de grados a su alrededor. Él se da cuenta de que la ha cagado.

—¡Por supuesto que no! Perdona si te lo ha parecido. No pretendía insinuarlo. ¿Ves por qué tengo tantos problemas? Soy un bocazas.

Por un instante, lo abandona aquel aire de sobrado que gasta. Elsa respira. Si cuando era una agente modelo el machismo que la rodeaba ya le parecía intolerable, ahora que tiene los pies de barro no sabría cómo lidiar con un compañero que lo fuera más de lo que ya lo son todos, sin darse cuenta.

Ha sido una loca al empeñarse en trabajar con un tipo al que no conoce de nada. Pero ya está hecho. Y, además, al menos se esfuerza por encajar. Se ha deshecho en excusas.

—Tranquilo. —Trata de suavizar las cosas—. Soy demasiado sensible con los actos de violencia contra las mujeres, ya lo sé. Pero es lo que hay. Además, seguramente tienes razón en que la chica era un cromo. He estado interrogando a la única compañera con quien se hablaba y me ha contado que la había visto con unos cuantos hombres. O sea que iba de ese palo, sí. Hay dos, concretamente, que tendremos que investigar: con uno llevaba saliendo unos meses y el segundo había aparecido la última semana. Por lo visto a la víctima le había dado fuerte con él. O eso cree la testigo…

—Mmmm. ¿El clásico triángulo que acaba mal? Si es eso, será coser y cantar. ¿Te ha podido dar datos para identificar a los sospechosos?

—Cuatro cosas muy vagas. Al antiguo, siempre lo vio en el coche. Y respecto al nuevo, tal como lo ha descrito, podría ser cualquier macizo entre veinte y cuarenta años. Habrá que revisar las grabaciones que podamos encontrar en los alrededores y rezar para tener un poco de suerte. ¿Quieres empezar tú por las del Mercadona y yo echo un vistazo por los alrededores, a ver qué cámaras encuentro?

—Hagámoslo al revés, ¿te parece? Ya has hablado con los del súper y te será más fácil tratar con ellos. Ocúpate de eso y ya busco yo el resto. Tengo buen ojo para detectar cámaras.

Es la primera vez que Elsa se encuentra con alguien que se pide el trabajo pesado. Si está tratando de hacerse perdonar por no haber estado por la mañana, no va por mal camino.

—¿Quieres ganar puntos, eh, *compañero*? Ningún problema. Para ti el trabajo sucio. ¡Venga! ¡Manos a la obra!

Elsa se está dejando las pestañas escrutando una serie de imágenes oscuras y poco definidas cuando suena el móvil.

—Giralt.

—¡*Compañera*! ¿Cómo lo llevas?

En algún momento tendrán que parar con el jueguecito del *compañero*. Empieza a cansarla. Tendrá que decírselo la próxima vez que lo tenga delante.

—Aquí, con los vídeos. De momento, nada. ¿Y tú qué tal?

—Jodido. Hay un par de sucursales bancarias que nos pasarán las grabaciones de los cajeros. Y he encontrado dos establecimientos más con cámaras que podrían servir. Pero poca cosa. Vamos a necesitar un poco de suerte.

Suerte. Precisamente de eso me sobra, piensa ella, a quien las noticias le han dado sed.

—¿Por qué siempre tiene que ser todo tan complicado? —se lamenta.

—Mujer, si fuera fácil no sería tan divertido.

—¿Qué tiene de divertido tener a un asesino de mujeres campando por las calles como Pedro por su casa? ¿Me lo cuentas, Santi?

—Nada, Elsa. —Por lo menos, se ha terminado la coletilla del *compañera*—. Pero, de momento, no es un asesino de mujeres, así, en plural. Tenemos solo a una víctima y todo apunta a un crimen pasional. Tampoco hay que salir a la calle gritando que viene Jack el Destripador, ¿no te parece?

Es la primera vez que le replica y debe admitir que lleva parte de razón. Es solo que a ella no le parece tan claro que sea un asunto de «la maté porque era mía».

—He estado dándole vueltas a eso… Los autores de crímenes pasionales casi siempre se entregan enseguida. O eso, o hacen un disparate. Pero nuestro hombre no ha hecho ni una cosa ni la otra. No sé, pienso que no deberíamos dar nada por sentado tan deprisa.

Él lo medita.

—Sí, claro. Tienes razón. Pero no sé… A mí algo me dice que ha sido el segundo tipo. Llámalo olfato policial.

A Elsa eso del olfato policial le parece una gilipollez que solo les sirve a los malos guionistas para que el detective pille su hombre sin tener que exprimirse demasiado las neuronas. No cree que exista. Solo cree en las pruebas.

—Mira, si te parece, centrémonos ahora en la vista y ya tiraremos de olfato cuando no tengamos nada más. ¿Vienes y me ayudas con esto?

—Escucha… Mejor voy a comisaría y empiezo por mi cuenta con las grabaciones que he conseguido. Cuantas más imágenes veamos, más posibilidades tendremos de encontrar algo, ¿no te parece? Cuando termines ahí, nos encontramos en comisaría y ponemos en común lo que tengamos.

—De acuerdo. Recuerda que Esther me dijo que el primer novio tenía un deportivo. A ver si suena la campana por ahí.

—Tranquila. Los coches me encantan. Me fijaré. Y tú busca al segundo. ¡Me juego cien euros a que ha sido él!

Él y Nico son como la noche y el día. Pero tiene que dejar de culpabilizarlo por eso y empezar a pensar en él como su nuevo compañero. Después de todo, ha visto cosas mucho peores.

Emma, sin ir más lejos. Compadece al pobre desgraciado que tenga que trabajar con ella.

¡Deja de pensar en Emma, hostia! ¡Nunca saldrás de esta mierda si te empeñas en continuar revolcándote en ella!

—Muy bien. Hasta luego

—Suerte. —Está a punto de pulsar el botón rojo cuando le llega su voz, de lejos—. ¡Elsa!

—¿Qué? —pregunta, volviendo a acercárselo a la oreja.

—Nada. Que me gusta trabajar contigo. Eres la caña. Gracias por la oportunidad.

Ella no sabe cómo responder. Ahora mismo no cree merecer ningún elogio. La línea se queda en silencio.

—Encontremos al que haya sido, ¿de acuerdo? —dice por fin.

—Sí, sí… Hasta luego.

Cuando cuelga, la sombra de una sonrisa se le pasea por los labios después de mucho tiempo sin pisarlos.

Está harta de ver repetida la misma escena una y otra vez: las dependientas del Mercadona, bajo un alumbrado urbano claramente deficiente, salen a la calle después del trabajo. A la mayoría las recogen sus chicos o maridos. Otras se van solas, o en grupitos de dos o tres, hasta salir de plano por diferentes ángulos.

Vicky es siempre la primera en largarse. Pero a ella no la espera nunca nadie. Cruza la imagen con paso firme y se pierde, invariablemente, por el lado derecho de la pantalla. Es evidente que el cabrito del deportivo aparcaba en un ángulo muerto. Por un momento, se plantea si podría haberlo hecho a posta, pero una rápida comprobación en la calle le hace ver que la respuesta es mucho más prosaica: simple cuestión de no obstaculizar el tráfico.

¡Mierdamierdamierda! Un par de metros más hacia acá y la cámara lo habría enfocado perfectamente. En cambio, ahora no tiene nada.

Una vez más, aceptar la realidad se le hace demasiado duro.

En su vida anterior —irónicamente, tampoco hace tanto— aquel tipo de cosas la habrían espoleado. La nueva y empeorada versión de la agente Giralt, sin embargo, solo tiene ganas de mandarlo todo al carajo e ir a por una botella.

Se pasa las manos por los cabellos ligeramente cobrizos. Siente cómo tiemblan. Entorna los ojos y recurre a toda su fuerza de voluntad para mantener el control.

¡Vamos! Has estado aquí cien veces. Hoy en día, hay cámaras por todas partes. Siempre terminas encontrando imágenes. *Siempre*. Solo es cuestión de buscarlas bien.

¿Qué coño te pasa? Acabas de empezar. ¡Vuelve dentro y continúa mirando vídeos!

Se dobla sobre sí misma, apoyando las palmas en las rodillas. Hace un momento que, para salir a la calle, ha tenido que pasar por el pasillo de las bebidas alcohólicas.

Podría haberse quedado a vivir allí.

Y quizás debería. Pedirle una cita a Santacana y admitir que está quemada. Que no lo consigue. Que todo la supera. Solicitar la baja. O puede que incluso devolver la placa. Irse de la ciudad y hacer como la del anuncio del agua: esconderse en un pueblo y dedicarse a criar cabras.

No lo sabe. No sabe una mierda ahora mismo.

Cierra los ojos y respira como le ha enseñado el psicólogo. El secreto de todo está en la respiración, asegura aquel hombre. No hay nada a lo que no puedas enfrentarte después de diez inspiraciones como Dios manda.

Debería ir a ver a Nico al hospital y contarle lo de respirar diez veces. A ver cómo se quedaba.

Aun así, respira. Y se siente algo mejor. Se incorpora. Afortunadamente nadie la ha visto. La imagen del cuerpo ya está bastante tocada como para encontrarte con una agente al borde del ataque de nervios.

Vuelve a la sala del vídeo y decide cambiar de objetivo. Hasta ahora se ha centrado en el novio antiguo. Quizás solo para llevarle la contraria a Santi. Ahora se centrará en el otro. Según Esther, este iba a pie.

Puede que haya tenido el detalle de dejarse filmar.

Selecciona las grabaciones más recientes y las va revisando, empezando por el día que apareció el cuerpo.

Nada.

¡Imposible! Siempre hay algo. *Siempre.*

Y, entonces, lo encuentra. Esperando bajo una farola. Contiene la respiración hasta que Vicky sale del edificio y, en lugar de desaparecer por el lado de siempre, se le acerca y se planta frente a él. Conversan brevemente y después llaman a un taxi.

Se le ha pasado la sed de golpe.

En comisaría, Santi contempla la cara del sospechoso, congelada en la pantalla. La imagen no es muy nítida, pero sabe que tienen técnicos que pueden hacer milagros con menos. Solo necesitarán un poco de tiempo para mejorar la definición y podrán pasarla por el programa de reconocimiento facial. Si el tipo está fichado, ¡bingo! Si no, volverán a la casilla de salida.

Elsa, más enchufada de lo que lo ha visto hasta entonces, no se conforma con aquel hallazgo.

—Quien se me resiste es el otro —reconoce, observando por enésima vez la cara del sospechoso: un hombre a mitad de camino entre los treinta y los cuarenta, de barba y pelo negros—. He echado un vistazo en la calle y creo que aparcaba un par de metros fuera del alcance de la cámara. Una pena. Tendremos que confiar en tus grabaciones.

Él responde con un ademán de impotencia.

—De momento, no he encontrado nada sospechoso. Y me he fijado especialmente en los coches, como me has pedido. Pero es buscar una aguja en un pajar. De todos modos, si podemos identificar a este creo que vamos por el buen camino.

Elsa vuelve a rebotarse. ¿No estábamos de acuerdo en que no

descartaríamos a nadie? Pero se esfuerza por no demostrarlo. Vamos a llevarnos bien.

—Nos vendrá de maravilla, por supuesto. Pero no podemos olvidarnos del otro tipo. Para mí tiene tantos números como este, ya lo sabes.

Él levanta las manos al instante. Claro, claro. Él tampoco quiere polémicas.

—Por supuesto. Ambos están al cincuenta por ciento. Te prometo que revisaré las grabaciones con lupa. Si aparece en alguna, lo encontraré. De hecho, si quieres revisar tú una parte, estás invitada.

Elsa mira el reloj. Hace ya un buen rato que terminó su turno.

—¿Te refieres a *ahora*?

Él se encoge de hombros.

—Estás hablando con el clásico gilipollas que no tiene a nadie esperándolo en casa. Me quedaré un poco más. Pero si tienes planes, no te sientas obligada, por favor. Tú ya has hecho bastante, hoy.

¿Planes? Déjame pensar: podría vaciar una botella de ginebra, a solas, en el comedor de casa, sí. Y, luego, ya si acaso, igual me vuelvo a meter el cañón de la pistola en la boca, a ver qué pasa.

—Brad Pitt me había invitado a cenar, ¿sabes? Pero que le den. ¿Dónde están esas grabaciones que quieres que vea?

Él sonríe y le aparta la silla para que se siente frente a la pantalla.

Cuando vuelve a consultar el reloj, es medianoche pasada. Lleva casi todo el día revisando escenas de calle donde no pasa absolutamente nada. Ahora ya todo se le mezcla en la sesera. Ha llegado el momento de decir basta.

—Santi… Si reviso otra grabación más, la próxima vez que me veas estaré en la mesa de autopsias de Navarro. Lo dejo. —Lleva un rato pensado si añade una frase más. Decide que sí—: ¿Te apetece que nos tomemos algo antes de ir a la piltra?

Él se separa de la pantalla y estira brazos y manos, mientras suelta un gemido de cansancio.

—¡Joder, creía que no me lo ibas a proponer nunca! Ya no me acordaba de lo matador que es esto de revisar vídeos. ¡Me apunto! ¿Adónde vamos?

—Al primer sitio que encontremos abierto. Total... —se apresura a decir ella.

No quiere que piense que es una oferta más íntima de lo que pretendía. Que, a esas horas, todo se difumina.

—Conozco el lugar perfecto —ofrece él, levantándose y apagando el ordenador.

Paga las dos latas de Coca-Cola al *paki* que atiende tras el mostrador deteriorado y sale a la calle, donde espera Elsa.

—Cero y sin cafeína, ¿verdad? Para el caso, podrías haberte pedido un agua sin gas —le suelta pasándole el refresco.

Ella hace una mueca de hastío. El agua que de verdad le apetece es de fuego. Pero ha sido un buen día y no quiere estropearlo. Se da cuenta de que él tampoco se ha pedido nada con alcohol y se pregunta si lo habrá hecho para ayudarla.

Porque, la verdad, tal y como se siente, es todo un detalle.

Tira de la lengüeta y, antes de echar el primer trago, hace chocar la lata con la de él.

—Se han visto primeros días peores que el nuestro... —dice finalmente, intentando que suene como un elogio.

—¡Mucho peores! Sin ir más lejos: con el primer compañero que me asignaron al salir de la Academia, al final del primer turno ya no nos hablábamos. ¡Cualquiera hubiese dicho que le habían metido un palo por el culo antes de dejarlo salir a la calle! Solo estuvimos juntos cuatro meses, pero ¡menudo imbécil! Tú y yo, en cambio, míranos: ¡de copas! Y eso que tenemos diferentes candidatos a culpable...

Más relajada, Elsa se siente más proclive a hablar del tema sin ponerse de uñas.

—¿Puedes decirme, sin recurrir a olfatos policiales ni gilipo-lleces por el estilo, por qué estás tan convencido de que ha sido el segundo tipo?

Él usa un tono nada trascendente para responder. Como si estuvieran hablando de si el Barça ganará la liga y no de quién ha asesinado a una mujer en plena calle.

—Tú misma lo has dicho: si este fuera el típico caso de crimen pasional, el principal sospechoso sería el primer novio, sí. Pero cuando es un tema de cuernos, el asesino actúa movido por un impulso. Lo ve todo de color rojo y va *pa'lante*, sin pensar. Solo después de cometido el disparate, se da cuenta de dónde se ha metido y se entrega o, aún mejor, se pega un tiro y nos ahorra el trabajo. En este caso no hay indicios ni de una cosa ni de otra. Por eso estoy tan convencido de que el segundo maromo no era agua clara. Y de que cuando lo identifiquemos estaremos tras la pista correcta.

Elsa arquea las cejas. No está mal argumentado, no. Y quien argumenta bien no se equivoca nunca. Pensar que se están matan-do a ver vídeos para nada resulta frustrante. Pero ella es sistemáti-ca. Detesta dejar cabos sueltos.

De repente, él se inclina hasta sobrepasar la distancia de segu-ridad.

—Elsa, ¿puedo hacerte una pregunta personal?

Ya estamos. El momento tenía que llegar tarde o temprano. Quizás mejor ahora, que está de buenas.

—*Una*. Y cuidadín…

Él le sonríe. Tiene una sonrisa bonita. De niño travieso. Cues-ta que no te entre por el ojito derecho.

—¿Es verdad que tu marido te ha dejado por otra?

Elsa esperaba una pregunta sobre Nico. Se queda descolocada.

—¡Tío! ¿A qué le llamas tú ir con cuidado? ¿Cuánto hace que nos conocemos, para hacernos confidencias? ¿Diez minutos?

—Perdona. No quería molestarte. Es que he oído cosas y me costaba creerlo.

113

—¿Por qué? Se rompen matrimonios cada día, ¿sabes? —Ahora está rabiosa. El muy idiota se ha cargado el momento—. Y la mayoría de las terceras personas son del entorno laboral. ¿Qué tiene de especial mi caso, ¿eh?

Él da un paso atrás. Sustituye la sonrisa traviesa por un rostro de arrepentimiento.

—Pues... Que hay que ser un cretino de primera división para dejar escapar a una mujer como tú. Eso tiene de especial. Me costaba creerlo, ¿sabes? No creía que iba a molestarte tanto. Disculpa...

Por segunda vez en un minuto, la respuesta la pilla con el pie cambiado. Nunca le han gustado los coqueteos. Y, por contradictorio que parezca en alguien que estaba casada con otro *mosso*, no es en absoluto partidaria de las relaciones entre compañeros de trabajo. Ella y Jordi se conocieron vestidos de calle y no supieron hasta más tarde que los dos eran policías. Si hubiera ido de uniforme, ignora qué habría pasado.

Y, aun así, se siente halagada. No sabe si le gusta más aquello de «una mujer como tú» o la definición que Santi ha hecho de su ex.

Se relaja.

—En algo te doy la razón: es un cretino de primera división. En realidad, ha sido campeón de la categoría tres años seguidos. Y va derechito al cuarto título.

Él vuelve a sacar la sonrisa de niño travieso.

—Sí, también es lo que he oído decir...

¿En serio? No sabía que Jordi tuviera tan mala prensa entre los compañeros. Pero si se lo inventa para hacer que se sienta bien, lo ha conseguido.

Da otro trago al refresco. Ahora mismo, no necesita que sea otra cosa. Es una novedad bienvenida.

—Y yo ¿puedo hacerte una pregunta?

—*Quid pro quo*, agente Starling. Una.

—¿Qué líos son esos en que andas metido? ¿Debería preocuparme?

Él la mira con intención.

—Esa no es una pregunta. En realidad, son muchas.

Tiene razón. Se ha querido pasar de lista.

—Vale. Escoge tú mismo cuál quieres responder.

—De acuerdo. Te haré un dos por uno, por ser tú: si preguntas un poco por ahí te dirán que tengo fama de... digamos de expeditivo. Eso me ha traído más de un... contratiempo.

—¿Te la mereces?

—¿Qué? ¿La fama?

—Eso.

Él no responde enseguida.

—Hay maneras de verlo. A veces, cuando te encuentras con según qué cosas... Supongo que no he sido tan profesional como se nos puede exigir. Pero te juro que se lo habían buscado...

Elsa tiene las ideas muy claras sobre ese tema. E intuye que son muy diferentes a las suyas. Pero alguna vez, cuando se ha topado con algún maltratador que no mostraba arrepentimiento alguno, ella también hubiese... En fin. Ya tendrán tiempo de hablarlo. Es un buen momento para empezar a construir lo que debe ser una buena relación y no quiere estropearlo.

—¿Y la segunda respuesta?

La sonrisa traviesa se vuelve triste como una playa en invierno.

—Tú no eres la única a quien han dejado, ¿sabes? Estaba con alguien que me gustaba mucho. Y me la ha jugado bien.

¡Mira por dónde! Y no estás acostumbrado a que las nenas te planten, ¿verdad que no? Seguro que no te pasa a menudo.

Sea como fuere, la confesión hace que lo sienta muy próximo. No le pega nada hacerlo, pero Elsa se escucha decirle:

—Pues mira... Si te sirve de algo, yo también creo que hay que ser una cretina de primera división para dejarte, Harry el Sucio. A mí me caíste bien incluso cuando pretendías levantarme el caso...

De repente, se da cuenta de que están demasiado cerca y la situación se está volviendo pantanosa. Y, aunque una parte de ella se siente muy cómoda allí, la otra, que suele ganar todas las discusiones, la obliga a separarse.

Lo último que necesita ahora mismo es liarse con un *cowboy* como Santi, a quien se le ve a la legua que le va la marcha. Por mucho que Alejandro Sanz considerase que podría ser una buena tirita para el desgarrón que lleva dentro.

Él nota su reticencia y no fuerza la situación. Retrocede un poco y deja la lata herida de muerte de un largo sorbo.

—Ha sido un buen día —dice—. Vale más que durmamos un poco y lo retomemos mañana, *ben d'hora, ben d'hora, ben d'hora.*

—Otro guardiolista no, por favor. Mi ex lo era y me ha hecho cogerle manía incluso al Barça.

Santi estruja la lata y la encesta en un contenedor que hay a la puerta del *paki.* Tiene buen estilo.

—Elsa, ya sé que nos conocemos muy poco y aún no somos amigos. Pero déjame que te dé un consejo, ¿vale? Olvídate del cretino de tu ex. Hay vida más allá, créeme. Seguramente mejor que la que llevabas antes.

Ella nota un batiburrillo de sentimientos al escucharlo.

—Sí, mira quien lo dice —se defiende—: el pobrecito *cowboy* que le canta sus penas a la luna, porque le ha dejado plantado la cantante del *saloon.* ¡Pues vaya un consejero que me ha salido!

Él la mira de una manera diferente a como lo ha hecho durante toda la noche.

—No te equivoques. —La voz es gélida. Ni rastro de la calidez que había hace un instante—. La cantante del *saloon,* como tú la llamas, me ha jodido bien, sí. Pero de llorarle las penas a la luna, nada de nada. Paso de ella como de la mierda. Te aseguro que ha salido mucho peor parada que yo. —La sonrisa traviesa vuelve inesperadamente—. En fin, buenas noches.

Le presiona el antebrazo cariñosamente y se va callejón abajo. Elsa está perpleja. Tiene la virtud de descolocarla, el *jodío.*

Apura el refresco y trata de encestarlo. Pero su estilo es mucho más rupestre y no toca ni el aro. Mientras se agacha para recoger la lata, su móvil zumba.

Revisa los mensajes. Es un aviso automático, del trabajo.

La investigación que han solicitado en el programa de reconocimiento facial ha encontrado una coincidencia.

Levanta los ojos y ve a Santi a punto de doblar la esquina.

Le llama.

La noche está lejos de haberse terminado.

12

Han pasado dos días.

Vicky va con retraso. Se está tomando más tiempo del habitual para cambiarse. Hoy lleva unas botas de piel hasta las rodillas, falda corta, jersey negro, ceñido, y unas criollas doradas, enormes, que le llegan casi hasta la base del cuello. Sabe que aquel conjunto le gusta y quiere estar guapa para él. Más que de costumbre, incluso. Intuye que va a necesitarlo.

Aún no ha decidido qué va a decirle.

La vida que siempre ha perseguido se parece mucho a la que él le ha mostrado cuando están juntos. Y, si no exagera —que está segura de que no—, la cosa aún puede ser mucho mejor.

Pero le asusta la perspectiva de pasarse años escondiéndose. Quizás incluso la vida entera mirando por encima del hombro. Hay gente en su barrio que vive más o menos así y no los envidia.

De algo sí está segura: aquel tren no volverá a pasar. O sube, o ya puede irse haciendo a la idea de malgastar el resto de su vida atrapada en agujeros como en el que está ahora. Con suerte, mejorará un poco. Pero *suites* como la de la otra noche solo las verá en las películas.

La pregunta del millón es: ¿cuál de las dos alternativas le da más miedo?

Se está abrochando la cremallera de las botas cuando las oye parlotear, como dos cotorras malas. Remedios y Toñi, seguramente las dos focas más asquerosas de toda la tienda. Siempre contando sus majaderías a todas las que quieran oírlas. Que si los cumples de sus críos, que si las vacaciones que han pasado en Marina d'Or, que si esto, que si lo otro.

Son insoportables.

Habitualmente, trata de ignorarlas; como se ignora una mosca una tarde de verano o aquello que uno procura no pisar de ninguna de las maneras.

Pero esta vez es diferente.

Esta vez hablan de ella.

Y no se esfuerzan en absoluto para evitar que las oiga.

—... tienes razón, ya hace un par de días. Y no creo que vuelva. Tenía demasiada clase para una pelandusca como ella, que se cree una duquesa pero que basta con verla para darse cuenta de que solo es una zorrita dispuesta a irse con el primero que le compre unos pendientes.

—Seguro que se la ha tirado un par de veces y ya se ha hartado. Por buenas que estén, los hombres solo las quieren para follárselas. Luego se casan con otras. A veces hasta me da pena.

—¿En serio? Pues a mí, en absoluto. Es lo que se merece. Solo espero que aún siga aquí cuando se le empiecen a caer las tetas y los tíos se vayan a por otras más jóvenes. Se va a quedar más sola que el tato. Y le quedan cuatro días, ya verás. ¡Entonces sí que me voy a reír!

—Pues mira, igual tienes razón. Porque el otro chico ya tampoco viene. Tanto darse aires y creerse superior y como se despiste...

—Lo que yo te diga: se lo merece. Igual que nosotras, que no perderemos tanto tiempo emperifollándonos, pero que tenemos dos hombres que nos tratan como a reinas. Y, al final, que yo sepa, una reina es más que una duquesa. ¿O no?

Y se echan a reír como gallinas cluecas.

Vicky está muy harta de esas dos. Más de una vez se ha mor-

119

dido la lengua, pensando que no merecía la pena. Pero hoy está demasiado tensa.

¿La buscaban?

Pues la han encontrado.

Se levanta y va hacia ellas, procurando que los talones de las botas resuenen dentro del vestuario. Se queda plantada frente a ellas, mientras las otras dos, que no se lo esperaban, fingen ignorar su presencia, cambiando de tema.

No se lo permite.

—¿Sabéis por qué los calzonazos de vuestros maridos tratan tan bien a dos tías mierda como vosotras? Porque todavía no entienden cómo dos ejemplares del sexo femenino han preferido estar con ellos a seguir solas. Pero el día que alguna otra tía patética se les abra de piernas, saldrán corriendo como posesos y no mirarán atrás. La diferencia es que a mí no me importa una mierda cuando pase, y sé que ya no estaré aquí para verlo.

En el vestuario se hace un silencio, espeso y envenenado como un jarabe de amanita. Al final, Toñi se levanta y la abofetea con fuerza. Un *ooohh* hecho a partes iguales de sorpresa y consternación recorre la sala. El golpe es tan fuerte que le hace girar la cara.

—¡A mí no me habla así ni mi madre, putón! —le escupe.

La reacción de la Duquesa es todavía más inesperada. Sin decir nada, cierra el puño y lo proyecta contra el rostro de su enemiga. La nariz le cruje al romperse, y provoca un chillido de horror entre las que están lo bastante cerca como para oírlo. Inmediatamente, la sangre le empieza a brotar de la herida, mientras se encoge y empieza a gritar de dolor y espanto.

Su compañera, que aún no se cree lo que acaba de ver, se levanta enseguida para protegerla de un segundo golpe. Y lo mismo hacen las tres o cuatro que las rodean, que enseguida saltan para apartarlas. Pero no hace falta. Vicky no pensaba pegar otra vez. Mientras la pandilla de dependientas se aglomera alrededor de la herida, da media vuelta, vuelve a su taquilla, coge el bolso y sale por la puerta.

—¡Hijaputa! Te voy a denunciar. ¡Lo han visto todas! ¡Te va a caer un puro que te cagas! —grita Toñi, mientras intenta detener la hemorragia con un pañuelo que le ha prestado alguien.

Sin volverse, ella levanta el puño derecho y le enseña el dedo corazón.

Esther es la única que no se alinea de oficio con la agredida. Corre tras ella y la alcanza en el pasillo.

—¿Estás bien? —le pregunta. Y después, añade, compungida—: ¡Joder, Vicky! Ya sé que se estaban pasando tres pueblos y que ella te ha pegado primero. Pero esta vez te has salido. ¿Había que romperle la nariz de ese modo? Porque no ha sido sin querer. ¿O me equivoco?

No. No se equivoca. Lo único útil que aprendió de su padre —además de que era mejor no buscarle las cosquillas cuando iba bebido— había sido la mejor manera de romperle la nariz a «cualquier cabronazo que intente propasarse contigo».

Irónicamente, con un tío nunca le había hecho falta.

—Sabes que te denunciará, ¿verdad? —insiste Esther, que hace esfuerzos para ser justa, aunque no sabe cuál es la mejor manera de conseguirlo—. Y que Encarna no te lo dejará pasar. ¡Te has metido en un buen lío!

—Me la suda —responde ella, perdiendo la flema por una vez con la rubia—. No pienso volver a poner los pies en esta mierda de sitio. Que les den por culo a Toñi, a Encarna y a todo el rebaño. ¡Porque seguro que mirándolas a la cara no encuentran voluntarios!

Esther la ve irse, rodeada por el sonido altivo de sus tacones. Y, por el tono con que se lo ha dicho, no puede evitar preguntarse si también la ha incluido a ella en aquel último y rencoroso *rebaño*.

Dejan está donde dijo que estaría.

Impasible, como siempre. Incluso con tan poca luz, le adivina el semblante estoico. Casi fatalista. Como el que tendría un guerrero que espera la llegada del enemigo y sabe que aquella será su última batalla, pero que lo acepta como un azar más del juego. Sin quejarse. Las cosas han ido de este palo. ¿Qué se le va a hacer?

¿Cómo habría sido su vida si él no estuviera allí, esperándola? Intolerable.

Cruza la calle, taconeando con gracia sobre el asfalto. Él se endereza y parece aún más alto de lo que es. Incluso después de todo lo que han tenido, todavía se sorprende de cuánto la pone.

Se le planta delante y levanta la barbilla para mirarlo a los ojos.

—Sí —dice simplemente.

Él parece escanearla con aquellos ojos suyos, tan absolutamente oscuros e insondables.

—¿Seguro? Piensa que a partir de ahora ya no habrá marcha atrás…

¿Marcha atrás? ¿Y quién querría marcha atrás?

Preferiría una bala. Ahora lo sabe.

Le pasa una mano por la nuca y lo atrae hacia sus labios. Le come la boca sin prisa. En parte por las ganas que tiene de hacerlo y en parte para que todas aquellas focas puedan verla y envidiarla.

¡Jodeos, zorras!

Se dan el lote hasta que está segura de que incluso Esther ha presenciado el *show*. Después lo mira con una sonrisa.

—Salgamos de aquí, ¿quieres? No volvería ni aunque estuviera muerta de hambre y este fuera el único lugar de la ciudad donde quedase comida.

Él empieza a conocerla y se hace una idea de lo que acaba de pasar. Habría preferido no hacer aquel numerito delante de un montón de testigos. Pero ha estudiado el terreno. Con la luz que hay y la distancia que los separa, nadie sería capaz de identificarlo en una rueda de reconocimiento. Menos todavía en fotografía.

Por eso le ha concedido el capricho.

Después de todo, se jugará la piel a su lado. Se lo debía.

La coge por la cintura y andan sin prisa hacia el chaflán, donde les será mucho más fácil parar un taxi. Vicky intuye los ojos de Esther puestos en ella y menea la cabeza para hacer ondear su pelo, de un lado a otro, como una *top model*.

Piensa en esto cuando estés con tu Ruben.

Suben al primer taxi que para. No mira atrás ni una sola vez.

Hasta nunca, pringadas.

Pone una cápsula de Livanto en la cafetera y vuelve a pulsar el botón, que lanza destellos verdes, para llenar una segunda taza. Lleva solo una camisa suya, desabrochada, que le tapa los pechos pero deja a la vista el ombligo, y el sexo.

Incluso sin su ropa olería a él.

Le gusta.

La máquina hace su trabajo y ella coge una taza con cada mano y las lleva al comedor, donde Dejan la espera vestido solo con unos *boxers*.

Le pasa el café.

Él bebe un sorbito y lo deja sobre la mesa. Después, la mira, interrogativo. Se ha pasado la última media hora contándole de pe a pa qué harán a partir de ahora. Cómo será el atraco, cómo piensa quedarse con el botín y, sobre todo, qué harán después para librarse de la venganza de sus compañeros.

Ella se acurruca en el sofá y la camisa se le abre hasta dejarle un seno al aire. Se da cuenta, pero no le importa. Le gusta que él pueda verla desnuda.

—Entonces —quiere saber—, ¿vamos a vender las piedras a solo un veinte por ciento de su valor? Eso es muy poco, ¿no?

Le ha hablado del perista de Ámsterdam que ya está esperando todo el lote. Pero veinte céntimos por euro le parecen un robo. ¡Corren con todo el riesgo y se llevan las migajas! ¿No podrían conseguir algo mejor?

Dragan menea la cabeza. Aquello es lo último que hubiese

esperado. Él contaba con preguntas sobre los Panthers, la policía y la cárcel. Y ella le sale con que el reparto le sabe a poco.

Es tan ambiciosa que empieza a preocuparlo.

El caso es que, en su mundo, veinte céntimos por euro es un precio más que razonable. Y aún más si los Panthers te pisan los talones para ajustar cuentas. Durante meses, aquellas piedras quemarán como brasas. Muchos no querrían ni acercarse a ellas. Mucho menos todavía, comprarlas.

De manera que no: el hombre de Ámsterdam no es un chantajista. Es una bendición. Pero ella solo ve los ochenta céntimos por euro que se le escapan.

—Tengo un primo en Galicia, ¿sabes? —insiste, mientras se incorpora y la camisa se le abre aún más—. Trapichea. Con los de Sinaloa, creo. En plan mayorista. Nos llevamos bien y una vez me contó más de lo que debería. Esos mexicanos están tan podridos de pasta que no saben qué hacer con ella. Y a sus mujeres, las legítimas y las otras, les encantan las joyas. Si yo se lo pidiera, podría ofrecérselas a ellos. Seguro que sacaríamos una tajada mayor.

Él sabe que la conversación no los llevará a ninguna parte. Pero también que deben mantenerla, para que se quede convencida. De manera que se arma de paciencia.

—El día que te contó todo eso, no estaría intentando llevarte a la cama, ¿verdad?

—¿Y qué si lo estaba? No me llevó, si eso es lo que te preocupa.

No, no es eso.

—Cuando un idiota quiere impresionar a una mujer como tú, dice lo que sea para parecer mejor de lo que es. El solo hecho de contártelo ya fue una estupidez. Los mexicanos te meten en un bidón de gasolina y encienden una cerilla por menos. —Vicky abre mucho los ojos al oírlo. No se imagina peor muerte—. En cualquier caso, ¿sabes lo que harán los de Sinaloa si les vamos con las piedras?

—No —tiene que aceptar.

—Yo tampoco. Y ahí está el problema. Quizás te las comprasen a mejor precio, sí. Pero también podrían pegarte un tiro y quedárselas. O aún peor: entregarte a los Panthers a cambio de vete a saber. —Las palmas de las manos se agitan en el aire, como mariposas enfadadas—. Es una locura poner tu vida en manos de un narco, créeme. El hombre de Ámsterdam es nuestra mejor opción.

Vicky hace un mohín. No es en los narcos en quienes confiaría. Es en Laureano. Si él trata con ellos cada día y le va bien, no entiende por qué no pueden sacarle un provecho. Solo cincuenta céntimos más por euro serían cuatro millones. ¡Cuatro mi-llo-nes! Pero le mira a los ojos y comprende que nunca conseguirá convencerlo.

Qué manera de tirar el dinero.

Él le lee la mente.

—Te repito que el dinero no será un problema. Lo he ido colocando en diferentes bancos, durante años. Las Caimán, Gibraltar, Macao. Hay mucho. Y bien invertido. No te preocupes, anda.

—Tú sabrás —termina aceptando de mala gana—. Y después de Ámsterdam, ¿qué?

Esa es la parte del plan que ha estudiado mejor. Está convencido de que saldrá bien.

—Pasaportes falsos —cuenta—. Tres identidades distintas. Dos nos las proporcionará el mismo perista, como parte del pago. La tercera es de un independiente de toda confianza. En una semana volaremos a los cinco continentes y quemaremos dos pasaportes. Eso hará que nos pierdan la pista. El destino final es Niue.

—¿Qué es eso?

—Una isla. En Polinesia. A dos mil quinientos kilómetros de Nueva Zelanda. Un lugar bonito y tranquilo. Tres años allí, cuatro a lo sumo, y nos habremos esfumado para siempre. Luego podremos elegir otro lugar. O viajar un poco. Sin llamar la atención, pero sin necesidad de ocultarnos.

Suena bien lo de la isla en la Polinesia. Le trae imágenes de playas de arena blanca, palmeras, puestas de sol espectaculares y copas con combinados exóticos adornados con sombrillitas de papel. Una vez Roger le había medio prometido que la llevaría a las Seychelles. Se imagina que debe de ser algo por el estilo.

Pero muy bien tiene que estar para tirarse cuatro años encerrados allí.

—Ya sé que parezco muy protestona, y eso. Pero ¿de verdad vamos a tener que escondernos tanto tiempo? Suena un poco al culo del mundo, ¿no?

¿Niue, el culo del mundo? La definición se acerca bastante a la realidad, sí.

—Es un culo bonito. Como el tuyo —lo suaviza—. Estuve allí cuando lo planeaba todo y me gustó. Hasta compré una casita. La arreglaremos. El tiempo pasará de prisa, ya lo verás. Pero necesitamos esos años para que mi gente se rinda. No podemos ser impacientes. Es lo peor. —La ve dudosa y decide darle una última oportunidad—: Mira, ya sé lo que te dije, pero comprendo que lo que te ofrezco no es fácil de aceptar. Piénsalo una última vez. Y si decides que no te ves capaz, no habrá consecuencias. Si te metes en esto, quiero que estés convencida al cien por cien.

Vicky reflexiona en todo lo que acaba de escuchar. Se ha pasado las últimas cuarenta y ocho horas creyendo que le daban miedo las consecuencias y ahora que tiene que dar una respuesta, resulta que lo que le parece peor son los cuatro años que tendrá que pasarse tomando el sol en la playa. Y la sensación de que la están estafando pagándole tan poco por el botín.

El plan le parece perfilado hasta el más pequeño detalle. Como los de *Ocean's Eleven*. Y, sobre todo, él le inspira confianza. Si cree que puede logarlo es que puede.

Cuatro años. En ninguna parte. Le dan vértigo. Pero volver al Mercadona le parece aún peor.

Recuerda la voz odiosa de Toñi, escupiendo su envidia. «Solo espero que aún siga aquí cuando se le empiecen a caer las tetas y los tíos se vayan a por otras más jóvenes. Se va a quedar más sola que el tato. Y le quedan cuatro días, ya verás. ¡Entonces sí que me voy a reír!».

—Estoy contigo —le dice—. Al cien por cien. —Se levanta para ir a sentarse sobre sus rodillas. Le pasa la mano por la nuca y lo besa como si los besos fueran a acabarse para siempre—. Pero recuerda: me has prometido que funcionaría. Si te equivocas, te mato, ¿me oyes?

Si me equivoco, ya habrá quién se encargue de eso, piensa él. Pero en vez de decirlo prefiere hacerle una pequeña confesión que lleva días queriendo soltarle:

—Por cierto, ya sé que a estas alturas parece una idiotez, pero es que hasta ahora no he encontrado el momento adecuado. Mi nombre no es Dejan. Me llamo Dragan. Dragan Jelusic.

13

—¡Giralt, espere! Quiero hablar con usted.

Elsa reconoce la voz ronca del sargento Vicenç Romero, el jefe del equipo encargado de investigar el robo del paseo de Gracia y pone los ojos en blanco. Es la última persona con quien querría hablar en este momento. Si cuando sus intereses no habían colisionado en el ámbito profesional ya lo tenía por un machista y un trepa, ahora, que quiere quitarle el caso de Vicky, tiene que hacer un gran esfuerzo por no mandarlo a la mierda.

Pero eso es, precisamente, lo que busca ese imbécil: que pierda los nervios delante de todo el mundo. Sería la excusa perfecta para hacer cambiar de idea a Santacana. ¿Lo ve, subinspector? La chica no carbura. Está en un callejón sin salida y solo se le ocurre encender el ventilador y acusar a un superior de lo de siempre. La típica neurasténica: que si discriminación, que si acoso, que si esto, que si lo de más allá… ¡Se aferra a este caso como si fuera de su propiedad! Pero lo más lógico es que, si uno de los atracadores puede estar involucrado, nos ocupemos nosotros. Lo demás es solo ruido.

Se imagina la conversación y se pone enferma.

Aun así, se obliga a ser cortés.

—Dígame, sargento: ¿en qué puedo ayudarlo?

No lo soporta. Con aquella sonrisita sardónica que copió de Bruce Willis, y el pelo también al cero, como el antiguo héroe de acción. Le entran ganas de hacerse del club de fans de Hans Gruber.

—¿Cómo lo ha logrado, Giralt? Porque cualquiera diría que tiene hechizado a Santacana.

—¿Disculpe?

—Ya me ha oído. —Romero trae un cabreo como no se le recuerda. Se nota que no está acostumbrado a perder cuando juega contra una mujer—. ¿Que cómo lo ha conseguido? Porque no tiene sentido. Ante todo, que es de cajón que el caso Martí tendría que ser nuestro. Somos nosotros quienes nos ocupamos de los serbios del copón. Pero, más allá de eso… ¡Por favor! ¡Si lo sabe todo el mundo! Usted no está para ocuparse de un asesinato. Y no me malinterprete, ¿eh? No es personal. A cualquier otro le diría lo mismo. Eso de su marido y la Solà tiene que ser duro de sobrellevar, ¿no? Por no hablar de lo que le ha pasado al pobre Nico. Por cierto, ¿se sabe algo? ¿Algún progreso?

Elsa crispa los puños. Se lo imagina sangrando por la nariz y preguntándose a dónde habrán ido a parar los dos incisivos superiores. La imagen le resulta tan tentadora…

—¿Es todo? Porque tengo mucho trabajo…

Intenta irse, pero él le cierra el paso con su corpachón.

—Espere, no he acabado con usted. ¿De verdad cree que podrá pillar al tal Jelusic? ¡Vamos, anda! Es perder el tiempo y el dinero de los contribuyentes.

¡Por favor! ¡Que alguien le diga que habla igual que uno de esos polis idiotas de la tele!

—Aquí, solo usted habla de Jelusic, sargento. —No sabe por qué intenta razonar con él, porque es como disparar contra King Kong con una escopeta de feria. Aun así, hace la prueba—. Pero resulta que no es el único sospechoso. La víctima se veía con otro hombre, a quien todavía no hemos podido identificar. Sería muy poco profesional por nuestra parte descartarlo sin más.

Romero pone cara de estar realmente sorprendido. ¿De verdad es tan estúpida como para perseguir sombras cuando tiene un sospechoso de ese calibre frente a las narices? Igual debería sentarse frente a la puerta y esperar a ver pasar por delante el ataúd de su enemiga.

¡Nah! Le está vacilando.

Le apunta la nariz con el índice.

—No quiero ni que se acerque a mi equipo, ¿me oye? El subinspector Santacana ha sido claro en eso: son líneas de investigación separadas. No hace falta que compartamos nada, si no lo creemos necesario. Y, por supuesto, ya le digo que ni lo creo ni lo creeré. De manera que, si uno solo de mis chicos me dice que le ha ido mendigando información, le juro que presentaré una queja formal.

Sus chicos. Romero ha dirigido varios equipos y todavía es la hora de que haya incluido a una mujer en ellos. No es extraño oírlo soltar comentarios procaces sobre actrices o presentadoras de la tele. Pero, en el trabajo, no quiere verlas ni en pintura. El sexo débil —el muy cretino todavía usa ese eufemismo de mierda— no está hecho para según qué trabajos, sostiene. Son físicamente inferiores. Menos fuertes, menos rápidas. Él no quiere dejar su integridad física en manos de una mujer.

No quisiera terminar como Nico.

La idea la sacude como si hubiera recibido un puñetazo en la cara. Mataría por una copa. Pero no quiere darle la satisfacción de verla derrumbarse.

—No se preocupe, sargento, que no nos interpondremos en su camino. —De repente, ve por dónde contraatacar y se tira, derecha a la yugular—. Tranquilo, que todos sabemos lo que hay en juego y no busco una parte. La última vez que se encargó de un caso como este, poco después se compró el Ranger Rover, ¿no es cierto? Esta vez espero que no será menos que un Cayenne…

Romero no da crédito.

—¿Me está acusando de algo, Giralt? Porque eso sería muy grave, ¿se da cuenta?

—Nadie le está acusando de nada. Todos sabemos que las casualidades existen, ¿no es así? ¿Consume mucho el Range? Menudo cochazo…

El sargento está a punto de estallar. Debería revisar las *pelis* de su héroe favorito, porque él es todo un maestro en hacer que estas cosas le resbalen. El rollo de la dignidad ofendida se lo deja al secundario de turno que interpreta al pringado de su jefe.

—Si tiene alguna prueba de lo que insinúa, preséntela a Asuntos Internos, ¿me oye? —continúa Romero levantando la voz—. ¡Y si no, exijo una disculpa!

Pasillo allá, algunos empiezan a levantar los ojos del ordenador. La trampa en la que quería hacerla caer está a punto de volverse en su contra. El sargento se da cuenta y baja la voz.

Se le acerca hasta que ella es capaz de adivinar qué ha tomado para desayunar.

—No tiene ni idea de a quién le está tocando los cojones, Giralt. Pero lo sabrá, le doy mi palabra. Diviértase cazando sombras. Mientras tanto, otros haremos el trabajo por el que nos pagan. Pero no se olvide de una cosa: cuando la cague, que la cagará, yo estaré allí, esperando. Y entonces veremos quién ríe el último.

Los ojos regresan a las pantallas. El *show* se ha terminado antes de empezar. Y eso que prometía.

Romero se aparta para dejarla pasar.

—¡Lárguese! Y una cosa más, si quiere bucear en el culo de una botella hasta que no recuerde el camino de vuelta, por mí fantástico. La animo a perseverar. Pero, por lo menos, hágalo con un poco de dignidad. Por la imagen del cuerpo. En esta comisaría hay unos cuantos hombres que saben beber. Aparque por una vez ese orgullo de feminista trasnochada y pregúnteles cómo hacerlo. Como mínimo, aprenderá algo.

Elsa no tiene cuerpo para continuar escuchándolo. En los buenos tiempos, habría aceptado el duelo y lo habría dejado a la altura del betún, pero, tal y como está, se da por satisfecha saliendo entera. Se va, sabiendo que se ha creado un enemigo de los que ni perdonan ni olvidan.

Harry Cranston se ha empleado a fondo.

Ha levantado todas las piedras de Barcelona para hablar con todos los reptiles, insectos y malos bichos que viven debajo. Ha visitado todas las madrigueras de donde otras veces ha sacado petróleo; y ha hablado con todas las alimañas que se refugian en ellas. Ha repartido dinero, ha reclamado antiguos favores y hasta ha dejado caer alguna amenaza.

Y de todas partes ha conseguido la misma respuesta: evidentemente saben lo sucedido en el paseo de Gracia.

Ahora bien: ¿quién ha dado el palo?

Ni puta idea.

O, en otras palabras: gente de fuera, profesional, venida expresamente para hacer el trabajo.

¿Rosa y escurridizo? Los Pink Panthers.

La mala noticia es que, llegados a este punto, las fuentes habituales se secan. Los serbios no se relacionan con nadie, no piden ayuda de ningún tipo y no hacen negocios con las mafias locales. De manera que los soplones de toda la vida se quedan sin material. Las únicas puertas a las que podrían haber llamado son las de cuatro peristas de alta gama, para que los ayudaran a convertir el botín en líquido. Pero ellos nunca cometerían el error infantil de vender en el mismo país donde roban.

Cranston ni siquiera ha perdido el tiempo contactándolos.

Cargado del cansancio y la frustración que solo puede proporcionarte una jornada de trabajo estéril, decide concederse un respiro. Baja por las Ramblas y gira a mano izquierda para ir a buscar la plaza del Pi. Está siendo un mes de junio caluroso y la temperatura no te pone las cosas fáciles. Aun así, sentarse en aquella plazoleta, a resguardo de la iglesia milenaria, continúa provocándole el mismo placer de siempre. El investigador escoge una mesa que queda libre en un rincón y, cuando se le acerca el camarero, pide un café, contando con que se lo servirán como les gusta en aquel país: fuerte y no muy corto.

Café. No agua sucia, como la que te ofrecen en la mayoría de los restaurantes de América.

Hace tanto que da tumbos por el mundo que ya casi no es americano. En realidad, sería más honesto decir que no es de ninguna parte. Otro, más optimista que él, soltaría la idiotez de que es de todas partes —ciudadano del mundo— y se quedaría tan ancho. Pero Harry no consigue verlo así. Se siente bien en muchos lugares —ahí mismo, sin ir más lejos—, pero la vida que lleva le ha cortado las raíces. Como un nenúfar que se hubiera quedado sin agarradero y flotase río abajo, llevado por la corriente, sin poder decidir dónde detenerse.

Después de todo, su futuro en este trabajo es, forzosamente, a corto plazo. Pronto estará demasiado achacoso para perseguir al malo de turno. Y entonces, ¿qué? ¿Dónde irá a cobijarse? ¿A la casa familiar que aún conserva, cerca de San Bernardino?

No se imagina allí.

Pero tampoco en Nueva York, Londres o Berna. Ni siquiera en un rinconcito de la Toscana —que le encanta— o en aquella misma ciudad —que ama «for sentimental reasons», como diría Sinatra.

¡Coño, Harry, te estás haciendo viejo! Y pesimista. ¡Qué palo tener que llevarte a todas partes!

Se termina el café de un trago. Se ha levantado un poco de viento y el tiempo ha mejorado ligeramente. No tiene ningunas ganas de volver al trabajo. Entre otras cosas porque tampoco sabe qué va a hacer a partir de ahora. Y se imagina a Thaw paseándose por su despacho, como un gorila por la jaula del zoo.

No le sentará nada bien que le diga cómo están las cosas.

Se está planteando si pide una cerveza cuando nota la vibración del móvil. Es Virginie Lenglet, su mejor contacto en la Interpol. Llevan meses sin hablar y se alegra de ver su cara de gata en la pantalla.

—*Allô, Virginie! Quelle surprise!*

—¡Mira que llevas años intentado hablar en francés, Harry, y cada vez te sale peor! —contesta ella, con aquel acento de Bruselas que a él le resulta de lo más *sexy*—. Los americanos tenéis tan claro que sois los amos del mundo que estáis genéticamente incapacitados para aprender cualquier otro idioma que no sea el vuestro. No te esfuerces, que ya me paso yo al inglés…

Cranston no puede evitar una sonrisa de zorro viejo. Subinspectora de la Police Fédérale con quince años de calle, Lenglet es una rubia entrada en la cuarentena, de muy buen ver, que conoció mientras investigaba otro atraco de los Panthers, en Bélgica. Cuando se dieron cuenta de que compartían dos pasiones —el póquer y el boxeo—, congeniaron enseguida y ni siquiera le importó que ella fuera capaz tanto de desplumarlo en una mesa de juego como de darle una paliza en el cuadrilátero. Desgraciadamente, aquel caso había acabado mal para los intereses policiales, pero eso tampoco fue impedimento para que, desde entonces, cada vez que él pasa por las cercanías de Grand Place procuren verse y mantener encendida la llama de la amistad.

Otra cosa que les gusta especialmente es compartir información sobre la tercera de sus obsesiones comunes: los Panthers.

—Me ha dicho un pajarito que estás en Barcelona investigando el atraco a la Miralles. ¿Estoy bien informada?

—Tú siempre estás bien informada, *chérie*. Llegué ayer y he estado husmeando un poco, a ver qué encontraba. Pero esta vez estoy más perdido que un belga en un aula universitaria.

Puede oírla resoplar desde mil cuatrocientos kilómetros de distancia.

—Harry… ya ni los franceses hacen chistes de belgas. Te estás haciendo *très vieux*.

Aquella empieza a ser una vieja canción entre ambos. Hace algún tiempo, cometió el error de confesarle que, si la hubiera conocido con diez años menos, habría intentado acostarse con ella. Virginie nunca le ha revelado qué habría pasado de haberlo hecho, pero desde entonces aprovecha cualquier oportunidad que tiene para mortificarlo con la cantinela de la edad.

Cuando se siente particularmente solo, todavía se pregunta si tanta invectiva no será para que se deje de prejuicios y dé el paso. Especialmente, después del divorcio de ella, todavía no hace un año.

En toda broma hay un poco de broma, solía decir Althea, su exmujer.

La mayoría de las veces, sin embargo, le da demasiada pereza. Es una mujer muy atractiva y con quien podría estar, sí. Pero ¿cómo quedaría su amistad si hiciera la prueba y ella lo rechazara?

Lo que está bien, no lo toques, solía decir Ben, su mentor y antiguo socio.

—Tú misma lo has dicho —termina replicándole—: cada día me las arreglo peor con este galimatías al que os empeñáis en llamar idioma. Si no me hablas en inglés, no esperes que lo entienda. Y, dicho esto, ¿has llamado solo para hacerme reflexionar sobre el inapelable paso del tiempo, como Marcel Proust, o también tienes algo que merezca la pena escuchar?

—Desde luego, la edad os vuelve gruñones —insiste ella, sarcástica—. No sé si un tipo tan arisco se merece una información como la que tengo ahora mismo en la pantalla del ordenador.

Harry nota aquella comezón que le entra a veces, antes de que pase algo importante.

—Puede que no. Pero ¿qué me dices del tipo que tiene el mejor *uppercut* que has visto desde el de Sonny Lister?

—¡Ah, eso ya es otra cosa! Ese sí me cae bien. *D'accord*, se lo diré a él. Pero, a cambio, asegúrate de que el abuelete gruñón no vuelva a ponerse al teléfono cuando te llamo, ¿vale?

—Intentaré mantenerlo bien lejos del aparato, palabra.

—Por ahora tendré que conformarme con eso.

—Perfecto. Pues ya que nos entendemos, ¿me dirás de una vez de qué va todo esto?

Virginie hace una pausa teatral. Después, se lo suelta:

—Tenemos un reconocimiento facial positivo de Dragan Jelusic en Barcelona, muy pocos días antes del trabajito del paseo de Gracia.

Cranston se queda de piedra. Tenía claro que había sido cosa de los Panthers. Pero encontrarse a Jelusic de por medio es un plus inesperado.

Como si le hubiera tocado luchar contra Alí por el título de los pesos pesados.

—¿Jelusic? ¿Estás segura? —solo acierta a decir.

—No. Por eso te he llamado enseguida. ¡Pues claro que estoy segura! Si vas detrás de esas piedras, convéncete de que las tiene tu amiguito, Dragan.

Virginie usa el mismo tono que emplearía para decirle que mañana saldrá el sol. Pero los dos saben lo importante que es todo aquello para el investigador. Él y Jelusic se han visto las caras varias veces y la moneda siempre ha caído del lado del balcánico.

Aquello ya es personal. Y ambos lo saben.

Se produce un silencio muy significativo en la línea. Después, a ella le llega la pregunta que ya esperaba:

—¿Podrías ponerme en contacto con los agentes que han solicitado el reconocimiento?

Ella tiene los nombres apuntados en un pósit.

Sentado en el bar Le Meridien, en el corazón de las Ramblas, Santi se remueve, nervioso, sobre el asiento tapizado en falso cuero negro. A su lado, Elsa pasea la mirada perdida más allá de los ventanales que se abren a la calle Pintor Fortuny y dejan ver el tráfico habitual, mezcla de turistas de deambular perezoso y barceloneses que van a lo suyo.

—¿Y no te ha dicho por qué quería vernos exactamente? —le pregunta él tras un largo silencio entre los dos.

—Ya te lo he contado —responde la joven volviendo a la realidad—. Solo ha insinuado que podríamos tener intereses comunes y me ha pedido que nos veamos aquí. No se ha explayado con los detalles. Pero es agradable.

Él se desespera. Sí, ya. Agradable.

A raíz de recibir la llamada ha investigado al tal Cranston: es un sabueso de reputación impecable, que suele trabajar para grandes compañías de seguros. Que esté en Barcelona, con lo que ha pasado, tiene todo el sentido. Lo que sorprende es que quiera entrevistarse con ellos. Después de la bomba que ha significado identificar a Dragan Jelusic como uno de los acompañantes de Vicky, parece evidente que ambos casos pueden estar relacionados. Pero, aun así, ellos están investigando el asesinato de una mujer, no el robo de veinte millones de euros.

Y seguro que a aquel detective, y especialmente a quienes le pagan, que le hayan dado matarile a la cajera de un Mercadona les preocupa menos que el cambio climático. No entiende por qué diablos mete las narices en lo suyo.

Antes de que pueda continuar revolviéndose, un hombre de sesenta y que ronda el metro ochenta de alto entra en el bar y los localiza enseguida. Va hacia ellos con una sonrisa amistosa en los labios. Elsa se levanta de la silla donde ha estado esperando y él la imita.

—Los agentes Giralt y González, presumo… —saluda, alargándole la mano primero a ella.

Tiene un castellano aceptable, que mejora gracias a la voz, poderosa y profunda, de actor de doblaje o de locutor de radio; la frente ancha y los labios muy finos. Como adicto al gimnasio, Santi le reconoce que está en bastante buena forma.

Después le toca a él. Un apretón de manos fuerte. Nada de dejar la mano laxa entre los dedos del otro.

Pues sí. Hay que reconocerlo: parece un tipo agradable.

Se sientan y piden. Elsa solo quiere un agua. Él, para apoyarla, pide lo mismo. El americano, quizás atando cabos —los problemas de alcoholismo son una epidemia entre las policías de todo el mundo— completa el trío. La camarera apunta el pedido en una de esas tabletas que han sustituido a las clásicas libretitas. Tres aguas, ¿eh? Menudo fiestón se van a pegar los señores.

La *mossa* toma la iniciativa. Les ha sorprendido su llamada, confiesa. De hecho, no está segura de si no se habrá equivocado de policías. Ellos solicitaron el reconocimiento facial que ha permitido encontrar la pista de Dragan Jelusic, sí. Pero no saben nada del atraco. En realidad —y eso no lo comparte con el investigador—, toparse con el serbio ha estado a punto de hacerles perder el caso Martí. Considerando que todo formaba parte de la misma trama, el equipo que lleva lo de la joyería había reclamado ocuparse también de aquella línea.

Y puede que hasta tuvieran razón.

Pero ella no estaba dispuesta a dejarse quitar lo único que la mantenía ligada a la realidad. Apenas enterarse, había solicitado una reunión con Santacana para alegar que el asesinato y el robo no tenían por qué estar relacionados forzosamente. Mirándole a los ojos, le había jurado que estaban siguiendo otra pista que consideraba tanto o más prometedora que la de los serbios; y le había pedido un poco más de tiempo para ver adónde los llevaban aquellas indagaciones. Al final, como esperaba, su mentor la había apoyado una vez más. Quizás consciente de que, al final, si el atraco había sido cosa de los Panthers tampoco conseguirían resolverlo.

Sin decirlo, el subinspector le había dado a entender que la coyuntura jugaba a su favor. La opinión pública se queda boquiabierta con golpes como los de los serbios, claro. Pero sin inquietarse demasiado. Los Pink Panthers no irrumpirán en su casa para llevarse el joyero de la yaya. En cambio, los manteros, los pequeños hurtos, las agresiones machistas, eso sí les puede pasar a ellos. Y es ahí donde quieren notar que está su policía. Poner todas las manzanas en el cesto de la Miralles, pues, podía tener sentido, pero no aseguraba la resolución del caso Martí. Por eso les permitía continuar trabajando en ello, siempre y cuando no metieran las narices en la otra investigación.

Así las cosas, la aparición de este hombre que pretende volver a relacionar ambos casos, no les hace ningún favor. Lo mejor para sus intereses es que trate con el equipo que lleva el atraco y los deje trabajar en paz. Pero antes de sacudírselo de encima, quiere oír qué tiene que ofrecer.

—De hecho, además de por cortesía profesional —empieza, marcando territorio—, estamos aquí para ver qué información puede proporcionarnos. No hace falta que le recuerde que su deber es colaborar con la policía en todo cuanto pueda. Por desgracia, a nosotros nos limita el secreto de sumario. Estamos atados de pies y manos.

Cranston no se esperaba otra cosa. No conoce a ningún policía del mundo que no pretenda que le cuentes todo lo que sabes a cambio solo de una palabra amable o de una vaga promesa —cuando no te amenazan, que también los hay—. Pero eso solo al principio. Luego, hasta puedes acabar como él y Virginie.

—Perdonen que lo enfoque de este modo, pero ¿tienen idea de a quién se enfrentan? Y no se ofendan, porque no hay intención.

—¿Qué quiere decir? —Elsa no se esperaba algo así.

—Pues que si conocen con exactitud quiénes son los Pink Panthers. No estamos hablando de unos atracadores normales y corrientes. Ellos juegan en otra liga. Y a eso habría que añadirle que Dragan Jelusic es uno de los miembros más destacados de la banda.

Elsa ha hecho los deberes, por supuesto. Ha estado leyendo informes de diferentes procedencias y sabe lo que ha hecho la banda en tres continentes. También en Barcelona, porque esta no ha sido la primera vez que reciben su visita. Lo que no entiende es qué relaciona a un ladrón internacional de joyas con una cajera del Mercadona.

Y espera que Cranston se lo cuente.

El investigador se da cuenta y decide mostrarse lo más colaborador posible. Es la mejor manera de ganarse su confianza y obtener la reciprocidad que está buscando.

—Para hablarles del hombre a quien están buscando —empieza, acodándose en el sofá—, antes tendré que remontarme a un cabronazo psicopático llamado Zeljko Raznatovic, que empezó su carrera haciendo todo tipo de trabajos sucios para la policía yugoslava en la época de Tito. Gracias a eso, años más tarde las autoridades harían la vista gorda con una larga serie de negocios turbios que puso en marcha, ya bajo el sobrenombre de Arkan. El cenit de esa actividad fue la creación de un grupo paramilitar que llegaría a contar con diez mil hombres y acabaría convirtiéndose en la milicia más salvaje y sanguinaria de las que actuaron durante la guerra de los Balcanes: Los Tigres de Arkan.

»Sabemos que un Dragan Jelusic todavía adolescente formó parte de las unidades de los Tigres que cometieron todo tipo de atrocidades en lugares como Vukovar o Borovo Selo. Y, aunque nunca se hayan podido presentar pruebas sobre sus actuaciones concretas, es de suponer que su comportamiento no difirió demasiado del resto de sus compañeros durante la limpieza étnica que se perpetró en esos lugares.

»Al finalizar el conflicto, lejos de pagar por sus crímenes, Arkan se convirtió en un ídolo para los ultras de su país. Con la enorme fortuna que había acumulado gracias al pillaje y la delincuencia común, se compró un equipo de fútbol, se casó a bombo y platillo con una joven estrella de la canción y durante unos cuantos años hizo y deshizo a placer en Serbia. Incluso su club, que hasta entonces no había pasado nunca de tercera división, llegó a ganar el campeonato de primera, por delante de históricos como el Estrella Roja o el Partizan. Y no porque tuviera los mejores jugadores. Aseguran que el pánico que infundía su afición bastaba para que la mayoría de los equipos contrarios tuvieran una mala tarde. Parece mentira, ¿verdad? Pues lo consiguió exactamente así. Puro estilo Arkan.

A Santi, que es muy futbolero, se le enciende una lucecita. ¡Se acuerda de ese equipo! ¿Cómo se llamaba? Oblicuo, u Obilic, o algo parecido. Llegó a jugar en Europa contra el Bayern de Múnich y el Atlético de Madrid. También recuerda, con ojos de adolescente sobrado de hormonas, a su presidenta: un pibonazo de nombre impronunciable que era la esposa del propietario del club y que había compartido palco ni más ni menos que con Jesús Gil. Los colchoneros habían pasado la eliminatoria fácilmente, sí. Pero su presidente, siempre tan sobrado, se había guardado muy mucho de protagonizar ninguna salida de tono de las suyas que pudiera incomodar al susceptible propietario del equipo rival.

Cranston se detiene un instante para echar un trago de agua y retoma la clase:

—Como ven, Arkan creía que Serbia era su patio de juegos y él, intocable. Hasta que le demostraron que no. Un buen día, mientras entraba en un hotel, en el centro de Belgrado, un poli corrupto se le acercó por detrás y le pegó tres tiros en la nuca con una CZ99. Pim-pam-pum y buenas noches, *tigre*. Así mueren las leyendas. Luego, como había cola para verle muerto, fue imposible determinar por orden de quién había actuado el sicario. Le cayeron treinta años, sí, pero la investigación se acabó aquí. Tampoco es que las autoridades serbias procurasen ir más allá, justo es decirlo.

»Cuando pusieron a su primer mentor fuera de la circulación, sin embargo, Dragan Jelusic llevaba ya tiempo distanciado de él. Después de la guerra, veteranos de los Tigres y otros cuerpos paramilitares por el estilo, se reorganizaron alrededor de la figura de Pavel Rakic, otro antiguo oficial serbio. Las diferencias entre él y Arkan eran básicamente dos: Pavel era más listo y menos propenso a apretar el gatillo. Lo que sí tenían en común eran las ganas de hacerse ricos. *Muy* ricos. El nuevo líder decidió que la mejor manera y la más rápida de conseguirlo era robando. De este modo nacieron los Pink Panthers: una banda de atracadores capaces de hacer realidad golpes que parecerían reservados a la imaginación de los guionistas de Hollywood gracias al entrenamiento militar y a los medios de los que disponían. Con eso llevan trayendo de cabeza a las policías de todo el mundo desde hace más de dos décadas.

»Yo mismo llevo diez años tras los Panthers en general y Dragan Jelusic en particular. ¿Que por qué él, precisamente? Pues porque hasta ahora me lo he encontrado en tres casos y siempre se me ha escapado. Ayudé a enchironar a Luka Petrovic, su mejor amigo. Pero con Dragan no he podido, tengo que admitirlo. Y, ¿saben qué? He descubierto que tengo muy mal perder. De manera que esta vez me gustaría ser yo quien le ganara la partida. Para variar.

Elsa ha quedado impresionada con el relato. Realmente va mucho más allá de la aséptica información que había podido leer en los informes. Y entiende perfectamente el interés del sabueso en aquel hombre. Pero, pese a simpatizar con él, su deber y su prioridad van por otro camino.

—Verá, señor Cranston, ha sido un relato de lo más instructivo, lo reconozco. Y le digo de todo corazón que espero que consiga llevar a ese Jelusic a donde se merece. Pero según lo que he leído en los informes, y corríjame si me equivoco, es que los Panthers nunca han herido ni matado a nadie en ninguno de sus atracos. Su violencia es siempre intimidatoria. Por eso, a pesar de ser innegable la relación entre él y nuestra víctima, me cuesta entender por qué un Pink Panther se ensuciaría las manos de sangre por primera vez. Y más aún con una víctima del perfil de la nuestra. Sencillamente, no me cuadra.

Cranston ya ha pensado en ello. Y a él tampoco le encaja. Pero es el único hilo que tiene para seguirle la pista a Dragan y no piensa soltarlo así como así.

—Mire, agente Giralt, en los últimos años hemos constatado que los Panthers se han visto obligados a cambiar de *modus operandi* para escapar a la vigilancia policial. Antes se alojaban en hoteles de lujo y hacían ostentación sin ningún miedo. Ahora actúan de manera mucho más sibilina. Usan apartamentos baratos para alojarse durante el tiempo que pasan estudiando el próximo objetivo. Incluso Airbnb o Bed & Breakfasts. Quizás Jelusic contactó de ese modo con su víctima. Ella lo descubrió de manera

142

casual y no tuvo más remedio que matarla para evitar que lo denunciara.

Santi sacude la cabeza de manera entusiasta. Pero Elsa sigue sin verlo. Lo sopesa un instante y decide revelarle algunos detalles del caso que no tendría por qué.

—Es una hipótesis razonable, lo admito —objeta—. Pero ¿no cree que un profesional de la categoría del hombre que describe jamás dejaría un cuerpo en mitad de la calle, para que la policía lo encontrase fácilmente? Además, todo indica que Jelusic y la señorita Martí mantenían una relación que iba mucho más allá de la que tendrían una patrona y su huésped, ya me entiende. Por otro lado, registramos su apartamento y no hemos encontrado ningún indicio. Ni restos de ADN, ni fibras, ni nada que pueda hacernos suponer que Dragan Jelusic llegó a poner los pies allí. Por no hablar de la maleta que ella llevaba cuando la asesinaron y que indica que se disponía a emprender un viaje.

Cranston procesa todo lo que ella acaba de decirle. ¿Te has liado con una mujer en mitad de un trabajo, Dragan? No te pega para nada. Además: ¿no estabas con la hija de Pavel? ¿Sabe él que has cambiado de novia? Porque con la niña de papá no se juega. Y de eso seguro que eres más consciente que nadie.

Cuanto más sabe, más inusual le resulta todo.

Sea como sea, la *mossa* tiene razón: su teoría no encaja. Pero tampoco está dispuesto a aceptar que se equivoca en todo.

—*OK*, estoy de acuerdo en que hay algo que se nos escapa. Pero ¿de verdad me quiere hacer creer que su víctima estaba liada con un delincuente de ese calibre y usted piensa que no ha tenido nada que ver con su muerte? ¿Que, simplemente, pasaba por allí? Admitirá, Elsa, que le costaría escribir eso en un informe. Por cierto, ¿puedo llamarla Elsa?

Ella asiente a la última pregunta. Vale, sí: tampoco se traga que la muerte de Vicky no esté directamente relacionada con la entrada en escena del Panther. Si algo le han enseñado los años de trabajo policial es que las casualidades quizás existan. Pero que son lo último a lo que deberías recurrir para solucionar un caso.

—Sabemos que la víctima también mantenía una relación sentimental con otro hombre, a quien aún no hemos podido identificar —dice finalmente—. Jelusic pudo haberse encontrado en el centro de un triángulo que acabó mal. Es posible que ni siquiera sepa que la chica está muerta. La historia más vieja del mundo: un tipo demasiado celoso, una discusión que termina mal… En este país muere una mujer cada semana víctima de la violencia machista. No veo por qué no habría podido pasar de este modo.

—Perdona que discrepe, Elsa —dice Santi abriendo la boca por primera vez—, pero creo que por ahí perderemos el tiempo. Si antes ya creía que nuestra mejor opción era la del segundo hombre, desde que sabemos quién es me parece evidente que deberíamos centrarnos en él.

Ella se revuelve y lo fulmina con la mirada. No deberían airear sus discrepancias delante de un desconocido. ¿Cómo espera que puedan tratar con él si ni siquiera son capaces de ponerse de acuerdo sobre lo que tienen entre manos?

Cranston se da cuenta y trata de quitarle hierro. Ha sido poli y sabe lo fuerte que puede llegar a ser el vínculo entre compañeros. Si esos dos lo ven como un elemento distorsionador, lo mandarán al carajo. Y ahora cree más que nunca que su mejor opción para llegar hasta Dragan es tirando del hilo de Vicky Martí.

—Escuchen, ¿qué les parece si ponemos todas las cartas sobre la mesa y tratamos de ayudarnos? —Se lo dice sobre todo a ella, porque está claro quién lleva la voz cantante—. Como investigador de la compañía, tengo acceso a información sobre el caso del atraco a la que difícilmente podrán acceder ustedes. Información que les podría ser útil. Créanme, Jelusic está actuando de una forma muy desconcertante en este asunto. Si siguiera el manual, les aconsejaría que no perdiesen el tiempo con él. Pero, si está improvisando, las posibilidades de que cometa un error aumentan exponencialmente. De manera que esta es mi oferta: ustedes me dan todo lo que tengan sobre la chica muerta y yo les tendré al corriente de los progresos de la investigación oficial. Tal y como lo veo, salen ganando…

Elsa estruja los labios. La situación se ha vuelto muy incómoda. Advierte que cuando ella va, el americano vuelve. Y lo odia. Pero tiene razón: Santacana les ha permitido conservar el caso, pero los ha puesto entre la espada y la pared negándoles la información. Y ahora sabe que Romero aprovechará el más mínimo desliz para volver a la carga, pidiendo que le asignen el caso de Vicky. Un cabronazo misógino, que llama «jacas» a todas las mujeres, investigando el asesinato de una chica.

Por encima de su cadáver.

Lleva dos días sin probar ni una gota. Y pese a que hay momentos en que mataría por un trago, la mayor parte del tiempo lo lleva bastante bien. No tiene ningunas ganas de saber qué pasará si la apartan de aquella investigación.

Y aún más importante: quiere justicia para Vicky. Como la quiere para todas las mujeres asesinadas por algún hijoputa que se ha creído que tenía derecho sobre sus cuerpos, sus voluntades y hasta sus vidas. Y a Romero eso se la suda. Él solo piensa en mejorar su hoja de servicios para estar en la mejor posición cuando vuelvan a repartirse promociones.

Por algo en comisaría todo el mundo le conoce con el mote del Ascensorista.

No queda otra que pasar por el aro.

—Y, en el caso hipotético de que accediéramos a su propuesta, ¿qué tipo de información querría sobre Victoria Martí?

Cranston se traga una sonrisa de triunfo. Aquella agente es muy testaruda y ahora que tiene lo que quería, no le conviene estropearlo hiriendo susceptibilidades estúpidamente.

—Pues, lo primero que necesitaría —dice con extrema cortesía—, sería una fotografía suya.

***

145

—¿La recuerda? Mire bien la foto, no hay ninguna prisa.

Sonia Miralles va algo más atrevida que la primera vez que se vieron: traje de chaqueta oscuro, de raya diplomática, chaleco a juego sin nada debajo y, en cuello, dedos y orejas, unas cuantas piezas selectas del muestrario de la casa. La cabellera caoba le cae sobre los hombros, en un torrente perfectamente estudiado.

La joya de la corona de Llorenç Miralles. No se puede negar que el hombre hizo una buena compra.

Observa la imagen sin prisa y se la devuelve con un gesto displicente.

—Muy guapa. La clase de mujer a quien le favorecen las piezas grandes. La recordaría si la hubiera visto en la tienda. O en cualquier otro lugar.

—Entonces, ¿no la ha visto nunca? —Cranston no puede ocultar la decepción que le mancha la voz.

—Jamás. Y ya le digo que es una de esas personas que no se olvidan fácilmente. Ahora que estamos solos, señor Cranston, le haré una confidencia que en cualquier otra parte negaré haberle hecho: a veces vendo piezas que no puedo evitar pensar que estarán desaprovechadas sobre según qué piel. El caso de esta chica es el inverso. Las joyas se hacen para mujeres como ella. ¿Puedo preguntarle qué tiene que ver con este asunto?

—Por desgracia, parece ser que nada. Pensaba que podría haber sido la *scout* que la banda suele enviar antes de dar el golpe, para reconocer el terreno *in situ*. Pero veo que era una pista falsa. Tendré que pedirle disculpas por hacerle perder su valioso tiempo.

La mujer se calla mientras decide si detecta algún rastro de ironía en sus palabras. Cuando llega a la conclusión de que la disculpa era sincera, hace las dos preguntas que Harry sabía que tendría que contestar y para las que no tiene respuesta.

—¿Progresan las investigaciones?

—Lentamente, siento decirlo. Esta pista parecía prometedora. Pero hay otras…

Ella hace una pausa que podría querer indicar que está pensando en qué otras pistas pueden tener. O en si se lo cree.

—¿Sabe cuándo se hará efectivo el pago de la póliza?

—Ya le dije que eso no depende de mí. Le reitero que mi informe ha sido favorable. Esté tranquila, Berkshire Hathaway no se ha hecho grande a base de no pagar las pólizas que cumplen los requisitos.

Sonia tuerce la boca en una sonrisa sarcástica.

—Disculpe que le lleve la contraria, señor Cranston, pero ninguna compañía del mundo se ha hecho grande pagando. Es exactamente lo contrario lo que nos hace ricos a todos. De todos modos, y como tampoco tengo más remedio, confiaré en usted. Que tenga un buen día.

—¿Qué te pasa, Elsa? ¿Estás cabreada conmigo, o qué?

Santi ya no aguanta más. Desde que han hablado con el investigador, hace horas, ella no le ha dirigido la palabra más de lo imprescindible. El silencio entre ambos se puede cortar con un cuchillo. O, de tan espeso, con una sierra mecánica.

Ella busca un lugar donde arrimar el coche a la acera sin provocar el caos y se vuelve para mirarlo con rencor.

—Mira, Santi, puede que Nico me tuviera demasiado bien acostumbrada. Pero él jamás me hubiera desautorizado ante un tercero. Y aún menos ante alguien que solo busca sacarnos lo que pueda. Esa no es mi idea de cómo se apoyan los compañeros. Puede que esto no haya sido buena idea, después de todo.

Esta vez, Santi no se achanta.

—¿Sabes qué te digo, tía? ¡Que ya estoy hasta los huevos de oírte hablar del tal Nico como si fuera el jodido Eliot Ness! Puede que sea mucho mejor que yo, vale, pero resulta que ahora no está. Ni se le espera. O sea que vete haciendo a la idea. No sé si te tenía contenta a base de no llevarte nunca la contraria. Pero yo no soy así. Tengo criterio propio y quiero poder defenderlo sin tener que disculparme cada vez que abro la boca. ¿No te gusta Cranston? De acuerdo, ¿qué se le va a hacer? Pero a mí me parece que puede ayudarnos a salir del callejón sin salida en el que estamos metidos hasta las cejas. O sea, que es lo que hay. Y, ya puestos, ¿sabes qué más? Que tú tampoco eres ningún caramelito, por si no lo habías notado. En tu comisaría nadie te quería de compañera. Todo el mundo sabe que te bebes hasta el agua de los ceniceros y cree que estás acabada. Que eres tóxica. O sea que basta ya de mirarme por encima del hombro porque estás tan en la cuerda floja como yo. Si no más...

Elsa recibe toda aquella avalancha de reproches como si fuera una bofetada. Ahora mismo lo que querría es salir del coche, entrar en un bar y beber hasta no poder más.

En lugar de hacerlo, contraataca.

—Ah, ¿sí? ¿Pues sabes qué te digo yo, Harry el Sucio de mierda? ¡Que si tan acabada estoy y tan difícil es trabajar conmigo no sé por qué cojones me seguiste, como un perrito, suplicando que te convirtiera en mi mascota! Y no vuelvas a hablar jamás de Nico sin el respeto que se merece, ¿me oyes? ¡Es mejor policía y mejor hombre de lo que tú serás nunca! Y, si ahora está recluido en una cama, es porque intentó pararle los pies a un marero hijoputa que estaba maltratando a su novia, y yo no actué lo bastante deprisa para cubrirle las espaldas.

Se quedan frente a frente. Mirándose a los ojos, con furia.

Y, de pronto, Santi le coge la cara con ambas manos y empieza a comérsele la boca.

Elsa no tiene tiempo para pensar. Actúa por reflejo. Y le devuelve unos besos más desesperados que los suyos. La coge por la cintura, la levanta y la hace pasar por encima de la palanca de cambios para sentarla en su regazo.

—¿Qué haces? ¿Estás loco? Aquí no podemos...

Le tapa la boca con la suya. Tiene la lengua cálida y juguetona. Nada que ver con los besos que le daba Jordi hacia el final. Tan de trámite. Tan carentes de deseo. Nota su mano luchando con el cinturón, para bajarle los vaqueros. Ella lo detiene, cogiéndolo por el antebrazo. Santi hace un gesto de dolor y se para, mirándola con desesperación.

—¡Estamos en mitad de la calle! No seas burro. Si nos ve alguien, nos caerá un paquete que ni tú ni yo podemos permitirnos —jadea apartándolo un momento.

Le ve los ojos hambrientos y se la nota, dura como un ariete, contra el muslo. Ella también está húmeda. Creía que nunca volvería a estar así.

Se está haciendo la sensata, pero lo desea tanto como él.

—¡Bueno, vale! —consiente Santi serenándose por un instante—. Vayamos a un hotel, pues. Estoy a punto de explotar.

Ella solo se lo plantea un momento.

—No. Vamos a mi casa —propone—. Está aquí al lado.

Tiene ganas de hacerlo con él en la misma cama donde se encontró a Jordi y Emma. No ha podido volver a usarla desde aquel día. Duerme —o se desmaya, según el día— en la de invitados, que es peor que un lecho de clavos.

Será una buena manera de reconciliarse con ella.

14

Dragan pulsa el interruptor que enciende los fluorescentes del techo. Luz de neón, amarillenta, antigua, baña enseguida las paredes cuarteadas y el polvoriento suelo de aquel antiguo taller de reparación de automóviles que llevaba años sin levantar la persiana. Quizás porque es demasiado pequeño y está en un callejón demasiado recóndito para atraer a los clientes.

Precisamente los dos motivos por los que lo han alquilado.

Borko Mirkic, que ha entrado justo detrás, contempla el panorama con el aire complacido de quien sabe que ha hecho bien su trabajo. Una cabeza más bajo que Dragan y de complexión escuálida, es uno de los facilitadores más eficientes de la red que los Panthers tiene repartida por diferentes ciudades europeas. La mayoría vive en Italia —el país donde la banda tiene una logística más potente fuera de los Balcanes— y hace viajes relámpago allí donde los requieren para dar un golpe. En concreto, Mirkic es propietario de dos pizzerías y una discoteca en Milán, totalmente legales, que le permiten llevar una vida aparentemente normal y blanquear el dinero que gana gracias a sus otras actividades.

No hay nada que Borko no sea capaz de conseguir: armas, papeles, coches, pisos donde esconderte y locales donde prepararte. Lo que sea. Y todo legal y casi imposible de rastrear, si llega el caso. Es cierto que la policía también ha mejorado mucho en ese terreno en los últimos años. Pero, así como otros facilitadores han caído, traicionados por el seguimiento de las llamadas a teléfonos móviles o de rastros bancarios mal borrados, todavía tiene que llegar el día en que Borko Mirkic se deje pillar por la pasma.

Es el *fucking* Meyer Lansky de Montenegro.

Ha pagado tres meses de alquiler, al contado, usando un carné de identidad español falso, que ya no volverá a utilizar. Y también tiene a punto las placas para el coche que robarán para dar el golpe: un Seat Toledo —tienen comprobado que Seat es la marca que llama menos la atención en este país—, con diez años en las ruedas. Tras el trabajo, lo limpiarán de arriba abajo con amoníaco y lo abandonarán en este mismo garaje. Pasará mucho tiempo antes de que lo encuentren. Y, cuando lo hagan, a ver quién es el genio que lo relaciona con ellos.

No. Borko es todo un hilo de seda. Por eso está tan bien considerado dentro de la banda.

No es la primera vez que Dragan y él trabajan juntos. No son lo que se diría amigos, pero cada uno conoce y respeta la reputación del otro. Además, cuanto menos sepan los facilitadores de quienes dan el golpe, y al revés, mucho mejor para todos.

Es su *modus operandi* desde el principio, y funciona. Siempre y cuando se hagan bien las cosas. En caso contrario, pasa lo que les sucedió a los que protagonizaron el espectacular alunizaje en el Wafi Mall de Dubái. No incineraron los dos Audis a conciencia y la policía fue capaz de extraer muestras de ADN de los restos, que luego servirían para trincarlos.

El diablo se esconde en los pequeños detalles.

Dragan se vuelve hacia el hombre más bajo y le dedica un gesto de reconocimiento.

—Perfecto.

El otro se hincha de orgullo. Sí, ya lo sabía. Pero gracias por decirlo.

—Os entregaré el resto de lo que habéis pedido el día antes

del trabajo —remata Borko, que procura utilizar los móviles cuanto menos mejor, y luego los tira como si fueran clínex—. Si necesitas cualquier cosa, ya sabes dónde encontrarme.

Dragan sabe que no lo necesitará, pero se limita a estar de acuerdo con el jefe por última vez. Satisfecho, el facilitador le entrega las llaves del local y se marcha, silbando una tonada que él reconoce como *Onamo, 'namo*, el viejo himno montenegrino.

Los montenegrinos están todos como unas putas cabras, piensa.

Pero unas cabras muy profesionales. Hay que reconocerlo.

Agradece quedarse a solas. Tiene un montón de asuntos pendientes que no puede repasar con él delante. Además, cuanto antes se haya largado, la posibilidad de coincidir con Vicky, a quien ha citado allí dentro de un rato, es menor.

Vicky.

¡Demonio de mujer!

Lo que le está pasando con ella lo tiene descolocado. No la ama. Todavía no. Quizás no llegue a quererla nunca. Pero fue verla y sentir una necesidad que no había experimentado nunca por ninguna otra. Es una sensación de arrebato cuando la tiene cerca y que le deja angustiado el resto del tiempo.

Le hace sentirse vulnerable; y lo primero que Arkan le enseñó fue que un hombre no podía serlo jamás. Y mucho menos por una mujer. El mejor ejemplo era su propia relación con Ceca. La trataba como una reina, sí. Pero todo el mundo sabía, sin lugar a dudas, que quien mandaba era el rey. Por supuesto, ella usaba sus armas para obtener lo que quería —una carrera como estrella del pop, para empezar—. Pero a nadie se le habría ocurrido pensar que él no quería dárselo.

Así tenía que ser. El hombre otorgaba y la mujer daba gracias al cielo por todo lo que se le concedía.

Su primer mentor insistía en que se buscase una esposa como la suya. «Un buen par de tetas, un culito como el de J.Lo y unas ganas inagotables de complacer. ¿Qué más se puede pedir, chaval?», le repetía.

Había intentado hacerle caso. Más de una vez. En Serbia, los hombres como ellos viven rodeados de bellezas que solo piensan en ser las elegidas. Pero enseguida se dio cuenta de que un clon de Ceca no era lo que buscaba.

Stana y ella son como la noche y el día.

Arkan había modelado el cuerpo y la personalidad de su mujer como había querido. La hija de Pavel, en cambio, no permite que nadie —ni siquiera su todopoderoso padre— le diga cómo hacer las cosas. El viejo habría dado la mano derecha porque la chica estudiase derecho, medicina o se hiciera jugadora profesional de baloncesto —había tenido ofertas—. Lo que fuera, menos aquella vida. ¿Y qué ha hecho ella? Convertirse en la más activa de todas las chicas que utiliza la banda.

Típico de Stana.

¿Qué esperabas? Había crecido escuchando las historias de las proezas de los Pink Panthers. Querer formar parte de ellos era solo el siguiente paso.

Igual que haberlo elegido a él.

¿Quién mejor para el ojito derecho de papá que el Panther más osado y más exitoso? El que había participado en más operaciones y a quien las policías de tres continentes habían sido incapaces de trincar.

Stana, sin embargo, no se había exhibido a su alrededor esperando ser la escogida. Más bien le había dejado claro que era *ella* quien lo había elegido. Y durante un tiempo la cosa les había ido bien. ¿Cómo no? Es preciosa, indómita, alocada. Con una necesidad enfermiza de adrenalina y ningún prejuicio ni en las relaciones ni en el sexo.

Lo único que exige es ser la única. Y, a cambio, ofrece lo mismo. *Semper fidelis.*

La compañera perfecta para un atracador.

Lástima que él haya decidido cambiar de vida.

153

Lleva meses pensando en cómo decírselo. Ha empezado alguna vez, pero ella no ha querido ni oír hablar del tema. Y a él le ha faltado el valor del que nunca carece cuando entra en una joyería, pistola en mano y solo cuenta con cincuenta segundos para llevarse lo que ha ido a buscar.

Menuda paradoja: ser capaz de hacer frente a todas las policías del mundo y no encontrar la manera de decirle la verdad a tu mujer.

Habría terminado encontrándola, por supuesto. Muy probablemente, después de aquel trabajo. Pero, antes de tener la ocasión, Vicky había irrumpido en el tablero y había puesto el juego patas arriba. ¿Cómo es esa frase tan buena? ¿La vida es lo que te pasa mientras haces planes?

Pues eso.

En cualquier otro caso se la habría envainado. Sin pensárselo.

Pero con la española… No ha podido. Es superior a él.

Y eso lo complica todo extraordinariamente. Stana lo matará si se entera de que está pensando en traicionar a los Panthers. Y lo volverá a matar —esta vez, lentamente— si llega ni siquiera a sospechar que la está engañando con otra. No le resultará fácil ocultarle ninguna de las dos cosas. Siempre ha sabido leerlo como un libro abierto. Por eso mantiene que es su hombre ideal. Porque no tiene dobleces.

Nunca conoces a alguien tanto como crees, ¿eh?

En fin, ya encontrará la manera. Siempre la encuentra.

Se adentra en aquel espacio lleno de telarañas y que huele a orines de rata, paseando la mirada por las paredes pintadas mitad de blanco, mitad de gris, con una franja roja separando ambos colores. Descubre que hasta conserva un carrito con ruedas que puede aprovecharse, y una mesa de trabajo, con los soportes para las herramientas vacíos pero intactos.

Le vendrán de perlas.

***

En la calle Consolat de Mar, Vicky sale de la arcada que alberga el *outlet* de artículos de viaje llevando un *trolley* Samsonite, de color azul eléctrico, que acaba de comprar a muy buen precio. Echa a andar en dirección al paseo de Colón, donde espera pillar el primer taxi que pase.

A mitad de camino, se topa con tres niñas de unos doce o así, que se están metiendo con una cuarta. La tienen acorralada contra la pared y la están poniendo a caldo. Que si foca, que si vaca, que si a mí ni me mires, friki de mierda… La víctima empequeñece con cada insulto y las otras se van animando al darse cuenta. La que lleva la voz cantante, una mala fotocopia de Miley Cyrus solo que aún más *bitchy*, está levantando la mano para soltarle la primera hostia cuando Vicky la detiene con una voz cortante como un cristal roto.

—Tú ponle la mano encima y te arranco la cabeza, ¡zorrita de mierda!

La chavala se da media vuelta y se queda de piedra al encontrarse con alguien como Vicky. Esperaba una vieja beata, arrastrando el carrito de la compra, no a una tía que podría estar en la portada del *Cosmo*. En otra ocasión, se habría hincado de rodillas para adorarla, pero si se deja trolear de esa forma delante de las otras, quedará como un trapo sucio.

Haciendo de tripas corazón, se encara con la entrometida.

—¿Y a ti quién te ha dado vela en este entierro, eh, tía? Pírate y déjanos en paz, que no te hemos hecho nada. No entiendo como pierdes el tiempo defendiendo a un saco de mierda como a es…

Vicky no la deja terminar. Recordando las lecciones que le dio su viejo le suelta una sola hostia. Pero tan bien dada que la niñata empieza a sangrar enseguida por la nariz. La matona no da crédito. Se lleva la mano a la cara y luego contempla los dedos tiznados de rojo con incredulidad.

—¡Hijaputa! —le suelta, mezclando el insulto con sangre, mocos y lágrimas. Da un paso atrás, sin saber qué hacer.

Vicky la saca de dudas, haciendo el ademán de darle otra vez. La rubia pega un grito y sale por piernas. Sus dos amigas la siguen, como hacen siempre. Las ve correr, como gallinas, hasta que se pierden, esquina abajo. Luego deja el *trolley* y se pone en cuclillas junto a la víctima, una chavalina de ocho o nueve años. La verdad es que la pobre lo tiene todo: regordeta, gafotas y con el aparato de rigor en los dientes. Parece sacada directamente de una caricatura o, peor, de un chiste. Vicky le alisa el pelo y le levanta la barbilla con el pulgar y el índice.

—Ya pasó. ¿Estás bien?

La niña no abre la boca, pero asiente levemente con la cabeza.

Claro, en su mundo nunca se termina de estar bien.

—¿Te joden mucho, estas?

—Todos los días —musita—. Al salir del cole…

Vicky hace una mueca. Todos los abusones salen del mismo molde. No soporta que se metan con los críos. Le trae malos recuerdos.

Suspira.

—Mira, te diré lo que vamos a hacer: si vuelven a molestarte, les dices que somos amigas y que te he dicho que las avises de que la próxima vez no se irán solo con una leche. Con eso suele ser suficiente para que se busquen a otra a quien jorobar. Si no —le coge la mano y le muestra cómo golpear de la manera en que acaba de hacerlo ella—, le das así, en la nariz. Con que pegues un poco fuerte, se la rompes. Seguro. Con la nariz rota, se es mucho menos gallita, te lo prometo.

La pequeña la mira con el rostro lleno de gratitud. Ningún profesor, ni familiar, ni amiga ha hecho por ella ni la mitad de lo que está haciendo aquella señora tan guapa. Vuelve a asentir, esta vez con más entusiasmo.

—Pero a cambio, quiero que me prometas que tú también harás algo, ¿vale?

—¿Qué?

—Deja de comer bollos y esas mierdas que seguro que te

metes y come sano. Pídele a tu madre que te compre ropa que no sea de hace tres temporadas. Camina erguida y habla sin miedo. Haz algún deporte. O ve al gimnasio, me da igual. Lo de la boca está bien. No es para siempre y vale la pena. Y la próxima vez que te hagan un regalo, pides unas gafas nuevas y tiras las de la yaya. Ya te comprarás lentillas. Eres mona, pero no te sacas partido. Si lo haces, ni esas cabronas ni nadie se meterá nunca más contigo. Yo no era muy distinta de ti. Y mírame ahora. ¿Me prometes que lo harás?

La niña la mira como si fuera una diosa. Luego, musita un sí.

—Dilo más alto. Sin miedo a hacerte oír.

—Sí.

Vicky sonríe y le pasa la mano por el pelo.

—Buena chica. Ahora vete y no dejes que nadie vuelva a pisotearte, ¿me oyes? Nunca.

La niña obedece sin preguntar más. Está tan acostumbrada a hacer lo que le dicen que, con un poco de suerte, hasta le hará caso.

Si no, ella lo ha intentado. La vida ayuda a los que se ayudan. A los demás, los da por culo, bien dados. De eso en su casa sabían un montón.

Recupera el *trolley* y sigue andando en dirección al mar.

Cuando coloca la maleta en el asiento posterior, el taxista —un hombre a punto de jubilarse, que exhibe vellosidades y crucifijo de oro por encima de la camisa, demasiado abierta— está a punto de protestar. Pero al darse cuenta del pedazo de hembra que acaba de recoger decide ser indulgente.

—Eso tendría que ir detrás, ¿eh, guapa? Y con suplemento… Hoy lo dejamos pasar. Pero la próxima vez ya sabes.

A Vicky le cuesta fingir un mohín de agradecimiento. ¿Cuántas veces se ha aprovechado de comportamientos como el de ese dinosaurio? ¿De verdad piensa que lo verá de otra forma? ¿Es que los hombres no piensan salir de una maldita vez de la Edad Media?

Le da la dirección que Dragan le ha obligado a memorizar y pasea la mirada por la ciudad al ritmo que le marcan las ruedas del vehículo. Barcelona le gusta. La echará de menos. Eso de tener que esconderse tanto tiempo le pesa cada vez más. ¡Y pensar que están obviando la opción de Laureano!

¿Cómo podría convencerlo?

De vez en cuando, nota la mirada glotona del taxista —rebotada desde el retrovisor— lamiéndole todo el cuerpo. Eso no va a echarlo en falta. La gente como el baboso ese mira a los ricos de otra manera. Con respeto. Sin el puto descaro que cree que tiene derecho a gastar con ella, solo porque le ha dejado subir la maletita en el asiento.

Podrías llenar un tráiler de maletas y seguirías estando tan lejos de lo que quieres como del planeta Marte, ¡cerdo!

Entonces cae en lo poco que le queda de tener que soportar actitudes como esa. Y una media sonrisa renacentista se le dibuja en los labios.

Aquello sí que será vida.

La noche empieza a vaciar las calles cuando Dragan termina de tunear el *trolley*. Le ha costado más de tres horas fabricar aquel doble fondo indetectable. Pero el tiempo se le ha pasado volando. Le gusta trabajar con las manos. Le relaja. De no haber estallado la guerra, habría acabado, seguro, en el taller de su tío, reparando coches con Luka.

Pero hubo guerra. Los americanos hicieron saltar el taller por los aires, Luka se va a pasar los mejores años de su vida tras los barrotes de Bancali, y él…

Él está a punto de convertirse en un traidor.

Ahuyenta la idea de la mente y se concentra en lo que tiene entre las manos. Un aduanero quisquilloso necesitaría un buen rato para encontrarlo. Y no hay motivo para pensar que alguien vaya a examinarlo a fondo.

Las piedras estarán seguras.

La llama para enseñárselo. Se ha pasado todo el tiempo sentada en la diminuta oficina que hay junto a la puerta, tratando de combatir el sopor, primero con la ayuda del móvil y, luego con lo que llevaba en el bolso. Hasta se ha repasado las uñas.

Está aburrida y se le nota.

—Ya está. Ven a verlo.

Ella se levanta sin prisa, procurando no mancharse los pantalones. Aquello está hecho un asco.

—¿Ya está? ¡Por fin! Nene, hasta ahora la vida de ladrona de joyas no se parece en nada a la de las pelis. ¡Diez minutos más y me encuentras muerta de aburrimiento en ese puto rincón!

Hubo un tiempo en que él pensaba igual. Solo quería acción y la preparación lo mataba. Hasta que se dio cuenta de que quienes no se preparaban a fondo, terminaban muertos o en la cárcel. Y cambió.

Tendrá que hacérselo entender. Otro día.

Coloca el *trolley* abierto sobre el carrito y le enseña la manera de accionar el resorte que abre el compartimento donde colocarán las piedras. Ella se queda maravillada. Podrían haberla matado y no habría sabido encontrado.

—Eso sí se parece más a las pelis —admite—. Y esto también.

Le pasa la mano por la nuca, como se ha dado cuenta de que le gusta, y lo atrae para besarlo. Lo nota tensarse. Si fuera por ganas, lo harían allí mismo. Pero está demasiado sucio.

—Vámonos de aquí —le cuchichea, después de morderle el labio—. Estoy harta de este lugar. Quiero que me folles, ya.

Él aparta la maleta de una manotada, la agarra por el trasero y la levanta hasta el carrito. Vicky intenta protestar, pero cuando nota su mano desabotonándole los pantalones se deja llevar. ¡A la mierda la ropa! Él le comprará toda la que quiera. Y pronto.

Lo obliga a levantar los brazos para quitarle el jersey y le araña los tatuajes con la punta de las uñas recién pintadas.

Joder. Cómo la pone.

—Va a venir —le suelta con voz neutra, mientras se visten.

Lleva tiempo retrasando aquella conversación y le parece que ahora puede ser el mejor momento. Si no, no se imagina cuándo.

—¿Quién?

—Stana. La rubia loca.

Vicky arruga la expresión.

—¿Por qué?

—Ya te conté que antes de entrar siempre enviamos a una mujer a inspeccionar el terreno. Saber cómo es la joyería por dentro es vital. Ni loco me metería en un sitio que antes no hubiese podido explorar.

—¿Y tiene que ser ella?

—Es lo que está planeado. Si hago cualquier cambio resultará sospechoso y complicará aún más las cosas. Es lo último que nos conviene.

Ella se lo piensa, mientras se abrocha la blusa y se alisa el pelo.

—¿Té la follarás?

—Sí. Si no lo hago será tan sospechoso como si le digo que no venga.

—Ya, pero te gustará, ¿verdad?

No tiene sentido engañarla.

—Siempre me ha gustado. Pero no es con ella con quien estoy planeando traicionar a mis amigos y largarme. Es contigo.

Ella le mira. Sus ojos chisporrotean de rabia. Nunca le ha parecido tan escandalosamente guapa como en aquel momento.

Las uñas que hace un momento le labraban el pecho ahora se crispan alrededor de los genitales.

—Haz lo que tengas que hacer. Pero como me la juegues con

esa zorra tuya, te los arranco, ¿entiendes? Estos son míos y solo míos.

Él le pone la mano alrededor del cuello. Podría rompérselo apenas con un golpe de muñeca. La deja un momento allí y, luego, la relaja hasta convertir el gesto en una caricia.

Vicky sabe usar las uñas sabiamente. En pocos instantes la siente agigantarse y endurecer entre sus dedos. Se inflama tan deprisa como él.

Cuánto le gustaría desearlo un poco menos.

15

Por primera vez en muchos meses, al despertar no la invade enseguida la sensación de vacío y de desolación que la ha perseguido hasta casi destruirla. Abre los ojos y el mundo no la abruma. No quiere tragársela. No amenaza con desgarrarla y esparcir sus pedazos al viento.

Es una sensación agradable no desear estar muerta.

Se queda un rato tendida, sin moverse. Ni siquiera levanta la cabeza de la almohada. Asegurándose de que aquello no es un espejismo. Asimilando que quizás pueda curarse, si lo intenta.

Lo oye trastear en la cocina.

¡No estará haciéndole el desayuno, como si estuvieran en una comedia romántica!

No sabe si le gusta tener a un extraño removiendo por casa. Aquello no puede ser menos profesional. Ni siquiera está segura de que lo que ha pasado no haya sido un error terrible.

Solo sabe que necesitaba un despertar como ese.

Cuando se siente lo bastante fuerte, retira la sábana y se sienta en el colchón. Se ha quedado en piel y huesos. Muy quemado tiene que ir Santi para haber querido follar con un pellejo así. Porque candidatas seguro que no le faltan. De un perfil muy diferente al suyo, vale. Pero a puñados.

Sea como fuere, hasta donde es capaz de recordar, le parece que no ha tenido motivos de queja.

Tampoco ella. Al contrario. Ahora se da cuenta de lo mucho que necesitaba sentir que un tío la deseaba de verdad. Notar unas manos voraces magreándola. Que le comieran el coño sin prisa. Que le dijeran marranadas al oído. Y que después la mimasen un poco.

Sí que lo necesitaba. Muchísimo. Y no se arrepiente, qué cojones.

Se levanta, abre el primer cajón y saca una camiseta vieja de Spiderman dibujado por Todd McFarlane. Le queda tan holgada que no necesita ponerse nada más.

Sale y se lo encuentra delante de los fogones, vestido solo con unos *boxers*. Ayer, con la oscuridad, no se dio cuenta de que tenía el cuerpo tan bien trabajado. Parece cincelado en mármol, el cabrón. La hace sentirse todavía más fea.

Pero la sonrisa que le dedica lo arregla todo.

—¡Buenos días! —la saluda—. Quería marcarme un detalle contigo, pero con una nevera como la tuya es misión imposible. —Silba la famosa sintonía de Lalo Schifrin—. ¿No comes nunca en casa?

—Últimamente he estado un poco desganada —responde quitándose un mechón de pelo rojo de la cara.

—Los últimos seis meses, a juzgar por lo que he encontrado. La mitad de las cosas que tenías estaban caducadas. Y la otra mitad... ha huido cuando he intentado cogerlas. He hecho lo que he podido, pero no te aseguro que no muramos intoxicados. Al menos, palmaremos juntos...

A Elsa solo le apetece un cigarro y un café. Pero no quiere hacerle un feo. Aparta una silla, se sienta y coge una de las tostadas del plato que él le ha puesto.

—¿Con qué las has...?

—No preguntes. Come.

Da un mordisco. No está mal. Mira por dónde, resulta que Harry el Sucio es un cocinillas.

—No me digas que te gustan los superhéroes —dice él imitándola—. ¡No, si aún seremos almas gemelas!

No te pases, tío. No estoy preparada para esto.

—Los superhéroes, en general, me gustan —termina reconociendo—. Spiderman, en particular, me vuelve loca. De pequeña me devoraba sus cómics. Mi padre les tenía manía y no me dejaba comprarlos. Decía que no eran para niñas. Pero yo, ni caso. Y como no me daban dinero, lo iba sisando del monedero de mi madre. Hasta que un día me pillaron y me caí con todo el equipo…

Él sonríe con ese gesto de chico travieso que tiene tan ensayado.

—Déjame que lo adivine… No dejaste de comprarlos. ¿A que no?

—A dos manos. Los escondía en casa de mi mejor amiga. Sus padres no le hacían ni caso y ella podía hacer lo que le daba la gana. Con los años descubrí que su problema era mucho peor que el mío. Pero ya era tarde para pedirle perdón a mi padre.

—¿No te han dicho nunca que tienes una habilidad diabólica para convertirlo todo en un drama? ¡Estaba siendo una historia cojonuda, hasta que le has añadido ese toque de culpa, tan fúnebre!

Ella no intenta ni defenderse. ¿Para qué, si tiene razón? En vez de eso, abre otro melón:

—Escucha, por lo que respecta a esta noche…

—Tranquila —la interrumpe—. No sufras. Sé separar lo profesional de lo privado. Podemos funcionar como si no hubiera pasado nunca.

Se lo dice sin acritud, como si estuvieran hablando de fútbol o de la serie a la que están ambos enganchados. Elsa no está segura de que le guste que él pueda tocar el tema con tanta ligereza. Aunque sea lo mejor.

En realidad, no está segura de nada.

—Pero si algún día quieres repetir —añade él, inesperadamente—, que sepas que para mí ha estado muy bien.

Le gusta oírselo decir, incluso sabiendo que ha sido sexo tera-péutico para ambos. Antes de que se sienta obligada a decir algo, él la socorre cambiando de tema.

—Ya que te he preparado el desayuno, ¿me dejas que te pre-gunte una cosa?

—Ya me imaginaba que no eres de los que hacen nada gratis. En fin, solo porque has conseguido preparar algo comestible con la basura que tenía en la nevera. Pregunta…

Él se lo suelta sin anestesia.

—¿Por qué tengo la impresión de que te estás tomando este caso como si fuera personal?

—No te entiendo. No es así.

—Pues a mí me lo parece. Ayer estabas hecha una furia… Nadie se cabrea de esa forma por un caso de tantos. Tiene que haber algo más.

Elsa tiene ganas de decirle que ella sí. Que todos los casos son importantes para ella. Pero no estaría siendo del todo sincera. Y aho-ra quiere serlo. Intenta planteárselo sin perder la calma.

—Santi…, ¿cuántos casos de violencia machista has investigado?

—Es el primero. ¿Por qué?

—Ese es el problema. Yo he llevado varios. Cuatro. Soy mujer, y estoy harta de ver cada día a otras mujeres a quienes los hombres han maltratado…, o peor. Muy harta. Cuando encontramos el cuerpo de Vicky Martí, este parecía un caso muy evidente de cri-men de género. Ahora ha aparecido un jugador nuevo, el tal Jelu-sic. Y lo más cómodo para todo el mundo es cargarle la muerta a él, hacer un paquete con el robo de la joyería y ¡chin-pun! Sabes tan bien como yo que, si han sido los Panthers, la investigación llegará hasta un punto y después quedará en vía muerta. Pueden pasar años hasta que alguien pille al hijo de puta este y podamos reclamarlo para interrogarlo sobre el crimen. ¡Años! Y mientras eso sucede, nadie le hará justicia a ella. Mira, ya sé que no era ninguna santa. Pero nadie se merece acabar con una puñalada, por muy creída y trepa que sea. Yo solo digo que Jelusic tiene muchos números para ser el responsable, sí. Pero que no es el único sospechoso. Y que antes de endilgarle el fiambre querría estar segura de que no lo hacemos solo para quitárnoslo de encima de la manera más fácil para todos. ¿Comprendes?

Santi se levanta de la silla. Se nota que no quiere discutir, pero las palabras le queman en la boca.

—¡Joder, Elsa! Ya sé que lo que voy a decirte no te gustará. Que estamos en la era del *Me Too* y de los ochos de marzo. Pero yo también he hecho un poco de calle, ¡coño! Y las tías no siempre son las víctimas. Hay mucha cabrona suelta por el mundo. ¡Tienes que haberlas visto! No digo que la nuestra lo fuera más que la mayoría. Ni que se mereciera nada. Y soy el primero que quiere descubrir al culpable, sea quien sea. Pero tampoco quiero convertir esto en una especie de cruzada. Somos policías. Sabemos cómo va. La chica, por lo que fuera, se juntó con un tipo malo de verdad. Y a los cuatro días, la mataron. ¡No hay que ser Sherlock Holmes para sumar dos y dos! Si quieres, perseguimos a Jelusic como si no hubiera un mañana. Por mí, ningún problema. Si lo pillamos, el mundo será un poquito menos jodido. Seguro que Cranston nos echa una mano. Pero emperrarnos en ignorar lo que tenemos delante… Y, por favor, no te cabrees conmigo. Es solo mi opinión, y los compañeros pueden disentir sin que eso signifique que no pueden continuar trabajando juntos.

Ayer, a Elsa le habría costado mucho más aceptar aquel discurso. Con la luz del nuevo día, sin embargo, todo ha cambiado un poco. Y no solo por lo que ha pasado entre ellos. No está de acuerdo con su manera de verlo. Pero reconoce que el noventa y nueve por ciento de sus colegas —mujeres incluidas— lo estarían.

Puede que esté obcecada.

De acuerdo, le dará una oportunidad a Cranston.

—Harry, tengo tres confirmaciones faciales.

La voz de Virginie le llega alta y clara, como si estuviera a su lado y no en la comisaría del número 30 de la Rue du Marché au Charbon de la capital belga. Se la imagina inclinada sobre la mesa, con su cara de burguesa valona —donde nunca se permite más maquillaje que una ligera capa de *gloss* en los labios— iluminada por el resplandor blanquecino de la pantalla del ordenador.

—Ilumíname.

—¿Estás sentado? Pues agárrate: Predrag Jovetic, Cedo Vujosevic y... Stana Rakic.

El investigador suelta un silbido involuntario. ¿La hija de Pavel está involucrada? Aquello se pone cada vez más interesante.

—Sí, ¿verdad? —coincide la belga sin necesidad de hablarlo—. Ya sabes cómo son los serbios: siempre tienen alguna excusa para no darnos lo que pedimos. Esta vez, no te lo pierdas, son problemas logísticos con las cámaras de los aeropuertos. ¿Te lo puedes creer? *¿Problemas logísticos? Oui bien sûr!* No entiendo por qué aún se les permite darnos esta mierda de excusas sin que pase nada. ¡Tendrían que estar excluidos de cualquier trato con la UE! —Se detiene un instante, para dejar que se pose la indignación, y empieza con las buenas noticias—. En fin, incluso sin las grabaciones serbias, comparando las imágenes del Prat con las listas de pasajeros tenemos una idea clara de cuándo llegaron a Barcelona y bajo qué identidades falsas. Jovetic lo hizo en un vuelo directo, procedente de Belgrado; Vujosevic desde Novi Sad, vía Zúrich y ella, casi seguro, desde Niš, vía Frankfurt. Con Stana todo es más complicado. Ya sabes lo escurridiza que es. Solo tenemos una toma, de pocos segundos, donde se la ve morena y con gafas oscuras. Pero estoy convencida de que es ella. Además, sabemos que Jelusic estaba en Barcelona...

Sí, piensa Harry: llevan tiempo recibiendo *inputs* sobre que Dragan y la hija de Pavel están juntos. Y, por si lo que chismorrean los informantes no fuera suficiente, existen indicios que los sitúan al mismo tiempo en varias ciudades donde han actuado los Panthers. La última, París, cuando dos hombres disfrazados de policías entraron a punta de pistola ni más ni menos que en el apartamento de Kim Kardashian, metieron a la aterrorizada *socialite* en la bañera y aligeraron su arsenal de lujo en cerca de nueve millones de euros. Habían arrestado a varios sospechosos relacionados con aquello, pero Harry era de los que creían que no todos los responsables habían caído. Y que Jelusic era uno de los que había conseguido —una vez más— salir de rositas. Ninguna cámara ni testigo lo había situado en el lugar de los hechos, cierto. Pero se sabía que había estado en la capital francesa. Y repasando las imágenes de los desfiles de moda a los que había asistido la exuberante *it-girl*, los expertos habían señalado a dos mujeres de aspectos muy diferentes pero bajo los cuales pensaban que se ocultaba la mejor *scout* que tenía la banda en aquel momento.

Los Bonnie & Clyde de los Balcanes, ¿qué te parece?

—Ha sido todo un golpe de suerte que estos dos agentes catalanes encontrasen una grabación de Jelusic —continúa Virginie, después de un silencio que en los buenos tiempos le habría servido para encender un pitillo— y pidieran su identificación para otro caso. Si no, jamás habríamos podido situarle en Barcelona a la vez que el golpe de la Miralles. Debió de entrar por carretera, con papeles falsos. Cuando hacen eso, solo un milagro puede ponerlos a tiro. ¿Te parece que podrás sacar algo de todo esto?

Harry lo duda. Pero lo intentará. Ya ha estado antes donde está ahora: si los Panthers consiguen escapar del lugar de los hechos, una vez en Serbia o en Montenegro son intocables. Tendrán que esperar a la próxima vez. Y pueden pasar meses. O años.

Thaw no dispone de tanto de tiempo. Y, por ende, él tampoco.

La única esperanza es que Dragan haya cometido algún desliz en el caso de la chica muerta. Robar joyerías en cincuenta segundos es una cosa y matar, otra muy diferente. No es optimista al respecto, pero le parece una opción mucho mejor que las tradicionales para atraparlo.

—Precisamente, me he citado con ellos dentro de un rato para compartir información —responde finalmente—. Lo más seguro es que yo les cuente más a ellos que al revés. Entre tú y yo: Jelusic es un pez demasiado grande para dos pescadores tan pequeños. Pero no se me ocurre qué más puedo hacer.

Virginie lo entiende. Opina igual que él en todo.

—¿Puedo hacer algo más por ti, *mon ami?* —le pregunta por fin. Ojalá pudieras.

—Ya sé que es dar palos de ciego, pero procura tener los ojos abiertos, por si las piedras salen al mercado, ¿quieres?

La inspectora le dice que cuente con ello. Pero, interiormente, sabe que no servirá de nada. Los diamantes robados siguen un circuito —Amberes, Tel Aviv, Nueva York— y aunque los Panthers ya se hayan deshecho de ellos, los peristas que los tengan esperarán a que las cosas se enfríen para empezar a ponerlos en circulación.

Lenglet sabe perfectamente que la mejor baza de su amigo es llegar a un acuerdo con los propios ladrones. No sería la primera vez. Como policía, si se enterase de algo parecido, su deber sería impedirlo y detener a todos los implicados. Como amiga... ¡Bueno, qué diablos, se trata de Harry!

Tampoco ignora que, cuando las cosas van así, las compañías son generosas con los compañeros que saben hacer la vista gorda. Al fin y al cabo, ¿qué daño se hace con ello?, dicen los que aceptan el sobre.

Ella no lo haría nunca por dinero. *Mais pour amitié...*

—Tengo que dejarte, Harry. Hay más cabronazos en Bruselas que reclaman mi atención. Si mientras corres tras las piedras pasas por aquí, llámame y te invitaré a una olla de mejillones y una botella de vino, *d'accord?*

—Lo haré. Cuídate, inspectora.

—Y tú, *vieil homme.*

Esta vez es el investigador quien los espera, sentado en una de las enormes butacas que llenan el *cocktail* bar de Le Meridien. Los dos *mossos* atraviesan toda la sala y se sientan sin ceremonia a su lado, muy cerca del enorme retrato del pintor Antoni Tàpies que decora la pared del fondo.

Mientras esperaba, Cranston ha tenido tiempo para definir su estrategia. Allí, la voz cantante la lleva ella. Y de los dos es la menos entusiasmada por colaborar con él.

Objetivo: ganársela.

La mejor manera es dándole todo cuanto tiene, sin pedir nada a cambio. Así que empieza a hablar antes incluso de que se sienten. Mientras canta, se fija en sus caras. La de él es de satisfacción. De «ya te lo decía, yo». La de ella, una máscara. Ha visto rostros parecidos más de una vez y siempre de personas en plena travesía por el infierno. Él mismo la hizo, hace ya unos cuantos años. Le gustaría poder decirle que lo conseguirá, porque desde el primer momento le ha parecido una profesional muy competente. Pero conoce demasiado a las personas como para caer en el error de pensar que un gesto semejante sería bienvenido. Y aún menos delante de su compañero.

Le desea suerte mentalmente.

—… los dos hombres abandonaron Barcelona el mismo día del atraco, pocas horas después —concluye la exposición—. Pero de Stana Rakic y Dragan Jelusic no hay constancia de que tomaran ningún avión. Creemos que él entró en el país por carretera, así que lo más probable es que se fuera del mismo modo. Y, atendiendo a la relación que mantienen, lo más probable es que ella lo acompañase. Existe, sin embargo, la posibilidad remota de que la muerte de esa chica, Victoria Martí, los obligase a cambiar de planes. ¿Quién sabe? Podría ser que todavía estuviesen en Barcelona. Ahí es donde entran ustedes, amigos. Cualquier pista que tengan que nos pueda llevar hasta la pareja vale su peso en oro.

Elsa continúa sin estar segura de que hacen lo correcto. Pero el investigador va de cara, todo lo contrario que Romero y sus chicos, a quienes solo les falta pegarles un chicle en sus asientos de comisaría. Más que nunca quiere ser ella quien resuelva el caso para luego restregárselo al misógino ese de los cojones. Lo malo es que no tiene nada que se parezca, ni de lejos, a lo que acaba de darle él.

Comparte lo poco que tiene, mientras Santi los observa y va asintiendo con la cabeza.

Cuando concluye, la cara del norteamericano es un poema.

—¿Podría echarle un vistazo al apartamento de la víctima? —termina pidiendo—. A veces, una mirada externa ve cosas que... —Deja la frase en suspenso.

Elsa no se lo piensa.

—El apartamento sigue precintado. Pero si va con cuidado, no tengo ningún inconveniente en acompañarlo y dejar que curiosee un rato. Le aviso de que será una pérdida de tiempo. Quizás no tengan el glamur de Grissom y su cuadrilla, pero nuestros chicos de la científica saben hacer su trabajo. Dudo que su hombre llegara a poner nunca los pies allí.

Harry también lo duda. Pero prefiere comprobarlo en persona. Solo le queda una cosa en el tintero. Lo sopesa un instante y decide soltársela.

—Miren... Ya sé que lo que voy a decirles se aparta un poco de las ordenanzas y los códigos de buena conducta. Pero vivimos en el mundo real. —Hace una pequeña pausa—. La compañía para la que trabajo tiene mucho interés en recuperar el botín de la Miralles de la manera más rápida y económica posible. Se ahorrarán mucho dinero si lo logran y estoy seguro de que serán agradecidos con cualquiera que los ayude. Con más motivo, si son colaboradores tan valiosos como ustedes. Los diamantes los tiene Jelusic, de eso estoy seguro. Si damos con él, recuperaremos también las piedras. Si hay un momento para poner toda la carne en el asador, es ahora. No sé si me entienden...

Solo por la forma en que Elsa se echa atrás en la butaca, se da cuenta de que no ha sido una buena idea. Cualquier simpatía ha desaparecido de su mirada cuando le espeta:

—A ver, señor Cranston... He aceptado compartir información con usted de este modo tan irregular solo por un motivo:

detener al responsable del asesinato de una mujer. Estamos hablando de una persona joven a quien le han quitado la vida. No del dinero que se puede ahorrar una aseguradora de mierda. Ni de por cuánto se me puede comprar. Que quede claro: si vuelve a ir por este camino, me levantaré y no volveremos a hablar. ¿Me he expresado bien?

El investigador se maldice. ¿Cómo ha podido cagarla tanto con esta mujer? Él, que va por ahí presumiendo de saber juzgar a las personas. Está perdiendo facultades. Puede que Virginie tenga razón y se esté haciendo viejo…

Trata de arreglarlo como puede.

—Por favor, inspectora, le ruego que me disculpe si no me he sabido expresar correctamente. Es posible que tengamos motivaciones diferentes, pero compartimos un mismo objetivo: llevar ante la justicia a un hombre que se lo merece. Si la he ofendido, no era mi intención. Olvide lo que he dicho y volvamos a centrarnos en lo que importa. ¿Le parece?

Elsa relaja un poco la expresión. Lo suficiente como para dar a entender que esta vez lo dejará pasar.

Pero ni una más.

Cranston se apresura a devolver la conversación a los temas policiales y les cuenta lo que le ha dicho Lenglet sobre la actitud de las autoridades serbias para facilitarles las imágenes de los aeropuertos. En realidad, no es nada que les afecte, pero hace que el ambiente se destense y vuelva a donde le interesa. Cuando le parece que han superado la crisis, vuelve a lo de visitar el apartamento de la víctima. Elsa reitera su disposición a acompañarle.

—Estupendo. ¿Me da la dirección y nos vemos allí dentro de un par de horas? —le pide el investigador—. Tengo que hacer una llamada a la central de Londres que me llevará un rato y no querría hacerla esperar. Es una lata, pero no puedo aplazarlo —añade en tono de disculpa.

Antes de que Elsa pueda decir nada, Santi se le acerca para pedirle en voz baja:

—Me iría de perlas poder pasar por casa para cambiarme de ropa y darle de comer al perro. El pobre se va a morir de hambre. Podrías llevarme y así haces tiempo. ¿Sí?

A Elsa le extraña eso del perro porque no había salido en ninguna conversación. Ella habría querido uno, pero Jordi siempre repetía que eran muy esclavos y que cuando se mojaban despedían una peste insoportable.

Esa tendencia de Santi a resolver temas personales en horas de trabajo le molesta un poco. Pero no quiere hacer siempre el papel de Rottenmeier. Le da la dirección al norteamericano y acuerdan verse allí a la una. Después, se levantan y bajan al aparcamiento a por el coche. Santi espera a salir a la calle para empezar la conversación.

—Has ido con todo a por el pobre tipo, ¿eh?

—No quiero que se piense lo que no es. No me hice poli para aceptar sobornos, aunque sean de los buenos. Y espero que tú tampoco. Solo me interesa coger a quien lo haya hecho. La mordida, me la sopla. Creía que te lo había dejado claro anoche.

Él levanta las manos. Me rindo.

—Me quedó diáfano, no te apures. Mira, no te engañaré: no soy ningún santo, ya te debes haber dado cuenta. No me molestaría sacarme una pasta por mirar hacia otro lado o darle un poco de información al tipo adecuado. Pero no quiero que esto se interponga entre nosotros. Lo haremos a tu manera. Ahora solo quiero darme una ducha, darle de comer al perro y tomarme un café. Y tú deberías hacer lo mismo, por cierto. ¿Te parece que nos encontremos directamente en el apartamento de Vicky?

Elsa baja la vista para mirar la camiseta demasiado holgada que lleva. ¿Cuánto hace que se la puso? Tiene razón: debería cambiarse. Le da tiempo a ir a casa.

Dice que de acuerdo, sigue las indicaciones hasta la casa de él y aparca frente a la puerta de un garaje para que pueda bajar.

—Hasta luego.

Elsa le ve cerrar la puerta y cruzar la calle en dirección a un edificio con pinta de nuevo, de esos de apartamentos para personas solas o parejas que necesitan poco espacio. Tendría que buscarse algo parecido. El piso que compró con Jordi se le hace enorme. Por no hablar de los recuerdos que la acechan en cada rincón y le amargan la vida.

Está poniendo primera cuando suena el móvil. Duda si cogerlo o continuar con la maniobra. Pero la curiosidad es más poderosa que la pereza que le da hablar con nadie. Contesta con el motor aún en marcha.

—Giralt. Diga.

—¿Inspectora? ¿Es usted? —Todo el mundo cree que son inspectores. Las malditas series de polis de la tele. La voz le suena familiar, pero no la reconoce.

—Sí. ¿Quién es?

—Soy Esther Barrio. Del Mercadona. La compañera de Vicky Martí... ¿Me recuerda?

—¡Ah! Sí. Perdone. Por supuesto que la recuerdo. —Siente que el corazón se le acelera. Los testigos de un caso raramente llaman. Pero cuando lo hacen siempre tienen un buen motivo—. ¿Qué puedo hacer por usted?

La joven aún duda un segundo antes de soltarlo.

—Verá, como que me dijo que si recordaba algo la llamase, pues... Quiero decir que lo más seguro es que le haga perder el tiempo para nada.

—¡No, no, no! ¡En absoluto! Cualquier pequeño detalle que recuerde puede ser importantísimo. No sabe cuánto le agradezco la llamada.

Animada por aquellas palabras, la dependienta continúa:

—Pues... ¿podría pasarse un momento por el almacén? Tengo algo que quizás pueda ayudarla.

Elsa mira la hora. De repente, cambiarse de ropa ya no le parece tan prioritario.

—¿Le va bien si me paso ahora mismo?

—Sí, claro.

—Pues deme veinte minutos, ¿de acuerdo?

Se despide, deja el móvil en el asiento del copiloto y vuelve a poner primera. Mientras maniobra para salir, ve abrirse la puerta del garaje del edificio de Santi que sale al volante de un Ford Mustang de color azul eléctrico. Va de prisa y no se da cuenta que ella todavía sigue allí. Se queda muy sorprendida. Incluso de segunda mano, un modelo como ese no debe de bajar de los veinticinco mil euros. Un *mosso* se lo puede permitir… solo si prescinde de casi todo lo demás.

Tienen que gustarle *mucho* los coches.

Lo observa mientras hace rugir el motor, enfila la calle y tuerce por la primera esquina. Tiene que ser algo muy urgente, porque apenas ha tenido tiempo de darle de comer al perro. Ni hablar de ducharse o tomarse un café.

¿Otra pista? Ya sería la bomba. Pero en ese caso debería estar llamándola ahora mismo.

Tendrá que peguntárselo luego. Ahora tiene la corazonada de que está delante de algo gordo.

Gira el volante hasta dar con el ángulo correcto y corre a descubrir lo que quiere enseñarle Esther.

16

Stana Rakic se ajusta la peluca y sale de los servicios del A319 que la ha llevado de Zúrich a Barcelona. La gente todavía está haciendo cola para abandonar la cabina. Coge el *trolley* del compartimento que hay sobre el asiento, se pone las gafas de sol que lleva en el bolsillo de la chaqueta y se suma a la larga fila de pasajeros, impacientes por volver a pisar tierra firme.

En todos los aeropuertos las cámaras están más o menos en los mismos lugares. Se los sabe de memoria. De forma que, cuando cruza determinadas puertas o enfila el *finger* o un pasillo, baja la cabeza y procura ir cuanto más deprisa mejor. De este modo, la imagen que les quedará a los policías que quieran localizarla será siempre fugaz y poco definida. Aun así, los muy cabrones son buenos y al final terminarán por identificarla. Pero se lo habrá hecho sudar. Y, frente a un tribunal, siempre quedará la duda.

Cuando llega al control de pasaportes, el funcionario le pide que se quite las gafas y compara la foto del documento con la persona que tiene delante. Al final, le devuelve el librito rojo con una cruz blanca en la parte superior derecha y la deja pasar.

Bienvenida a la Unión Europea. Disfrute de la estancia.

Lo haré. Ni se imagina cuánto.

Una vez que ha dejado atrás la aduana, busca los primeros

servicios que encuentra, se mete dentro y se cambia de ropa de arriba abajo. También las gafas. Esta vez, un modelo de Gucci de lo más hiperbólico. Conserva el pelo negro, pero se lo cubre con una gorra de los New York Knicks. Y, así vestida, atraviesa la terminal para ir a buscar la cinta que lleva a la estación de tren. No hace tanto, todavía habría tomado un taxi, pero resulta sorprendente lo que puede recordar un hombre que no tiene otra cosa que hacer que espiar a los pasajeros por el retrovisor.

Por el contrario, los maquinistas no tienen memoria.

Hace todo el trayecto hasta la ciudad sentada en un extremo del vagón, fingiendo dormir. Así no tiene que cruzar la mirada con nadie. Cuando llega a la estación vuelve a buscar un lavabo y se cambia por tercera vez. Ahora, libera la cabellera rubia de la prisión oscura que la oprimía desde que salió de Niš y la deja derramarse por sus hombros. Una tercera muda y otras gafas de sol, estas de cristales redondos y pequeños, y está preparada para pisar la ciudad.

Sale a la enorme plaza de hierro y de hormigón y anda, decidida, en dirección a la estación de metro que hay en el otro extremo. Ha memorizado la línea y la parada e incluso lleva encima una tarjeta de transporte local, por lo que no pierde el tiempo en el vestíbulo sacando el billete. Cualquiera que la observe en una grabación verá a una joven que no se le parece en nada, caminando con la misma seguridad de cualquier barcelonés acostumbrado a utilizar el servicio —los observadores policiales también son capaces de detectar la manera de moverse de alguien que no se mueve por su territorio— y tomando el metro.

Cuando llega a su estación, sale a la calle con la misma determinación con la que entró.

Lo ve enseguida, esperándola donde acordaron.

El pecho se le hincha de felicidad. Corre hacia él y, sin decir nada, le da un largo beso en los labios.

***

Ella no pierde el tiempo cuando llegan al apartamento. La puerta ni se ha cerrado a sus espaldas y ya se le echa encima y empieza a pelearse con los botones de la camisa. Enseguida pierde la paciencia y se los arranca a mordiscos, para continuar con los pezones. Pero cambia de idea, lo empuja contra la pared y se arrodilla, bajándole los pantalones.

Si había tenido algún miedo de que ella pudiera notar nada, se desvanece mientras se lo trabaja concienzudamente. Stana tiene una concepción gimnástica del sexo que lo arrastra fácilmente. Una vez que se le ha vaciado en la boca, la coge en volandas y se la lleva a la cama mientras ella lo araña como una gata rabiosa.

Ahora le toca a él.

—Me moría de ganas —le confiesa con la cabeza reposando sobre su pecho y la avalancha de cabellos dorados desparramándose por todo el torso.

—Y yo —responde Dragan bajito. No es un hombre emocional. Sus silencios son mucho más elocuentes que sus palabras. Esa es una de las cosas que más le gustan de él: que es el único hombre que conoce que le parece tan granítico como su padre. No necesita promesas de amor ni gestos de ternura. Lo quiere así. Duro. Áspero. Silencioso. Pero siempre dispuesto a responder a su avidez con un deseo equivalente.

Los hechos valen mucho más que las palabras. Las manos no saben fingir como la lengua. El cuerpo nunca miente.

Se incorpora para contemplarlo. Hace tiempo que nota algo diferente en él. En el fondo de su corazón sabe qué le pasa, pero no puede aceptarlo. ¿Dejar aquella vida? ¿Para hacer qué? ¿Llevar una existencia segura y aburrida? ¿Tener hijos como una coneja? ¿Dedicarse a tomar el sol y a engordar?

Se marchitaría en menos de un año, lo sabe. Y él también. Algún día, más adelante, sí que querrá que le haga un par de hijos.

Pero falta mucho para eso. Es demasiado joven y no tiene ningunas ganas. Comprende que eche de menos a Luka y a Jura —ella también, especialmente al primo—, pero son gajes del oficio. Ellos han aprendido de sus errores y no les pasará lo mismo.

Ni siquiera pudieron relacionarlos con el trabajo de la Kardashian.

Juntos son imparables.

Solo él podría detenerlos. Y no piensa consentírselo.

—¿Estás bien?

—Claro. ¿No se me nota?

Sí.

Y no.

Pero vale más no pensar mucho en ello. Pensar en lo que hacen no es saludable para la gente como ellos.

—¿Has controlado el funcionamiento de la joyería? —dice saltando de la cama para coger la ropa.

Tiene la figura de un galgo, de una velocista olímpica: el culo respingón y los pechos diminutos. Nada que ver con Vicky. Ni tampoco los ojos, ferozmente verdes, la piel, láctea, o la cara, larga y de barbilla cuadrada.

Dos mujeres diametralmente opuestas. También en la manera de enfrentarse al mundo.

¿Cómo pueden gustarle las dos?

Ya se pondrá filosófico en otro momento. Está jugando con fuego.

—Los he visto funcionar dos semanas enteras —dice él, aunque ella ya lo sabe—. Toman precauciones, pero menos que en Milán. O Dubái. Controlan a quién abren, pero abren enseguida. Y hasta dejan entrar a más de una persona a la vez. La jefa de la tienda es una mujer más preocupada por conseguir que los clientes se sientan a gusto que por impedir que los roben. Funciona como todos los que se creen que estas cosas solo les pasan a los demás. No será difícil.

Ella asiente. La clase de gente a quien más le gusta robar: los que se creen que la vida es lo que les pasa a los demás mientras ellos se dedican a hacerse más y más ricos.

Sonríe pensando en la cara que pondrán cuando les hagan una visita. ¡Ding, dong! ¡Sorpresa!

—¿Busco lo de siempre?

—Sí. Creo que tienen una salita en la parte de arriba donde atienden a los clientes VIP. Pero ignoro si las piezas de más valor están ahí. Compruébalo. Y también que no guarden ninguna sorpresa en el interior. He contado tres empleados, pero podría haber algún otro, que entrase por otra puerta y por eso no lo haya visto. Si no encuentras nada, Cedo y yo podremos hacerlo en cincuenta y cuatro segundos. Más, sería demasiado arriesgado.

Stana vuelve a estar de acuerdo. Veinte millones por cincuenta y cuatro segundos de trabajo. La clase de golpes que le gustan. Melosa, se le acerca y se sienta en la cama, a su lado. Lleva solo un jersey de punto de color hueso, que le deja el hombro al aire.

Es irónico que a la ladrona de joyas más audaz del mundo le guste tan poco llevarlas. Casi no usa colgantes ni pendientes. Y cuando se pone alguno, siempre es de cuero o de acero. Sin ningún valor.

En casa del herrero, cuchillo de palo.

—Les haré el numerito de la amante rusa. Me encanta.

—No te pases. No queremos que se acuerden de ti.

—Ya. Pero esta vez será difícil. Tendrán imágenes de sobra. Hagámoslo sin que nos pillen y se las tendrán que meter por el culo, como todo lo demás.

Dragan expulsa el aire por la nariz. Está en lo cierto. Deben de tener un vídeo suyo más largo que *Avatar*. Pero mientras no cometan ningún error, solo les servirá para joderse.

—Tú dime dónde buscar y yo te lo traeré en menos de un minuto.

Sí. Ya sé que lo harás. Siempre lo haces.

Dragan también se levanta. Va a por el paquete de Camel que hay sobre la mesa y enciende dos pitillos. Le pasa uno.

—¿Has hablado con Pavel de lo de Luka?

Lleva tiempo intentando convencer al gran hombre para que organice una operación para sacar a su primo del penal sardo, donde cumple quince años. No sería la primera vez que hacen algo parecido. Pocos meses atrás han ayudado a Nikola Nurkic a fugarse de la prisión suiza de Bois-Mermet. Salió en los medios de comunicación de todo el mundo: aprovechando el momento en que los presos se paseaban por el patio. Tres enmascarados les habían lanzado una bolsa llena de armas y otros artículos por encima del muro. Antes de que los guardias pudieran impedirlo, Nurkic y cuatro internos más habían cogido las armas, rociado a los carceleros con gas mostaza y, con unos alicates para hacer un agujero en la valla metálica, accedieron al muro. Una vez allí, los de fuera les habían lanzado unas escalas de cuerda para ayudarlos a pasar al otro lado. Luego, fugitivos y cómplices habían huido a toda pastilla, en dos coches.

Toda la operación había durado menos de cinco minutos.

Panther *style*, al cien por cien.

Y no era la primera vez. En 2013 ya habían sacado a Milan Poparic de otra prisión suiza entrando a tiros en dos coches a toda velocidad. Mientras los funcionarios y los miembros de la seguridad privada se ponían a cubierto, los asaltantes habían prendido fuego a uno de los vehículos y se habían escapado en el otro. Todo ello, como un capítulo de *El Equipo A*: muchas balas disparadas, coches ardiendo, ningún herido y objetivo conseguido.

Me encanta que los planes salgan bien.

La Casa Circondariale Giovanni Bacchiddu, de Bancali, sería un hueso más duro de roer que las prisiones suizas —sobre todo porque está en una isla—, pero ellos tienen el entrenamiento y el equipo necesarios para conseguirlo. La pega es que solo se arriesgan tanto cuando el hombre a quien quieren liberar es un peso pesado de la organización, y no un soldado raso como Luka.

Dragan pregunta a sabiendas de la respuesta. Pero necesita que ella recuerde la conversación cuando quiera verlo muerto por haberlos traicionado.

—Pavel no lo ve —nunca le llama padre—. Slobodan y él lo han considerado, te lo juro. Yo estaba delante cuando estuvieron estudiando los planos. Es factible, no voy a mentirte. Pero el problema es escapar de la isla…

El tono de él no es ni una octava más alto cuando le objeta:

—Stana… Si quien estuviese encerrado allí fuera Slobodan, lo sacaríamos, aunque tuviéramos que robar un acorazado para huir a bordo.

Ella se revuelve, acorralada.

—¿Qué quieres que te diga? Sabes que quiero a Luka. Pero le gusta demasiado la fiesta y se descuidó. Se dejó atrapar… No puedes arriesgar las vidas de tres hombres para sacar a uno que el mes que viene puede volver a estar entre rejas, por culpa de alguna estupidez. Si no fuera tu primo pensarías igual.

—Puede. Pero es mi primo. Y me salvó la piel un par de veces durante la guerra. Él no me dejó tirado cuando pudo y ahora yo siento que no le estoy pagando con la misma moneda.

Stana se le acerca y lo abraza. No hay ni rastro de la ligereza con que se toma la mayoría de las cosas.

—Amor, tú no tienes la culpa de lo que le ha pasado a tu primo. Y Dios sabe que estás haciendo todo lo que puedes por ayudarlo. Pero no depende solo de ti. Acéptalo y sigamos adelante. Cuando salga, Luka tendrá mucho dinero esperándolo, ya lo sabes. Pavel le guarda más de lo que le correspondería, como compensación. Todavía será joven. Cuando haces nuestro trabajo tienes que estar dispuesto a que te suceda algo así.

—¿Qué quieres decir? ¿Que si me pasara a mí me guardarías un puñado de dólares para cuando saliera y seguirías adelante?

Ella se separa, dolida.

—Sabes que no. Te sacaría, aunque tuviera que hacerlo sola. Creía que eso estaba claro entre nosotros.

—Y entonces ¿qué me estás diciendo? ¿Que debería ir solo a Cerdeña para sacar a Luka?

—No. Si tratas de hacerlo solo te matarán —Hace una pausa larga—. Pero si significa tanto para ti, iré contigo.

—No digas estupideces. Pavel no lo aprobará nunca.

—Pavel no tiene por qué saberlo. Será cosa nuestra. Acabemos este trabajo, vámonos a alguna isla, bien lejos, a tomar el sol y a hacer el amor como leones. Después planeamos cómo hacerlo y sacamos a ese idiota de la cárcel. ¿Qué me dices?

Él no sabe qué decir. Se da cuenta de que es sincera. Que no va de farol. Que le acompañaría.

Si la cosa llega a salir bien, que Pavel los cuelgue por los huevos a los dos por haber puesto en peligro a su muñequita será irrelevante.

Ella lo haría. Por él.

Es un pedazo de mierda. Un traidor. Si fuera un hombre le confesaría lo que ha hecho, le pediría perdón y esperaría que fuera capaz de actuar mejor que él.

En lugar de eso, la lleva otra vez a la cama.

17

—*Senyoreta Esther, li demanen a caixa deu, sisplau!*

Elsa cambia el peso del cuerpo de una pierna a otra mientras espera ver llegar a la dependienta por uno de los pasillos que desembocan en la hilera de cajas registradoras donde hace cola un puñado de compradores. A su lado está Encarna, la encargada. Con la misma disposición a colaborar que la primera vez, pero menos ganas de disimular los dolores de cabeza que le comporta que haya vuelto.

Por suerte, no es hora punta y el almacén está semivacío. Mejor. Así podrán hablar sin prisas. Esther no tarda ni diez segundos en aparecer. Bien maquillada y luciendo con orgullo la chaqueta y los pantalones azul marino, la blusa blanca de doble solapa y la tarjeta con su nombre en el pecho.

Está nerviosa, pero no como la primera vez. Antes de dejarlas, la jefa le insinúa que trate de ir deprisita, que la cosa no tardará en animarse. Elsa le nota en el ademán vacilante las ganas que tiene de preguntarle cómo van las investigaciones. Por suerte, se muerde la lengua y así ella se evita tener que decir aquello de que todo está bajo secreto de sumario y no puede hablar.

La rubia la saluda y le pide que vayan a los vestuarios. Ahí está lo que quiere enseñarle. La policía se apresura a seguirla.

—Muchas gracias por llamar, Esther.

—No estaba segura de que mereciera la pena —reconoce la chica, introduciendo el código en el panel que abre la puerta de la zona no accesible para el público—. Sentiría haberla hecho venir por nada.

—Al contrario. Nuestro trabajo es comprobarlo todo. Ha hecho muy bien llamando. ¿Me dice de qué se trata?

Esther responde una pregunta con otra. Elsa lo odia. Por eso no ha estado nunca en Galicia.

—¿Han descubierto algo?

Reglamento en mano, la respuesta tendría que ser la misma que le habría dado a la encargada. Por otro lado, pocas veces se encuentra con alguien tan colaborador. Y sabe que si lo pregunta es por la relación que la unía con Vicky y no por ganas de cotillear.

Opta por una solución intermedia:

—Estamos siguiendo un par de pistas —termina diciendo—. Pero, si le soy sincera, nos iría de cine que lo que está a punto de enseñarme sea de utilidad.

Esther saca un álbum de fotos y empieza a pasar páginas.

—Es de la boda de Luisa, una compañera —dice—. Ha estado varios meses de baja. Pobre, tuvo la mala suerte de romperse la pelvis mientras intentaba hacer esquí acuático durante la luna de miel. ¡Es tan gafe! La cosa se le complicó y ha tardado mucho en reincorporarse. Por eso no la vio cuando estuvo aquí la otra vez. Volvió el lunes y al día siguiente ya trajo las fotos. Se moría de ganas…

Elsa levanta las cejas. No ve a dónde quiere ir a parar. La muchacha se da cuenta y se apresura a explicárselo:

—Luisa es una enferma de las fotos. Nos trajo cuatro álbumes más gordos que este. No eran solo del día de la boda o del viaje. También incluyó las de la despedida de soltera y las de una fiestecita que le hicimos las compañeras de aquí. Quiso que las viéramos todas y mientras les echaba un vistazo, me di cuenta.

Le acerca el libro abierto para que pueda ver las fotos. La policía continúa sin entender nada. Se ve un grupo de chicas arremolinadas alrededor de la futura novia, que está abriendo un regalo. La autora, como la mayoría de la gente que hace fotos sin saber, ha querido fotografiarlo todo y ha terminado no retratando nada. Para no cortar a nadie, se ha visto obligada a abrir mucho el objetivo y el resultado es que las protagonistas se ven de muy lejos y hay demasiada calle a su alrededor. Aun así, la protagonista ha querido incluir el momento en la recopilación.

Como si le leyera el pensamiento, Esther le comenta:

—Nos trajo más de mil fotos, la *jodía*. Mal, muy mal, muy mal... —canturrea. Rosalía ha hecho mucho daño—. Yo ya no sabía ni lo que miraba. Fue un milagro que me diese cuenta...

Le señala una de las fotos con el dedo.

—¿Lo ve? Ahí está.

Elsa se fija bien.

Detrás del grupito de chicas llamativas, en segundo plano, se pueden apreciar varias figuras. Examinándolas con detenimiento, se da cuenta de lo que quiere que vea: ligeramente inclinada para hablar con el conductor, invisible detrás de ella, se ve una chica con falda corta, botas altas y una crin negra y sedosa que le cae por la espalda.

—Es Vicky —dice Esther, por si le quedaba alguna duda—. De cuando la venía a buscar el primer novio. A él no se le ve, pero como insistió en que el coche también le interesaba, me ha parecido que en esta y en esta otra... —vuelve la página para enseñarle otra foto, calcada a la primera— se puede ver bastante bien. Ya le dije que a mí los coches ni fu ni fa. Pero seguro que ustedes podrán identificar el modelo, ¿no?

Tiene razón. El coche no sale todo, pero sí lo bastante como para poder identificar el modelo. Elsa tampoco es una fanática de los automóviles, pero aquel —o uno idéntico— acaba de verlo no hará ni media hora.

Mira la foto una vez más. Como si un último vistazo fuera a

cambiar la realidad que tiene delante de las narices y que es como una bofetada.

Vicky Martí está hablando con el conductor de un Ford Mustang de color azul eléctrico.

18

Como hace siempre que llaman a la puerta, Sonia Miralles comprueba la pantallita que hay sobre el botón de apertura antes de pulsarlo. Lo que ve es una mujer de unos treinta años, muy elegante: camisa vaporosa con los puños hechos de escamas plateadas, pañuelo larguísimo al cuello, pantalones de cuero marrones y bolso de piel de serpiente. En la garganta, un collar de oro a juego con los pendientes, vagamente cónicos, que se entrevén entre las llamaradas de su pelo.

El *outfit* no baja de los treinta mil, calcula.

Y eso sin contar con lo que carga en las bolsas con los logos de Gucci, Hermès, y alguno más que no termina de ver bien.

La típica rusa con clase que está haciendo el *tour* del paseo de Gracia. La esposa o la amante de un oligarca de verdad, no de un simple payaso que ha ganado dinero y ahora quiere lucirlo a tutiplén. A esas las ve a la legua: vulgares hasta la náusea, con las pechugas de cirujano embutidas en trajes ajustados como el neopreno y medio kilo de oro colgándoles del cuello y los dedos.

La que tiene delante es harina de otro costal. Sabe cómo gastarse el presupuesto que le asignan para hacerse mirar sin estridencias.

El sueño de cualquier joyero.

Pulsa el botón para dejarla entrar y ella misma corre a recibirla. Se sorprende cuando la oye hablar por primera vez. No tiene el acento al que está acostumbrada en aquellas clientas. Le recuerda mucho más al que tenía Marko. ¡Aquel hombre la volvía loca! ¿Por dónde andará?

Cuando le pregunta en qué puede ayudarla, la pelirroja adopta un tono de confidencia y le suelta que está buscando una pieza muy especial. Con diamantes rojos, que hagan juego con su pelo —ríe, medio avergonzada—. Una amiga le ha recomendado mucho su establecimiento. Asegura que allí ha encontrado piezas mejores que en Harry Winston o en Graff. El precio le es indiferente. Bien, no. En realidad, cuanto más caro, mejor.

Oligarcas o mafiosos, al final todos los rusos cojean del mismo pie, piensa Sonia.

Una cojera que es la bendición de los de su gremio.

Además, está de suerte. Los diamantes rojos que no hayan sido modificados artificialmente son difíciles de encontrar. Ellos, por suerte, tienen una pieza fantástica, hecha únicamente con aquel tipo de piedras.

Mientras la escucha hablar intenta determinar si aquella mujer puede gastarse el medio millón de euros que vale lo que está pidiendo.

Decide que sí.

—Precisamente, tenemos un collar que podría ser lo que está buscando —le dice con la sonrisa que su marido le ha enseñado a componer para ocasiones como aquella—. ¿Le apetece tomar una copa de champán mientras la ve?

El capricho del oligarca le enseña dos hileras de dientes níveos y perfectos.

—Muchísimo —responde—. Veo que mi amiga me ha indicado el lugar idóneo.

Sonia le pide que la acompañe a la planta superior.

***

189

—Es precioso. *Krasivyy!* —repite Stana contemplando su reflejo en el espejo de la joyería. Se ha quitado el pañuelo y el hilo de oro que llevaba al entrar, dejando al aire la clase de cuello, largo y estilizado, que habría esculpido un artista que quisiera crear el lugar ideal para colocar aquella joya.

Sonia está de acuerdo, sin necesidad de tener que exagerar.

—Le queda como si lo hubieran hecho expresamente para usted —dice cuando cree que la clienta ya ha llegado a la misma conclusión por sí misma—. Es una pieza muy especial.

Stana se inclina hacia ella. Vuelve a adoptar el tono de confidencia.

—¿Nunca siente la tentación de quedárselas para usted? —dice, haciendo un ademán que alcanza toda la tienda.

—¿Y qué mujer no la sentiría? —confiesa Sonia—. Pero cada cual tiene su lugar en el mundo y tiene que saber cuál es. En caso contrario, este trabajo sería una tortura.

—¿Y para usted no lo es?

—No. Al contrario, se lo aseguro. Y menos aún cuando encuentras a la compradora perfecta para la pieza adecuada, como es este caso. Entonces siento que estoy haciéndolo bien.

Stana la entiende mejor de lo que se pueda imaginar. Si ella se encaprichara de las joyas que roba, aquello dejaría de ser tan divertido. Tiene razón: el secreto es saber cuál es tu sitio.

Le cae bien la joyera. Tienen mucho en común.

Espera que tenga el seguro al corriente.

—Me la quedo —decide. Ni siquiera ha preguntado el precio—. Haré que alguien venga a buscarla hoy mismo. —Se levanta, para indicar que la transacción es cosa hecha. Pero enseguida añade—: Mi amiga tenía razón: este es un lugar a tener muy en cuenta. Nos volveremos a ver.

—Será un placer —responde Sonia, imitándola para acompañarla.

Aquel es un procedimiento de lo más habitual. La mujer viene a escoger la pieza y más tarde, quizás al día siguiente, un empleado —alguna vez, el propio marido— se acerca a hacer el pago. Muy raramente ella dispone de una línea de crédito tan elevada como para poder hacer frente a una cantidad como de la que están hablando. Tampoco es extraño que los clientes no se lleven personalmente la pieza, sino que esta les sea entregada mediante una empresa de seguridad privada.

No le despierta sospecha alguna.

Cuando Stana vuelve a la calle tiene toda la información que le ha pedido Dragan: se ha fijado en dónde están las cámaras y ha visto dónde guardan las piezas que están buscando. Está segura de que no hay más empleados de los que conocen, ni medidas de seguridad suplementarias.

Tiene razón: se puede hacer en cincuenta y cuatro.

Anda hasta el borde de la acera, levanta la mano para llamar a un taxi y se hace llevar al hotel Arts. Entra como si fuera una clienta más, que regresa después de una jornada de compras agotadora. Pero en lugar de pedir la llave de una *suite* de los pisos superiores, continúa hasta los servicios de mujeres. Allí, sin prisa, saca la ropa informal que lleva dentro de las bolsas y se cambia. También se libra de la melena pelirroja para recuperar su rubio natural. Incluso dobla las bolsas con los logos de marcas y las esconde dentro de otras más modestas.

Convertida en otra persona, infinitamente menos vistosa, vuelve a la calle y cruza la avenida del Litoral y la calle Salvador Espriu en dirección a la estación de metro más próxima. Por el camino se encuentra con la calle de Moscú, lo que le provoca una sonrisa.

Será lo más cerca de Rusia de lo que habrá estado la mujer que acaba de interpretar.

Mientras baja las escalas de la estación de Ciutadella se siente más viva que cualquiera de los que la rodean.

¡Dios, cuánto le gusta esta vida! No entiende que los demás puedan vivir de otra manera y no morirse de puto aburrimiento.

***

Sentada sobre la cintura de Dragan, Vicky lo contempla como una duquesa miraría a un sirviente a quien le ha permitido deslizarse entre sus sábanas de seda. En realidad, teniendo en cuenta el decorado que los rodea, sería más bien ella quien habría bajado a las habitaciones reservadas para el servicio, a mantener aquel encuentro furtivo. Esta vez, él no ha elegido un hotel de lujo para llevarla, sino un modesto establecimiento de dos estrellas, al final de las Ramblas. Lejos de cualquier lugar por donde puede pasar Stana.

Aunque entiende por qué, el cambio no le ha hecho ninguna gracia. Ha conocido suficientes lugares de mierda como ese para el resto de su vida. No ha aceptado jugarse el físico para volver a ir a parar a uno.

Por suerte, el sexo ha sido tan bueno como siempre.

Desde su posición dominante, se inclina sobre él.

—Dime, ¿con tu rubia loca lo hacéis así?

Él niega con la cabeza.

No. No, nunca lo ha hecho de esa forma. Con nadie.

Y ella lo sabe.

Vicky esboza una sonrisa de satisfacción. Quiere que lo tenga claro. Que lo recuerde cada vez que la toque. Que las toque a las dos. No puede haber comparación posible.

Le muerde ligeramente el labio y después se levanta para ir al baño. Desde dentro, lo oye moverse por la habitación. Al salir se lo encuentra fumando, junto a la ventana abierta, para engañar al detector de humos. Se le arrima para compartir el pitillo. Siempre le ha parecido un acto muy íntimo eso de fumarse uno juntos. Y si encima estás desnudo como llegaste al mundo...

—Cedo y Predrag ya están aquí. Los veré en un par de horas. Ellos me ayudarán a dar el golpe. Lo haremos mañana.

Vicky se estremece involuntariamente. Ha dicho que sí a todo como quien se adentra en un sueño. Y, por mucho que haya tenido tiempo para darse cuenta de que las cosas van en serio, oírselo decir le recuerda la verdadera dimensión de todo aquello.

Muy pronto podría estar muerta.

Como si pudiera leerle el pensamiento, lo oye preguntarle:

—¿Tienes miedo?

—Un poco...

—Bien. Debes tenerlo. El miedo es bueno. Te mantiene alerta. Impide que hagas idioteces. Solo los muertos o los necios no lo tienen.

Se acurruca entre sus brazos. Lo sorprende. No le pega. Pero resulta agradable.

—Prométeme que nunca volveremos a estar en un cuchitril como este —le dice, sin levantar la cabeza.

Él no está seguro de poder hacerlo. No es Dios. No mueve los hilos.

Pero ella no necesita que se lo recuerde. Le está pidiendo otra cosa. Y eso sí puede dárselo.

—Todo va a salir bien. Ya lo verás. Nunca me han cogido. Y esta vez tampoco. Te lo prometo.

Callan. Ella continúa refugiada en su pecho.

—Estoy tan harta de todo esto —musita al final—. Ya no lo soporto más. No sé qué habría hecho si no llegas a aparecer, ¿sabes?

Consciente de que no espera una respuesta, él continúa sin decir nada. Pero la abraza más fuerte.

Por fin, ella vuelve a decir:

—Si nos cogen... No les dejes que me hagan daño.

—No los dejaré.

—Júramelo.

—*Kunem ti se.*

Ella se vuelve para mirarlo. Tiene los ojos enormes y desolados. Y a él le parece ver cosas que ignoraba que estaban ahí. Pero es solo un momento. Pronto se recompone y vuelve a ser la de siempre.

—¿Y eso qué significa?

—Te lo juro. Es serbio.

Se aparta de él y recupera su pose de siempre. Es otra mujer. Segura. Sólida. Sin grietas. Conoce a muy poca gente que pueda mantener aquella actitud estando desnuda.

—Todavía hay algo que no me has contado…

—¿Qué?

—Cómo es que hablas tan bien mi idioma.

Él hace una mueca amable. De acuerdo, finjamos que no ha pasado nada.

—Para un eslavo, la mayoría de los idiomas resultan fáciles. Igual que los deportes. Es un don. Ganamos siempre.

Ahora es ella quien hace una mueca.

—Ya. Pero ellos también son serbios, ¿verdad?

—Sí —admite él, acercándosele—. Aunque yo soy el más cabrón de todos.

Vicky no deja translucir que eso también le da miedo. Puede que más que cualquier otra cosa.

Se despiden con un largo beso. Ya no volverán a verse hasta después del golpe. Lo han hablado cien veces y ella tiene claro qué hacer hasta entonces. Él ha insistido en hacérselo repetir hasta estar seguro de que es capaz de recitarlo, sin cambiar ni una palabra. Es lo que le enseñó Arkan: si quieres que un plan tenga alguna posibilidad de salir bien, todos los implicados tienen que ser capaces de llevarlo a cabo con los ojos cerrados. Luego, el destino ya se encargará de mandarlo todo al carajo. Pero tú habrás hecho tu parte.

Se va sin decir nada. Las palabras le sobran en la mayoría de las ocasiones, y con ella aún más. Podría decirle que tenga cuidado. Que todo irá bien. Que los espera una vida de puta madre. Que todo aquello merecerá la pena.

Pero elige no decir nada. Solo la besa, un beso que lo dice todo, y después da media vuelta y baja por la escalera, sin mirar atrás.

Vicky cierra la puerta y suspira.

El miedo y la excitación pugnan por ver cuál de los dos se queda con aquel cuerpo tan hermoso. No hay un ganador claro.

Se acerca a la ventana y mira a la calle hasta que lo ve salir, recorrer el tramo que lo separa de la esquina y perderse más allá.

Todavía espera un minuto más.

Se aparta de la ventana, saca el móvil del bolso y marca el único número de la agenda.

19

Santi hubiera preferido no coger el Mustang para ir al depósito de pruebas, pero no se le ha ocurrido un buen motivo para llevarse el coche patrulla y dejar tirada a Elsa. Cuando se lo compró era consciente de que un coche como ese y el sueldo de un *mosso* parecían tan sospechosos como una puta en mitad de un banquete de bodas. Pero le dio igual. ¡Que lo investigasen! Podía demostrar de dónde había salido hasta el último euro, ¿no? Pues a quien le pique, que se rasque.

Y con un rastrillo, a poder ser.

Eso, claro, había sido cuando no tenía nada que esconder. Ahora, en cambio, el Mustang le parece demasiado llamativo. Una atención que no quiere ni necesita en absoluto.

Pero a la fuerza ahorcan.

Toma la ronda litoral y conduce por encima del límite de velocidad por la C-58, dirección Sabadell. Su destino es la comisaría central de los *mossos*: un complejo de cuatro edificios con forma de paralelepípedo que se levanta entre las dos cocapitales vallesanas. El bloque más visible desde la carretera había sido un instituto de bachillerato, que se rehabilitó totalmente para dar servicio a las necesidades administrativas del cuerpo. Las tres construcciones secundarias fueron diseñadas adrede para albergar infraestructuras más complejas, como la galería de tiro subterránea, la piscina de entrenamiento de la unidad subacuática, los laboratorios de balística, ADN, y lofoscopia... y el depósito de pruebas.

En su interior está lo que los agentes llaman coloquialmente el «Búnker de drogas», donde se almacenan todas las sustancias estupefacientes intervenidas por los *mossos*, esperando a servir como prueba en los posteriores juicios. Santi todavía recuerda el escándalo que se organizó después de que se perdieran tres kilos de cocaína de un caso y que un cabo de la comisaría del Eixample —un tal Artigas le parece que se llamaba—, fuera señalado con el dedo. Asuntos Internos había ido a por él con todo, pero el tipo era un artista y no había dejado rastro. Al final, mientras aún estaba en el punto de mira, el pobre diablo había tenido el detalle de espicharla mientras investigaba otro caso que involucraba asesinatos rituales y prostitución nigeriana. Había recibido una puñalada fatal mientras le salvaba el cuello a una periodista y se llevaba por delante a un sicario con un expediente delictivo más grueso que *Los pilares de la tierra*. Resumiendo: de corrupto a héroe en una noche, y a otra cosa, mariposa.

Lo que sí cambió fueron los controles del búnker. Si se suponía que ya eran exhaustivos, desde el caso Artigas se habían vuelto mucho más rigurosos.

Por suerte, él no busca drogas.

Además del caballo y la nieve decomisados, al complejo Egara también van a parar centenares de otras pruebas que los fiscales necesitarán si el caso llega a juicio. Armas, muestras de ADN o fibras y objetos de todo tipo que se han encontrado en el escenario de algún delito y que pueden resultar determinantes para inculpar a los acusados.

Al contrario que la droga, esta clase de material no tiene ningún valor económico. Nadie tendría por qué robarlo. Pero romper la cadena de custodia puede mandar al carajo el más evidente de los casos. Por eso, el control que se mantiene sobre todas estas piezas sin valor es estricto.

Puede que no tanto como con las drogas, que son muy golosas. Pero estricto. No entras y te llevas lo que quieres así como así.

Y, en el caso improbable de que lo hagas, es a expensas de dejar un rastro más evidente que el camino de baldosas amarillas.

Lleva días tratando de encontrar la forma de borrar ese rastro. Pero no existe. Antes del gilipollas de Artigas quizás habría podido pedir algún favor o camelarse a alguna pobre idiota del personal facultativo. Pero tras el pollo que organizó la prensa con el *treskilosgate* no merece la pena ni intentarlo.

¡Tres kilos, qué puto crack! ¿Cómo pensaba colocarlos?

Me has jodido bien, cabo Artigas. Ojalá te pudras en tu tumba. Yo no pienso seguir tus pasos.

Sale de la autopista y toma todos los desvíos que se sabe de memoria, de otras veces que ha ido. La comisaría no está precisamente en un lugar céntrico, sino fuera del casco urbano, junto a la N-150. Cuando llega, se detiene frente a la garita de entrada y le enseña la placa al agente de guardia. El hombre le presta menos atención a la acreditación que al coche.

—Menudo pedazo de buga… —suelta, admirativo, devolviéndole la carterita.

—Ventajas de tener un cuñado que se dedica a los coches de segunda mano. —Es la excusa que se ha inventado para ese tipo de situaciones.

—¡Un cuñado así querría yo!

—No pensarías igual si tuvieras que soportarlo cada dos semanas. Créeme…

El vigilante piensa en su propio cuñado —un parásito que no para de pedirles pasta cada dos por tres—, pero antes de que pueda empezar la liga de quién tiene la familia política más jodida ve llegar una furgoneta y le hace el ademán de que pase.

Santi supera la barrera y busca un sitio para aparcar. Aunque sabe que no servirá de nada, trata de que sea en el rincón más discreto posible.

Va directo al edificio donde está el depósito. No se cruza con nadie conocido por el camino. Mejor. No tiene el cuerpo para cumplidos.

Nota la boca seca y las manos húmedas. Debería ser al revés. Vamos. ¡Tú puedes!

Entra y se dirige a los ascensores. Solo ha estado una vez en el depósito, pero recuerda el camino.

En la puerta no está el tipo de la última vez. En su lugar, una morenita con pinta de estar aún tierna. Eso debería jugar a su favor. O no...

Da igual. Hay que intentarlo.

—Buenos días. Vengo a revisar las pruebas del caso... —se detiene un momento y busca un papel en el bolsillo. Cuando lo encuentra, lo despliega y le da el número.

—¿Traes la autorización?

Ahora es cuando empieza el *show*.

—Me la he dejado en comisaría, ¿te lo puedes creer? —Le ofrece su mejor sonrisa. La de yerno ideal. La de amigo del alma. La de perrillo abandonado—. Te pongo en un brete, ya lo sé. Pero si no te enrollas y me obligas a volver a Barcelona habré perdido la mañana. Y mi compañero me joderá vivo. Ya sé que no es problema tuyo, pero es un hijo de su madre que me está haciendo la vida imposible. No sé si sabes a qué me refiero...

La flecha lanzada al azar da en la diana. Se lo ve en los ojos.

—¿Por qué crees que estoy aquí? —resopla—. Nadie solicita este puesto. Pero yo también tuve un binomio que me hacía la vida imposible, y preferí convertirme en vampira a tener que soportarlo ni un día más.

—¿Vampira?

—Sí. Aquí abajo no veo nunca el sol. Pero al menos estoy tranquila. La que no se consuela... —Él hace un ademán de muda solidaridad que termina de ablandarla—. A ver, ¿qué número me has dicho?

Dando gracias por la suerte que está teniendo, se lo repite. Ella hace una comprobación en el ordenador y levanta las cejas.

—¿Un asesinato?

—Una chica. Sentada en un banco, en mitad de una plaza. De película. Lástima que yo no sea Tom Cruise…

Ella le dedica una media sonrisa que puede querer decir muchas cosas. Entre otras, que Tom Cruise no le hace ninguna falta.

—Vale, pasa. Déjame la placa y firma aquí. Pero, por favor, no te lleves nada, ¿eh? Si no, el marrón me lo comeré yo.

—Tranquila. Solo necesito hacer una comprobación. Cinco minutos. Y lo dejo todo como estaba. Me salvas la vida.

—Sí, ya. La cuestión es: ¿y a mí quién me la salva?

Es una pregunta retórica. Firma y deja la placa en la bandeja que hay para estos casos. La morenita le da un número de pasillo y de estante y pulsa el botón para dejarlo pasar.

Suena un zumbido.

Así de fácil.

Ya se lo decía su madre: una sonrisa y una palabra amable te llevan más lejos que cualquier cohete de la NASA.

Recorre los pasillos tan deprisa como puede, sin correr, hasta llegar a donde le ha indicado. Enseguida ve el *trolley* metido en un estante, junto a la caja donde se guardan el resto de las pruebas. Lo han etiquetado y está cubierto de polvo, pero el azul eléctrico casi brilla en la penumbra.

Lo coge por el asa y lo baja. Pero en lugar de llevarlo a la salita acondicionada para examinar las pruebas, busca un ángulo muerto de las cámaras. Es poco probable que la chica de la entrada lo esté observando. Pero no puede correr el riesgo.

Abre el *trolley* y va directo a donde Vicky le explicó. Incluso sabiendo dónde está, le cuesta encontrar la forma de abrir el compartimento.

«Diabólico», sonríe recordando una palabra que usaba a menudo el hermano de su padre para referirse a los trabajos manuales bien hechos.

Consigue hacer saltar la trapa del doble fondo y allí está el premio gordo: tres paquetes largos y finos, como cinturones de hombre, cuidadosamente envueltos para que nada de lo que contienen pueda hacer ruido o resultar dañado. Embutidos casi a presión en aquel espacio diminuto, pasarán fácilmente por los rayos X sin que el funcionario de turno, harto de ver maletas todo el día, se dé cuenta de lo que le están colando en sus narices.

Diabólico.

Deprisa, pero sin agobiarse, los saca del escondrijo y se los enrolla alrededor de la cintura, por debajo de los pantalones. Con la camisa por fuera, no se nota nada. Ni hechos exprofeso resultarían tan fáciles de ocultar. De momento, la suerte que tanta falta le hacía le está sonriendo.

Cierra el *trolley* y lo devuelve a su lugar. Después, coge la caja y esta vez sí que la lleva a la salita, donde pasa cinco minutos simulando revolver las pruebas. Cuando considera que ha cubierto el expediente, vuelve a cerrarla y la devuelve al estante, donde continuará acumulando polvo, como el Arca Perdida.

Recorre el camino inverso hasta la puerta.

—¿Todo bien? —le pregunta la morena, pulsando el botón para liberarlo.

—Pues sí. Te debo una. De las gordas…

Ella le hace un gesto. No ha sido nada. Si no nos ayudamos entre víctimas de compañeros hijos de puta…

—¿Y qué? ¿Lo pilláréis?

Santi tarda un segundo en entender que se refiere al asesino.

—¿Acaso no los pillamos siempre?

Ella suelta una risita. Sí, ya. *Siempre.*

En otras circunstancias, Santi se habría quedado a charlar un rato y habría terminado llevándose su número de teléfono. La vampira está bastante buena y su lenguaje corporal indica que se muere de ganas de dárselo. Pero hoy no tiene tiempo para ligar. Se disculpa diciendo que lo siente, que el capullo de su compañero no espera, y se larga dejándola con dos palmos de narices.

Ella le observa alejarse por el pasillo, con aquellos andares de *cowboy* entrando en el *saloon* del pueblo.

¡Para una vez que aparece un chico guapo! ¡Maldita sea su estrella!

Con solo verle la cara, Santi se da cuenta de que algo no funciona.

Elsa está plantada en la acera, frente al edificio donde Vicky Martí tenía alquilado un cuarto sin ascensor, de dos habitaciones. Él ha dejado el coche en un parquin, a dos manzanas, y llega a pie. Trata de saludarla como si nada, pero ella no está para bromas.

—¿Por qué no me lo contaste?

—¿Contarte qué? No entiendo…

Elsa saca el móvil del bolsillo y le enseña las fotografías que ha hecho del álbum de bodas.

—Este es tu coche. No lo niegues.

Santi necesita de toda su sangre fría para que no se le note. ¡Mierda! ¿De dónde sale esa puta imagen?

—A ver, sí, es como el mío. Pero no es el único Ford Mustang de color azul de Barcelona. Podría ser de cualquiera.

La mirada de Elsa podría congelar un reactor atómico.

—¿Qué te apuestas que si reviso las grabaciones que has descartado tú encuentro imágenes tuyas? —le escupe. Está furiosa—. Si me cuentas ahora mismo qué está pasando aquí, haré el esfuerzo de escucharte. De otra forma, te juro que te pongo las esposas ahora mismo. Tú eliges…

Él la evalúa. Ni rastro de la borracha vacilante a quien creyó que podría manipular a placer cuando se le puso a rebufo.

—Puedo explicarlo todo, pero no en mitad de la calle —le pide—. Subamos a esperar a Cranston, ¿quieres? Necesito un poco de intimidad.

Ella lo considera un instante. Se muere de ganas de esposarlo y acabar con aquella farsa. Pero quiere creer que tendrá una disculpa válida. Se deja convencer.

Adelante, tú primero.

Suben los cuatro pisos en silencio. Santi aprovecha cada instante para decidir cómo enfocará el asunto. Antes de la conversación de esa mañana, pensaba ofrecerle la mitad de lo que Cranston les ofreciera por recuperar las piedras. No le importaba repartirlo con ella. Pero después de lo que le ha contado, ya sabe dónde le dirá que se meta el dinero.

Aun así, no queda otra que intentarlo.

La puerta del apartamento continúa custodiada por el precinto de color blanco, azul y rojo con las palabras *No passeu. Policia. Mossos d'Esquadra* escritas en mayúsculas y letras grandes. Elsa le pide que se vuelva.

Cuando la ve, da un respingo.

Con la derecha lo está apuntando con el arma reglamentaria mientras que con la izquierda le alarga las llaves del piso.

—Abre.

—Elsa, ¿qué coño haces? Esto no es necesario. Yo no...

—¡Abre! Y no te des la vuelta. Ve hasta el comedor y siéntate en una silla, con las manos en las rodillas.

—Escucha, esto es ridículo...

Ella es cortante como una navaja barbera.

—Santi, no sabes lo cerca que estás de que te espose y te lleve a rastras a comisaría. Si me vuelves a hablar sin que te lo pida, te juro que te arrepentirás los próximos veinte años. ¿Nos entendemos?

Él no responde, pero se da la vuelta y hace exactamente lo que le ha pedido. Cuando se sienta, con las manos apoyadas en las rodillas y el cañón de la P-38 apuntándolo, escucha la gran pregunta:

—¿La mataste tú?

—No. Te juro que no fui yo. Tienes que creerme.

—¿Quién fue entonces?

—Stana Rakic. Puedo demostrarlo, tengo el arma con sus huellas en la empuñadura. La científica podrá corroborarlo.

Elsa se sorprende. No esperaba esa respuesta.

—¿Por qué?

—Es una historia muy larga y muy enrevesada.

—¿Sí? ¡Qué curioso! Todas las mentiras son así.

—Ya. Pero esta resulta que es verdad.

—¿Tan verdad como el resto de mierda que me has estado soltando desde que nos conocemos?

—Elsa, nunca te he mentido. —Lo dice con el tono más sincero que se puede componer. Ella vuelve a estar tentada de creerle—. Hay cosas que no te he dicho, sí. Pero no te he mentido. Déjame que te lo cuente y lo verás.

Ella baja ligeramente el arma.

—Adelante. Inténtalo…

Cranston comprueba por segunda vez la dirección.

Es allí, no se equivoca.

Ha llegado tarde, pero no cree que los dos agentes lo hayan castigado dejándolo plantado. Saca el móvil y los llama. Primero a ella —suena y suena hasta que se corta la comunicación—, después a él —«El número al que llama está apagado o fuera de cobertura».

Tiene demasiada mili hecha como para engañarse con la cantinela de que todo va bien. Algo huele a podrido.

Se acerca al portero automático y empieza a pulsar botones, al azar. A la tercera, abren sin preguntar quién es. Si la gente se parara un momento a pensar en lo que les puede pasar, se lo pensarían dos veces antes de hacer esa estupidez.

Gracias, Señor, por los que no piensan.

Sube los cuatro pisos a pie y se encuentra con la puerta del apartamento cerrada. El precinto policial está en el suelo.

Llama dos veces, sabiendo que no abrirán.

A veces es una lata no equivocarse nunca.

Se da la vuelta para echar un vistazo inquisitivo a la puerta de enfrente. Nada delata que haya alguien al otro lado, espiando por la mirilla. Pero eso no quiere decir nada. El club de lectura de su madre al pleno podría estar observándolo y no tendría forma de saberlo.

¡A la mierda!

Se acerca a la puerta, saca la ganzúa que siempre lleva encima y abre con tres movimientos que tiene perfectamente memorizados. Con cerraduras como esa, podrían ahorrarse la puerta y colocar solo un torno.

Se desliza en el interior del apartamento y cierra rápidamente la puerta. Ya es oficial: está cometiendo un delito flagrante. Si la presidenta del club de lectura está llamando ahora mismo a la poli, seguramente no acabará en la cárcel. Pero tendrá un montón de problemas. Así que más le vale apresurarse y salir por piernas antes de que se arrepienta.

Recorre el corto pasillo que lo separa del comedor. Al entrar la ve, bocabajo y con la cara cubierta por el pelo.

—*Holy shit!*

Se agacha enseguida a su lado y, tratando de no contaminar más la escena, le pone dos dedos en la garganta, buscándole el pulso.

Lo encuentra. Y fuerte.

Suspira, aliviado. Solo le hubiese faltado tener que dar parte de una agente de policía muerta.

Va a la cocina y llena un vaso de agua. Se la deja caer lentamente en el rostro. Elsa gime de dolor mientras regresa al mundo de los vivos bajo la mirada intranquila del investigador.

20

Predrag Jovetic baja del Toledo blanco y cierra la puerta de golpe. Los demás esperan su veredicto.

—*Nema problema* —concluye—. Está perfecto. Tiene el depósito lleno y los neumáticos en buen estado. Puedo hacerlo volar.

El coche estaba en el garaje cuando han llegado, hace un rato. Con las llaves en el contacto y, en el maletero, un bidón de líquido limpiador y una bolsa de deportes a rebosar. Dragan los hace acercarse alrededor de la mesa de trabajo. Abre la bolsa y va sacando el contenido: guantes, pasamontañas, dos mazos muy pesados… Deja deliberadamente la artillería para el final: un Smith & Wesson Magnum 44 —el enorme seis-tiros que empuñaba Clint Eastwood en las películas del inspector Harry Callahan— y una Glock 17L, menos aparatosa, pero casi con el triple de balas en el cargador.

Cedo Vujosevic silba cuando ve aparecer el Magnum.

—¿Qué se supone que vamos a hacer con semejante cañón? ¿Echar una pared abajo?

Dragan lo sopesa y lo deja encima del carro.

—Es una buena elección. Cuanto más grande es el arma que enseñas, más miedo les das. De todos modos, las llevaremos descargadas. No quiero que se nos escape un tiro por accidente.

El otro hombre arruga la nariz. Es verdad que los Panthers

nunca disparan durante sus robos. No lo necesitan. Pero es un soldado y cuando lleva un arma le gusta saber que podrá utilizarla llegado el caso.

—Tú haz lo que te parezca. Yo la llevaré cargada.

Dragan le mira con su expresión imperturbable de siempre.

—¿Estás al mando de la operación y se han olvidado de decírmelo?

Cedo es un hombre muy grande: más de metro noventa, brazos de peso pesado y mandíbula de troll. Con todo y con esto, evita enfrentarse a él.

—No, no. Perdona, no quería…

—No pasa nada —acepta el otro, que no quiere convertir aquello en un problema. Pero coge la Glock, le saca el cargador y va vaciándolo sobre la mesa de trabajo. Después, hace lo mismo con el tambor del Magnum. Recoge todos los proyectiles y los guarda en el bolsillo lateral de la bolsa. Devuelve a su sitio el cargador de la pistola y se la entrega a Cedo, que se la guarda sin decir nada.

—*Savršeno* —dice Dragan, dando el incidente por cerrado—. La joyería se parece un poco a la de Milán, ¿recordáis? Stana la ha explorado. Estamos de acuerdo en hacerlo en cincuenta y cuatro segundos. Es justo, ya lo sé. Pero no quiero arriesgarme. El lugar es demasiado céntrico como para que la policía tarde mucho en llegar cuando den la alarma. Stana, ¿nos enseñas dónde está todo?

La muchacha rebusca en el bolsillo de la cazadora y saca un papel doblado. Es un plano que reproduce los espacios de la joyería con toda la minuciosidad que necesitan. El mismo Pavel le enseñó a hacerlos, cuando no pudo disuadirla de convertirse en miembro de la banda. Resultó ser la mejor exploradora que habían tenido nunca.

Se inclina sobre el dibujo y les va señalando los lugares con la punta de un bolígrafo.

—Las mejores piezas están en la planta superior —cuenta—. Se accede por esta escalera. No hay vigilantes jurados. Tampoco esperéis demasiados compradores. Lo más probable es que esté vacío o haya solo una persona. Las vitrinas están aquí y aquí. Son de cristal sin blindar. Un golpe con eso —señala los mazos— y adiós muy buenas. Mientras uno vacía el piso superior, el otro puede ocuparse de lo que hay aquí —señala un rincón de la planta inferior—. También merece la pena. En cuarenta segundos habréis terminado. El resto es para entrar, acojonarlos y salir. Un trabajo sin complicaciones.

Stana se hace ligeramente atrás cediéndole a Dragan el espacio central.

—Tú nos esperarás fuera, con el motor en marcha —le dice a Jovetic, que ha encendido un pitillo y fuma con avidez—. La acera es ancha. Y la guardia urbana, muy activa. Pero muy mala suerte habrá que tener para que pasen por allí precisamente en ese minuto y medio.

—¿Y si pasan? —aventura Cedo.

—Si algún policía local se detiene a multarnos, se meará en los pantalones cuando le apunte con esto —levanta el Magnum—. Son urbanos, no SWAT. No están preparados para algo así.

—Ya. Pero siempre hay idiotas que quieren ganar una medalla. Por eso preferiría llevar la pistola cargada.

Dragan no da el brazo a torcer.

—Lo último que necesitamos es empezar un tiroteo en mitad del paseo de Gracia. Por muy descargada que lleve el arma, podré con un policía local. Estaré abajo y me ocuparé. Tú preocúpate de no dejarte nada, ¿de acuerdo?

El gigante se resigna. Sabe que no hay nada que hacer cuando Dragan ha tomado una decisión. La buena noticia es que es el mejor. Y eso lo saben todos.

El jefe espera a estar seguro de que no tendrá que volver sobre aquella cuestión y continúa:

—De acuerdo, pues. Controlaré el crono. Cuando te avise, aunque no lo tengas todo, bajas cagando leches. Salimos andando como si nada, subimos al coche y nos marchamos como si hubiéramos recogido un encargo. Cuando pulsen la alarma ya estaremos lejos. ¿Después qué, Predrag?

El aludido ha estado esperando su momento con paciencia. Igual que el resto, ha hecho los deberes. Despliega su propio mapa y lo extiende sobre la mesa.

—Después, iremos a este parquin de aquí —dice señalando una calle próxima a la joyería—. Lo he inspeccionado y es perfecto. Aparcaremos en la planta inferior, que está casi vacía. Un repaso con el líquido que nos han dejado en el maletero para borrar cualquier rastro, y cada cual se irá por su lado a pie. No debería llevarnos más de cinco minutos, contando desde que salimos de la joyería hasta que abandonamos el coche. Otra cosa es que haya problemas y tengamos que improvisar…

—Si hay que despistar a la policía estaremos en tus manos —concede Dragan—. Me juego lo que sea a que no tienen ningún conductor como tú. Todos os sabéis de memoria las conexiones para ir al aeropuerto. Sea como sea, tres horas después del atraco ninguno debería estar en Barcelona. Eso los dejará sin capacidad de reacción. ¿Alguna pregunta?

No tienen. Lo han hecho unas cuantas veces y siempre les ha salido bien. Coger el avión de vuelta es el momento crítico. Demasiadas cámaras, demasiada vigilancia y muy pocas vías de escape. Pero a las autoridades les cuesta ordenar el caos que supone aumentar los controles en las terminales de salida. Los retrasos, las colas y las quejas de los pasajeros pasan una factura demasiado elevada. Y, si no es un caso de terrorismo o en el que haya habido muertos, son reticentes a pagar el precio que suponen los titulares del día siguiente. Por otro lado, tienen los pasaportes falsos que funcionaron perfectamente a la ida, y que ya no volverán a usar.

Pasarán un mal rato mientras el avión no despegue, pero lo lograrán. Como siempre.

—Bien —recalca Dragan cuando asume que han terminado—. Stana será la primera en irse. Estará a medio camino de casa cuando demos el golpe. Con vosotros dos nos vemos aquí mañana, a las nueve. La puerta estará abierta, yo habré llegado antes. ¿*OK*?

Se oyen un par de murmullos afirmativos.

—*Savršeno*. Hasta mañana entonces. Dormid bien y no os metáis en líos. Si os entran ganas de hacer el idiota, pensad en los veinte millones que nos esperan si hacemos bien las cosas.

—¿Se puede saber qué te pasa?

La puerta del apartamento aún no se ha cerrado cuando Dragan tiene que enfrentarse a ella. Stana se ha estado mordiendo la lengua hasta que se han quedado a solas. Los ojos le brillan como lo hacen siempre cuando las cosas no van bien.

Él no se inmuta.

—Nada. ¿Por qué lo dices?

—¡Oh, vamos, Dragan! ¡Te conozco! Hasta hace muy poco, cuando estábamos a punto de dar un golpe apenas podías contener las ganas. Eras como una fiera enjaulada. Pero, mírate: ¡tendrías mejor cara en el entierro de tu madre! ¿Qué te preocupa? Lo has planeado bien. Nada fallará.

Él querría fumarse un pitillo, pero el piso tiene detector de humos y si van a discutir no puede abrir una ventana para que los oigan. Reprime sus ganas de humo mientras le responde:

—Eso es lo que decimos siempre, ¿verdad? Está bien planeado. Lo tenemos todo bajo control. Nada puede fallar. Pero los dos sabemos que no es verdad. Ya no puedo tomármelo como si fuera un juego.

Ella mira al suelo, buscando las palabras.

—La culpa de los que se han dejado atrapar es suya y solo suya. Han sido chapuceros. Imprudentes. Nosotros somos mucho mejores.

—No es verdad, Stana. Te obstinas en menospreciar a la policía, pero han mejorado mucho. Y continúan mejorando cada día. La partida se ha igualado. Y, al final, es solo una cuestión de posibilidades. Nosotros necesitamos tener suerte todos los días. Ellos solo necesitan tenerla una vez.

Ella estalla. Aquella conversación no le gusta nada. No quiere tenerla. Y todavía menos a veinticuatro horas de dar un golpe.

—¿Y qué me estás diciendo? ¿Quieres dejarlo? ¿Dedicarte a cuidar un huerto mientras ves cómo se me hincha la barriga un par de veces?

—¿Qué tendría de malo? La mayoría de la gente vive de ese modo. Y les gusta.

—¡La mayoría de la gente está muerta y no se dan cuenta! ¡Tengo veintisiete años, me quedan muchos antes de preferir sentirme segura a sentirme viva! ¡Y tú eres igual, a mí no me engañas! Ya sé que lo que les ha pasado a Jura y a tu primo te ha afectado. Pero te lo repito: si quieres, te ayudaré a sacar a Luka. ¡Hagámoslo! Pero, por favor, Dragan, no me obligues a escoger entre tú y esta vida.

—¿Por qué?

Ella no puede creerse lo que oye.

—¿Por qué? ¿*Por qué*? Porque ese no era el trato. El hombre de quien me enamoré, de quien todavía estoy enamorada, es un atracador. ¡Un Pink Panther! ¡No una jodida alma en pena que se arrastra por el mundo de nueve a cinco! ¡Por eso!

Dragan nunca la ha visto tan furiosa. No sabe qué pasará ahora que han abierto la caja de Pandora.

—No es como lo pintas. Tendríamos mucho dinero.

—¿Y dónde lo gastaríamos? ¿En Belgrado? ¿En Niš? ¿O, mejor, en Podgorica? ¿Qué me ofreces? ¿Comprarnos una discoteca y un par de restaurantes y hacer como Macvan o Milosavljević? Nuestro país me gusta, pero no para vivir en él. Y tampoco quiero estar sufriendo siempre por si llega una orden de extradición. Tenemos que fabricarnos personalidades nuevas allá donde queramos ir, y ya sabes lo que cuesta eso. Pavel nos ayudará, pero todo a su tiempo. Te prometo que hablaremos. Y hasta podemos empezar a dar algún paso. Decidir dónde querremos instalarnos, por ejemplo. Pero no es posible dejarlo de la noche a la mañana. ¡Y tú lo sabes!

Por supuesto que lo sabe. Lleva más de un año haciendo todo lo que ella acaba de describirle. Moviendo el dinero. Blanqueándolo. Fabricándose no una, sino tres identidades. Comprando propiedades. Incluirla a ella en esos planes, como ha incluido a Vicky, no es difícil. Solo cuestión de dinero.

Y de desearlo, por supuesto.

Ella no cambiará. No por voluntad propia. Solo lo hará cuando no tenga más remedio. Y entonces ya podría ser tarde. A Vicky tampoco le seduce su plan, pero se ha dado cuenta de que es el único posible.

Cada una ha tenido la oportunidad de elegir. No como él, a quien no le han dejado más opción.

Aferrándose a aquel pensamiento, pregunta:

—¿De verdad me ayudarás a sacar a Luka?

Stana sabe lo difícil que es lo que le pide. A los que han ayudado a escapar son contados y su libertad ha costado millones. Luka, por mucho que lo quiera, no los vale. Y su padre es poco entusiasta cuando se trata de tirar el dinero. No los ayudará. De hecho, ni siquiera pueden permitir que se entere si no quieren que se lo impida.

Pero no quiere perderlo.

Ojalá se dé cuenta mientras lo preparan. Y si no…, hay mil maneras de que una operación tan complicada se vaya a pique. Ahora, lo primordial es acabar el trabajo que tienen entre manos. Con veinte millones, las cosas tienden a verse mejor.

—Te lo dije y te lo repito. Hagamos lo que hemos venido a hacer aquí y luego sacamos al imbécil de Luka. Pero antes…

—¿Qué?

Ella curva los labios en una sonrisa pícara. Ha ganado aquella discusión. También ganará las que vengan. Lleva esa vida en la sangre tanto como ella.

—Déjate de sandeces y llévame a la cama, ¿quieres?

21

El apartamento de Vicky Martí era pequeño, sin lujos, casi espartano. La primera vez que lo pisó, a Elsa le había dado la sensación de que era la casa de alguien que estaba de paso. Que no tenía intención de quedarse mucho tiempo y que por eso no le importaba qué aspecto tuviera. Limpio, ordenado y punto. Otra cosa era el armario —a reventar de ropa, la mayoría muy cara para una dependienta— o el joyero que habían encontrado en el primer cajón de la cómoda del dormitorio —bisutería de alta gama y hasta algo de oro de verdad—.

Se había asustado de cuánto se parecía a su propio piso, desde que Jordi la abandonó.

Ahora, todo aquello le quedaba muy lejos. Tenía la pistola en la mano y a Santi al otro lado. Y entre ambos, su carrera, la continuidad misma en el cuerpo y quién sabe si hasta su libertad, colgando de un hilo. Asuntos Internos solía ser muy poco comprensivo con aquellas cosas. Y ella había tomado la peor de las decisiones si de lo que se trataba era de salvar el culo.

Salvar el culo, con todo, no era la prioridad. Por encima estaba no tener a otro Nico sobre su conciencia. Con él había seguido el libro al pie de la letra, y el resultado era el que era. ¿Se suponía que tenía que hacer lo mismo otra vez y esperar algo distinto? Einstein no se lo hubiera aconsejado.

Santi podía ser muchas cosas, pero eran compañeros. Más que eso. ¿No le debía la posibilidad de justificarse, antes de echar su vida por la borda?

—Muy bien, habla —lo había retado—. Quiero ver qué cosas eres capaz de inventarte.

Santi tenía un sexto sentido para juzgar a las personas. Solo por la forma de decírselo se había dado cuenta de que ella quería creerle. Quizás aún pudiera convencerla.

—Vale, sí. Yo era el del coche. Vicky y yo llevábamos medio año juntos. Pero yo no la maté, te doy mi palabra.

—¿Y por qué no me lo dijiste?

—¿Y cómo se suponía que podía hacerlo? ¡Hola, agente Giralt! Me gustaría mucho trabajar contigo, aunque tengo un historial de mierda. ¡Ah! Por cierto: no solo conocía a la víctima, sino que me la llevaba a la cama. Jamás me habrías aceptado.

—¡Por supuesto que no! Tu deber era comunicar tu relación con la víctima y contar todo lo que supieras. Así se hacen las cosas. No engañándome y utilizándome. Me la jugué con Santacana para que te asignaran al caso. ¿Sabes dónde me deja eso ahora?

—No pienso en otra cosa desde el primer día que empezamos a trabajar juntos, ¡te lo juro! Y no sabes cuánto lo siento. Pero no tenía alternativa. Si decides denunciarme, haré todo lo que esté en mi mano para dejar bien claro que toda la culpa es mía y que te he engañado tanto como al resto.

—Sabes perfectamente que no servirá de nada. A mí se me caerá el pelo, pero a ti… Tendrás mucha suerte si se queda todo en una suspensión temporal. ¿Por qué te has arriesgado tanto?

Él había hecho una pausa muy larga.

—La amaba. Quería atrapar al cabrón que lo hizo.

Elsa se había detenido a pensar un instante en la víctima. No le extrañaba que Santi hubiera perdido la cabeza por ella. Era el tipo de mujer diseñada para causar aquel efecto en los tíos. Pero una cosa no le encajaba: por lo que sabía de Vicky, no era de las que se conformarían con el sueldo de un *mosso*.

—Vicky era un bicho. En eso coincide todo el mundo. ¿Quieres que me crea que se había enamorado de ti solo por el *six-pack* ese que sacas a pasear a la menor oportunidad?

Fue como si le hubiera abofeteado. El tono se le agrió al responderle:

—Pues a ti me pareció que te gustaba…

Entonces le tocó a ella revolverse.

—No vayas por ahí, tío, o esta conversación se habrá acabado. ¿Me entiendes?

—Vale, vale, no te cabrees… Te he dicho que yo la quería, no que me quisiera ella a mí, ¿de acuerdo? Ya sabía que nuestra relación había nacido con fecha de caducidad, pero me parece recordar que eras tú quien sostenía que por trepa e hija de puta que seas no te mereces acabar como ella, ¿no?

—No, es verdad. Pero tampoco que un hombre a quien usaba como un juguete lo arriesgue todo para hacerle justicia. Y, francamente, no me pareces del tipo que se sacrifica.

—Menuda opinión tienes de mí. Y yo que creía que éramos amigos.

No ves que lo somos, ¿idiota? ¿Cómo si no estaría dándote la oportunidad de salvar el culo?

—¡Vamos, Santi! Te conozco más de lo que crees. No quieras darme penita. O eres sincero conmigo, o no vamos a ninguna parte. La historia del pobre chaval enamorado no te pega para nada. Tú eres el ídolo de las nenas. El rey del mambo. Se te ve a la legua. Última oportunidad: o me dices la verdad, o nos levantamos y continuamos en comisaría. Tú sabrás…

—¿Qué quieres que te diga, Elsa? ¡La has visto! ¡Era una preciosidad! Y, cuando quería, podía hacerte sentir el rey del mundo. Me dejé pillar por ella, sí. A pesar de saber que no íbamos a ninguna parte. Y las cosas estaban saliendo bastante bien hasta que apareció aquel hijoputa…

—¿Te dijo algo de él?

—Nada. Primero me dio excusas para no vernos y los últimos

215

días ya ni me cogía el móvil. Traté de verla, pero nunca estaba en casa. Y, de repente, apareció, muerta.

Elsa se quedó callada. Quería creérselo, pero no podía.

—¿Y la mañana que encontré el cuerpo, tú pasabas por allí por casualidad? ¡Qué feliz coincidencia!

Él la mira con los ojos llenos de angustia. Se levanta de la silla frotándose las manos, tembloroso.

—Escucha… Sé que todo esto parece muy cogido por los pelos, pero tienes que creerme. Yo…

Lo que había pasado entonces Elsa lo recordaría siempre como dentro de una nebulosa. Aquel hombre derrotado, que le suplicaba que lo creyera, se había transformado en un depredador que se le había echado encima en el mismo instante que intuyó que ella había bajado la guardia. Antes de poder levantar el arma, se la había arrancado de los dedos de un manotazo. Y, sin darle tiempo a rehacerse, le había descargado un puñetazo en la cara que la había mandado de cabeza al suelo.

En un abrir y cerrar de ojos, era a ella a quien apuntaba el cañón de la P-99.

Santi parecía un hombre distinto al que ella había conocido hasta entonces. Un hombre infinitamente peor.

—Coño, Elsa. Y ahora, qué hago contigo, ¿eh?

Cranston termina de escuchar el relato de la agente, sentado al otro lado de la mesa. Entre ambos, el segundo vaso de agua que le ha traído de la cocina, esta vez para que se lo bebiera después de volver en sí.

Detrás de la oreja derecha tiene una hinchazón del tamaño de una pelota de tenis. También algo de sangre seca, de una herida que ya ha empezado a cicatrizar.

Tiene aún peor pinta que de costumbre. Pero ha tenido suerte. Por lo que acaba de contarle, lo más lógico hubiera sido encontrarla con una bala entre ceja y ceja.

—¿Qué le dijo? —le pregunta, después de que ella haya dado un trago que rebaja el contenido del vaso a la mitad.

Elsa se palpa la oreja abollada con un gesto de dolor. Con todo, el investigador se apostaría la prima de aquel caso a que lo que más le duele ahora no es la nuca.

—Que me pegase un tiro si no quería que se lo pegara yo, a la menor oportunidad que me diera —termina respondiendo.

Cranston, incrédulo, deja escapar un silbido.

—No se anda usted con medias tintas. ¿No tenía miedo de que lo hiciera?

—Ojalá lo hubiera hecho. —Elsa levanta los ojos para mirarlo. A Cranston le da miedo lo que intuye ahí dentro.

—¿Y por qué no lo hizo?

—Y yo qué sé. Está claro que nunca he sabido leer a Santi. ¿Sabe qué me propuso?

—Dispare.

—Que le vendiéramos las piedras a usted y nos repartiéramos el dinero.

El norteamericano arquea las cejas. Ahora es él quien necesita un trago de agua.

—¿Él tiene las piedras?

—O las tiene o sabe dónde están. —Elsa cierra los ojos. Todavía le cuesta digerirlo.

—¿Cómo? ¿Participó en el atraco?

—No me dio detalles, pero no lo creo.

No. Él tampoco lo cree. Todos los informes hablan de tres hombres: dos en la joyería y un tercero en el coche. Esos son Dragan y los dos que volaron a Barcelona para ayudarlo. Nadie más. No es el estilo de los Panthers.

—Estoy de acuerdo —dice finalmente—. ¿Cómo cree que puede tenerlas?

Elsa vuelve a abrir los ojos, sorprendida por aquella pregunta.

—¿De verdad le interesa lo que yo crea? Le recuerdo que soy la idiota que insistió para que le asignaran como compañero un tipo que, en el mejor de los casos, es culpable de robo, y, en el peor, de asesinato. Estoy acabada. Tendré suerte si no me expulsan, que es lo que me merezco.

—No se dé tanta prisa en enterrarse, Giralt —exclama Cranston—. De momento nadie sabe lo que ha pasado, fuera de usted y yo. Puede que todavía podamos arreglar este embrollo sin que ni siquiera salga malparada.

La *mossa* disiente.

—Cranston, nada más lejos de mi voluntad que darle lecciones, pero se está usted pegando un tiro en el pie. Si damos aviso ahora, a Santi lo perseguirá la policía de media Europa. Ya sabe lo mal que quedan en las portadas los polis corruptos. Y no digamos los asesinos... ¿Piensa renunciar a esa ventaja solo para salvarme la piel? Porque si se cree que a cambio yo haré la vista gorda con lo que sea que esté pensando hacer con Santi, ya se puede ir olvidando. Gracias por el favor, pero paso...

Hace un esfuerzo por levantarse, a pesar de que la cabeza no ha parado de darle vueltas. Quiere salir de aquella casa, que le dé el aire y correr a denunciar los hechos, antes de que pueda cagarla todavía más.

Ha agotado la cuota de cagadas hasta el día de su muerte.

Pero Cranston no se rinde.

—Espere un momento, Elsa. Tiene razón con lo de que no estoy jugando mis cartas todo lo bien que podría. Pero en este caso hay más en juego que un botín. Tanto como las piedras me interesa Dragan Jelusic. Es un tema personal. Y todavía queda otra cosa... No se lo tome a mal, pero, esos ojos inyectados en sangre que ve cada vez que se mira al espejo... yo también los veía cuando me afeitaba, ¿sabe? Entonces hubo alguien que me echó una mano y por eso ahora estoy aquí.

Ella no se cree lo que oye. ¿Un buen samaritano? ¿En serio?

—¿Me está diciendo que va a dejarse perder la prima de la compañía solo por hacerle un favor a una desconocida?

—*Solo*, no. Pero entre otras cosas... Me estoy haciendo mayor, agente Giralt. Y los hombres mayores nos volvemos sentimentales. Blandos. No pierda el tiempo queriendo saber por qué la ayudo. Simplemente, déjeme hacerlo. Ya verá como al final salimos ganando todos.

Elsa no lo ve claro. No ha conocido a muchos investigadores de seguros, pero sabe lo suficiente de ese mundillo como para no confundirlos con hermanitas de la caridad. La alternativa, sin embargo...

—¿Y qué quiere que haga?

—Primero, que no denuncie lo que ha pasado aquí. Y después que me ayude a seguirle la pista a Santi. Por lo que me ha contado, se ha visto obligado a actuar muy precipitadamente. Si es así, habrá dejado muchas pistas. Pistas que podemos seguir fácilmente. Si me da todos los datos posibles sobre él, yo utilizaré mis contactos en la Interpol. No me parece tan mal trato. Siempre estará a tiempo de echar su carrera a la basura, ¿no?

Elsa tiene un terrible dolor de cabeza. Le pide una pausa levantando la mano y corre al lavabo. Se dobla ante la taza y vomita lo poco que tiene en el estómago. Enseguida se siente mejor, aunque la oreja continúa latiéndole con fuerza. Finalmente, se lava la cara y se mira al espejo.

¡Cómo me la has jugado, hijoputa! Confiaba en ti...

Se pasa las manos mojadas por el pelo.

Respira. No hay nada a lo que no puedas enfrentarte después de diez inspiraciones como Dios manda.

—¿Por dónde empezamos? —pregunta cuando vuelve al comedor.

Cranston aguarda, acodado en una mesa, bebiendo a sorbitos un café que ha pedido sin que le apeteciera. Consulta el reloj. Lleva mucho rato allí. No las tiene todas con Giralt. La ve sufrir y se imagina lo que le está costando mantenerse entera y lo poco que debe faltarle para derrumbarse.

Si se hunde, sus posibilidades de cumplir con Thaw se van detrás.

¡Al infierno con Thaw! Lo que le jodería de verdad es verla caer a ella. Incluso hecha polvo sigue siendo una buena poli. Pero no sería la primera a quien se traga la vida que llevan. Cuesta mucho mantener el equilibrio cuando se hace su trabajo. Que se lo digan a él.

Le llega por detrás y se sienta a su lado, dejando el bolso sobre la mesa. El americano da un respingo al verse obligado a volver al mundo real. Se vuelve y le dedica una sonrisa sarcástica.

—¡Caramba, usted por aquí! Empezaba a pensar que su plan era convertirme en una versión geriátrica de Tom Hanks.

Elsa no ha visto esa peli. No pilla el chiste.

—¿Se divierte, Cranston? ¡Qué bien! Yo me muero de ganas de vaciar una botella de ginebra de un trago y, luego, acostarme sin quitarme los zapatos siquiera, mientras mis superiores deciden si me expulsan del cuerpo o me mandan a la trena. Lo siento si se ha aburrido mientras esperaba.

—Perdone, no quería…

—No, no —Ella relaja el tono dándose cuenta del exabrupto—. Perdóneme usted. Tengo los nervios a flor de piel. Aún no sé cómo he podido hacerlo…

Cranston se lo imagina: hace falta tenerlos muy bien puestos para plantarse en el aeropuerto del Prat y pedir a seguridad que te busquen un coche cuando estás en su situación. La respeta aún más.

—¿Ha habido suerte?

—Les ha costado. Presentarme con este aspecto no ayuda. —Hace un gesto significativo con ambas manos a lo largo del cuerpo—. Pero al final han colaborado.

—¿Y…?

—Tenía razón. Lo ha dejado en esta misma terminal. En el número 502.

—¿Sabemos a dónde ha ido?

El pelo de Elsa va de un lado a otro, impotente.

—Las compañías no te dejan ver las listas de pasajeros así como así. Haría falta una orden… O alguien sin estas pintas. No me lo han dado. Me temo que se ha buscado una socia de mierda…

El investigador hace un gesto de no pasa nada. Contaba con ello. Es lo malo de ir por la puerta trasera.

—¿Vamos a buscar el coche? —propone, tirando lo que queda del café a la papelera.

¿Añadir un robo a la lista de delitos que acumula en las últimas horas?, piensa Elsa.

¿Por qué no?

El Mustang está donde le han dicho. Han tenido suerte de que sea un modelo tan llamativo. Con un Toledo o un Corsa les habría llevado toda la noche. Cranston se acerca, mira a ambos lados y saca la ganzúa.

Lo abre incluso más deprisa que con la llave de verdad.

—¿Viene? —le pregunta con medio cuerpo ya dentro del coche.

Sin tique, Elsa tiene que tirar de la placa para salir del parquin. Total, una más… Mientras conduce de regreso a la ciudad, le pregunta a su acompañante.

—¿Y ahora qué?

—¿Tiene un lugar tranquilo donde podamos examinarlo?

Lo tiene. Con el piso venía una plaza de aparcamiento que ahora también es suya. Le dio rabia que Jordi se llevase el coche —de haber podido, no le habría dejado coger ni los gayumbos—. Ahora le viene de perlas que esté vacía.

—¿Me cuenta qué espera encontrar?

Cranston saca el móvil y manda un mensaje. Mientras teclea, se lo cuenta:

—Quiero ver si su compañero ha dejado algún tipo de rastro. Normalmente esto lo harían sus chicos de la científica, pero, vista la situación, nos las tendremos que apañar solitos.

Elsa suspira. Manipulando aquellas pruebas las invalidarán de cara a un posible juicio. Cada paso que da la hunde un poco más en el estercolero en el que se ha metido.

El investigador le adivina el pensamiento.

—Elsa, si encontramos lo que espero, haber destruido las pruebas no tendrá ninguna importancia.

—Ya. Y si sale mal, solo es otro clavo en mi ataúd, ¿no es eso?

—Saldrá bien. Puede que no como le hubiera gustado, pero saldrá bien.

Ella no ve de qué manera puede salir bien, pero no gana nada diciéndoselo. Prefiere concentrarse en la conducción mientras él continúa enviando mensajes. En un momento dado, le pide la dirección del lugar a donde llevarán el coche. El resto del camino lo hacen cada uno a su bola.

Cuando llaman a la puerta, Cranston le pide que lo deje abrir a él. Adelante, está en su casa. Desde el salón lo escucha hablar con alguien. Es una conversación muy breve. Después oye cerrar la puerta y regresa trayendo un *backpac* negro.

—¡Diga hola a Santa Claus! —le suelta, sonriente—. Tenemos luminol, luz ultravioleta, polvo magnético para las huellas, guantes, pinceles… Creo que será más que suficiente.

Elsa se levanta impresionada.

—¿En todas las ciudades donde trabaja tiene contactos que le proporcionan material policial en una hora, como si fuera una *pizza*?

—En algunos lugares necesito dos horas. Ya sabe lo que dicen: hay que tener amigos hasta en el infierno.

—Espero que me dé un par de contactos de ahí abajo. Porque me parece que voy derechita hacia allí.

—No si puedo impedirlo. ¿Sabe utilizarlo? —dice levantando la mochila.

Elsa hace oscilar la palma de la mano, de derecha a izquierda.

—No he vuelto a hacerlo desde la Academia. ¿Y usted?

—Me he visto todos los capítulos de *CSI*. Con eso vale, ¿no?

Elsa espera que sea otro chiste malo de esos a los que ya empieza a acostumbrarse.

Están de suerte y la plaza contigua a la suya también está vacía, de manera que tienen espacio de sobra para trabajar. Cranston va directo al maletero. Como en la mayoría de los deportivos, no es muy grande. Apenas caben dos maletas medianas. El detective se pone los guantes, coge la botella con pulverizador llena de un líquido de color azulado y, con cuidado, rocía toda la superficie. En pocos momentos aparecen unas manchas de luz azul en diferentes lugares. El resplandor azulado dura unos treinta segundos, tiempo que Elsa aprovecha para hacer unas cuantas fotos con el móvil. Pasado medio minuto, la luminiscencia desaparece y el portaequipajes vuelve a quedar a oscuras.

El sabueso se vuelve para mirar a su compañera con una sonrisa. ¿No se lo decía yo?

—¿Es sangre de Vicky? —pregunta ella con un sentimiento de vacío en el pecho. Una parte de ella todavía esperaba que Santi no fuera culpable del asesinato, como le había jurado.

—No lo creo. Si las cosas son como imagino, esa es una de las pocas cosas en las que él no le ha mentido. No creo que Santi matara a Vicky Martí.

—Entonces, ¿de quién es?

—Eso es lo que necesito confirmar antes de dar el próximo paso. ¿Me pasa los bastoncillos de muestras, por favor?

Elsa deja el Mustang muy cerca del lugar de donde lo han sacado hace unas horas. No es la misma plaza, pero lo mismo da. Una investigación de verdad descubrirá sin problemas que el coche entró y salió del aeropuerto después de la fuga de Santi. Por no hablar de los restos de productos que han dejado en el maletero.

Se obliga a recordar el mantra de Cranston: si aquello sale bien, ese detalle —y todo los que hagan falta— se obviarán para cerrar el caso a gusto de todos. Y si no, qué más da.

Cogen el ascensor hacia la terminal. Él lleva la mochila negra que les ha sido tan útil.

—¿Está segura de que podrá aguantar dos o tres días sin levantar sospechas, Elsa?

Ella pone cara de circunstancias.

—Bueno…, debería. Si algún superior pregunta por Santi diré que está con una vigilancia. Por supuesto, es un poco irregular. Pero entre compañeros ya sabe cómo van estas cosas. Nos tapamos las vergüenzas unos a otros. Por si acaso, no se entretenga haciendo turismo, ¿quiere?

¿Ha hecho un chiste? Eso es nuevo. Y bueno. Le presiona suavemente el antebrazo para reforzar sus palabras:

—Pues aguante. Le prometo que volveré con la caballería. Mientras, siga la pista que tenemos y, sobre todo, no cometa ninguna estupidez, ¿de acuerdo?

Elsa agradece el contacto casi tanto como las buenas intenciones.

—No lo haré. Se lo prometo. Pero haga lo que haga, hágalo deprisa.

—Deprisa es mi segundo nombre.

Cuando el ascensor llega al vestíbulo, él sale dejándola dentro. Las puertas no se quedan mucho rato abiertas, pero sí lo suficiente como para que la oiga decir:

—Harry… Gracias.

22

Con una peluca morena y un pasaporte que no se ha utilizado antes —Pavel no escatima en papeles para conseguir que su rastro sea el doble de difícil de seguir que el de los demás—, Stana traquetea en el vagón de metro que la lleva camino del aeropuerto. Su avión a Schiphol sale en dos horas. Y en Ámsterdam tendrá tiempo de sobra para tomar el enlace que la devolverá a casa. Esta noche dormirá en Niš, más allá de la jurisdicción de cualquier policía del mundo.

Debería estar satisfecha, pero ni de lejos.

Conoce demasiado bien a Dragan como para no darse cuenta de que no está bien. Ni la promesa de ayudarlo a liberar a Luka lo ha hecho volver a ser el hombre que era. Intenta disimularlo. Y con cualquier otro, lo conseguiría.

Pero a ella no la engaña.

Está preocupada.

Mucho.

Mucho.

Hace solo un año, si alguien le hubiera dicho que Dragan Jelusic podía perder los nervios durante una operación, se habría reído de él en su cara. Antes de rompérsela.

Hoy, en cambio…

Entre las cavilaciones y el vaivén del vagón, no nota cómo el móvil vibra dentro del bolso. Siempre que vuela lo pone en silencio.

Han hecho el amor no hace ni una hora. Él no estaba. No como lo quería. Como lo necesitaba. Como había estado siempre. Antes de que el subnormal de Luka se dejara coger y Jura tuviera la mala suerte de empotrarse contra un tráiler. Después de eso las cosas ya no han vuelto a ser las mismas.

Pero nunca lo había sentido tan lejos como desde que llegó a Barcelona.

Stana no está acostumbrada a sufrir por los hombres. Cuando quiso uno, eligió al más fuerte que conocía. Una roca. Sin fisuras. Verlo tambalearse la perturba más de lo que habría podido imaginar.

Quiere dejarlo todo. Está claro.

Quizás debería permitírselo. Cuando decidieron estar juntos ambos querían lo mismo. Eran las dos caras de la misma moneda. Si él decide cambiar las reglas del juego unilateralmente, ella no tiene por qué sentirse obligada a continuar jugando. Al final es sencillo: mira, campeón, nos lo hemos pasado bien, pero hemos llegado hasta aquí. Que tengas mucha suerte con lo que sea que quieras hacer a partir de ahora.

No lo necesita. Ni a él ni a nadie.

No. No lo necesita.

Pero lo *quiere*.

¿No tendría que estar a su lado cuando más la necesita?

Él volverá por carretera. Es la manera más segura de transportar el botín. Nadie cierra las fronteras por un robo. Ni se arriesga a los monumentales atascos que forman los controles cuando ni siquiera se está seguro de si servirán de algo.

Un viaje de tres o cuatro días atravesando Europa. Tiempo para hablar. Para reencontrarse. Para hacerle ver que no existe otra vida para ellos.

El convoy entra en la estación al tiempo que una voz advierte a los pasajeros de que el trayecto finaliza allí. Stana se levanta lentamente, baja al andén y se mezcla con los pasajeros que van a la T2 para tomar sus vuelos. Sube por las escaleras mecánicas hasta el vestíbulo que la llevará a la zona de facturación.

Las cámaras de seguridad captan las imágenes de una chica morena, que arrastra un *trolley*, adentrándose en la enorme terminal.

Unos segundos más tarde filman a la misma joven que vuelve por donde ha venido, pasa fugazmente frente al objetivo y desaparece escaleras abajo, para coger el metro de vuelta a la ciudad.

Vicky se mira al espejo por última vez. Se ha puesto la blusa de seda estampada en rojo, negro y beis que le regaló la noche que pasaron en el Wella. Es la mejor que tiene y no quiere dejarla atrás. Ni siquiera va a arriesgarse a ponerla en la maleta. Completa su *look* con unas criollas de plata XXL y un cordón de cuero al cuello del que cuelga un sol dorado.

Quiere estar muy guapa. Tanto que cuando la mire no pueda pensar en otra cosa. Se abre un botón del escote para dejar ligeramente a la vista el encaje del sujetador negro.

Perfecta.

El *trolley* está abierto sobre la cama. Aunque no volverá, se ha molestado en dejarla hecha. En algún momento, alguien entrará a registrar aquella casa y no quiere que la tomen por una guarra cualquiera. Busca dentro del armario y escoge cuidadosamente lo que va a llevarse. En realidad, a excepción de la blusa, tiene poca ropa que merezca la pena. Roger siempre decía que le regalaría más, pero nunca encontraba el momento. Da igual, pronto podrá comprarse ella misma toda la que quiera. Se imagina un armario lleno de prendas de marca, que la obliguen a tomarse su tiempo para elegirlas cada mañana. Y también zapatos, muchos zapatos.

La sola idea le levanta el ánimo.

Va escogiendo cada prenda, la dobla amorosamente y la mete

en el *trolley*. Se lleva solo unos zapatos de tacón de aguja. Deja el resto, incluidas las botas altas, y se pone un par cómodo, con el que pueda correr si hace falta. Cuando ya no cabe nada más, cierra la maletita y la deja en el suelo, en posición vertical.

Mira el reloj. Casi es la hora. Echa un último vistazo al apartamento, no para despedirse —ha vivido allí unos mil días y le han sobrado novecientos noventa y nueve—, sino para asegurarse de que no se deja nada importante.

Imposible. Nada de lo que tiene le importa un comino. Saca el móvil del bolso y marca el único número que tiene memorizado en la agenda.

Él contesta al tercer tono.

—¿Amor? Soy yo. Ahora salgo… Muy bien, sí. Un beso. Suerte.

Cuelga, recoge el *trolley* y se larga de una maldita vez.

Dragan cuelga el teléfono y vuelve con los otros dos, que están fumando junto al coche. Los tres visten traje gris, corbata y zapatos muy pulcros. Cuanto más elegante vas, menos se fija en ti la pasma. Y hoy necesitarán pasar cuanto más desapercibidos mejor.

—*Vreme je. Hajde* —dice.

Ellos apuran los pitillos, los apagan y echan las colillas en la bolsa de basura donde ha ido a parar cualquier otra cosa que pueda servir a la policía para identificarlos. Cedo corre a subir la persiana que da a la calle y Dragan se deshace de las pruebas en uno de los contenedores que hay en la calle, mientras Predrag pone en marcha el Toledo y lo saca sin prisa. El gigante baja la persiana y sube detrás, no sin dificultades. Todos esos músculos no siempre resultan fáciles de mover. Dragan cierra la persiana con llave y, mucho más elástico, ocupa el asiento del copiloto. Desde la parte posterior, su compañero le va pasando el Magnum, un par de guantes, una cuña de madera y un pasamontañas de lana negra. Él lo deja todo a sus pies y le hace una señal al conductor.

Vamos allá.

Predrag empleó la mayor parte del día anterior memorizando el recorrido que los separa de la joyería. A pesar de ser un conductor de primera, no utilizó el Toledo para evitar que cualquier tontería pudiera dejarlo marcado. Prefirió alquilar un coche, que después devolvió a la compañía, como hacen centenares de turistas. Ahora podría hacer el trayecto con los ojos vendados.

Mientras se acercan al paseo de Gracia nadie dice nada. Cada uno tiene la cabeza en un lugar diferente. Predrag, en el tráfico; Cedo, en el primer piso de la joyería y Dragan, en qué estará haciendo Vicky. Las calles están repletas de coches que avanzan, ahora lentamente, ahora un poco más rápido. En un momento dado, Dragan le dedica una mirada inquisitiva al conductor. El hombre le devuelve un gesto de confianza. *Nema problema.*

Vale. Ya tiene demasiadas cosas en las que pensar para añadir el tráfico. Si él dice que van bien, es que van bien. Por mucho que parezca imposible moverse entre aquella riada de vehículos.

—*Dva minuta* —anuncia Predrag.

Los otros dos reaccionan al unísono. Dragan se inclina, recoge los guantes y se los pone. Después, se mete el enorme revólver en los pantalones, asegurándose de que quedará bien oculto bajo la americana. Se guarda la cuña en el bolsillo y mantiene el pasamontañas entre las manos.

Predrag hace rodar el automóvil sin ninguna prisa hasta la misma puerta de la joyería Miralles. Cuando se detiene, Cedo se coloca el pasamontañas mientras su compañero baja y va, resuelto, hasta la puerta. Pulsa el timbre y, enseguida se da la vuelta, como si le estuvieran hablando. Así evita que las cámaras puedan enfocarle la cara.

Pone en marcha el cronómetro que lleva en la muñeca.

En el coche, Cedo espera con la mano en la manecilla. Cuando ve a Dragan empujar la puerta de la joyería, salta a la calle y cruza la acera con cuatro zancadas. Entretanto, Dragan se coloca el pasamontañas, bloquea la puerta con la cuña y empuña el Magnum, que parece aún más enorme que cuando lo esgrimía Eastwood en la pantalla.

—¡Al suelo! —grita— ¡Al suelo! ¡Al primero que no obedezca le pego un tiro!

Cedo escucha un par de chillidos de pánico mientras entra en la joyería, le entrega un mazo a su compañero y amenaza al resto con su arma. La Glock parece de juguete dentro de aquella manaza, pero su figura es tan imponente que podría esgrimir una piruleta y continuaría resultando intimidador. Tres empleados y una clienta se echan al suelo y tratan de confundirse con el parqué. El pánico es absoluto. Con el empuje de una locomotora, el gigante corre escaleras arriba, gritando como un energúmeno.

Dragan echa un vistazo al crono.

Deset. Van bien.

Desde detrás del parabrisas, Predrag observa la joyería. Ha hecho aquello media docena de veces, pero en cada nueva ocasión los nervios se la toman como si fuese la primera. El miedo, sin embargo, no lo incomoda. Al revés, el soldado que lleva dentro sabe que lo ayuda a mantenerse vivo. El secreto está en no dejar que te domine.

Suda, pero las manos que mantiene en el volante son firmes como las de un cirujano.

Por increíble que parezca, los transeúntes no se dan cuenta de nada. Pasan frente a la puerta de la joyería, a su bola, sin ser conscientes de lo que está pasando ante sus narices. Hablando por teléfono, charlando o, simplemente, pensando en sus cosas. Es igual en todos los países. Alguien podría caerse muerto a sus pies y lo único que harían sería variar la trayectoria para no darse de bruces.

Mejor para ellos.

Sin dejar de apuntar a los aterrorizados dependientes —¡Bocabajo y que no os vea levantar la vista, cabrones!—, va hasta la parte más alejada de la puerta y descarga el mazo donde le señaló Stana. Cuando tiene que bajar el arma para llenar una bolsa con el contenido de los exhibidores que acaba de destrozar, vuelve a gritar:

—¡Al que me mire lo mato!

El chillido de la única clienta le indica que han entendido el mensaje.

—*Dvadeset* —murmura Predrag mirando el relojito digital integrado en el salpicadero del Toledo.

Cedo irrumpe en el piso superior como una locomotora fuera de control. Es un altillo espacioso, con una mesita central con lo necesario para atender a las clientas como es debido, y unos cuantos expositores a ambos lados con las mejores piezas. La luz es escasa, solo la integrada en las vitrinas, para resaltar los diamantes. La principal solo la encienden cuando hay alguien, y no es el caso. Pero no puede perder el tiempo buscando el interruptor. El serbio suelta un taco, se guarda la pistola en el cinturón y arremete contra el primer expositor. Descarga el mazo y el cristal estalla. Arrambla con todo lo que había debajo y lo va metiendo en la bolsa. Repite la operación con el segundo expositor. El mazo pulveriza el cristal y el *backpack* se traga millones de euros en diamantes tan deprisa como el Panther es capaz de cebarlo. Un robot bien programado, que hace su trabajo de manera sistemática y sin cometer errores. En pocos instantes, el suelo queda sembrado de fragmentos puntiagudos y transparentes.

Trideset, comprueba Dragan.

Los dedos de Predrag tamborilean sobre el volante, inquietos. El tiempo se arrastra para el hombre que se queda esperando en el coche. Siempre es así, cuando luego comentan el atraco: los que han entrado, cuentan una película en la que la acción es más rápida que el ojo. Para el que espera fuera, sin embargo, aquello no se acaba nunca.

Mira por el retrovisor, rezando para no ver llegar ningún coche patrulla con la sirena llameando. La oración es escuchada: el tráfico es fluido y la policía, inexistente. Pero los segundos se hacen eternos. Los paseantes continúan desfilando por delante de la puerta abierta sin percatarse de nada. Hasta que una chica oriental, que ya había pasado de largo, frena y, enseguida, retrocede un par de pasos. Insegura de lo que le ha parecido ver.

—*Sranje* —maldice el conductor, sin saber qué hacer. Si le hubieran dejado una pistola...

Dentro, Dragan destroza la última vitrina y se hace con todo lo que hay expuesto. Se gira y sorprende a uno de los dependientes con la cabeza levantada, mirándolo.

—¿Quieres morir, imbécil? —le ladra encañonándolo con el Magnum—. ¡Que no me mires, te he dicho!

El muchacho, aterrorizado, esconde la cara entre los brazos y suplica por su vida. Más tarde, cuando todo haya pasado, se dará cuenta de que se lo ha hecho encima.

Dragan consulta el crono.

Četrdeset. Ya casi está.

Cedo hace añicos el último expositor. Ha robado suficientes diamantes como para saber que aquellos son de los buenos. Los peristas se los quitarán de las manos. Cedo tiene una chica nueva, allá en Belgrado. Una muñequita de veinte primaveras a quien le encanta cabalgarlo. Le repite que, grande como es, la hace sentirse como la Khalessi, montando uno de sus terribles dragones. Cedo nunca ve la tele. No sabe de qué le habla, pero le gusta que lo haga sentirse poderoso como un dragón. Tanto, que cuando vuelva a casa piensa tatuarse uno desde la garganta hasta la uña del dedo gordo. Con eso espera retenerla, pese a los más de veinte años que los separan.

Con eso, y con todos los regalos lujosos que podrá hacerle con su parte. La Khalessi tiene los gustos caros. Pero no importa. Cuando haya cobrado, podrá cubrirla de oro si es necesario.

Hace desaparecer la última pieza en el interior de la mochila y echa un último vistazo a su alrededor.

Mierda, con tan poca luz se ha dejado un expositor donde hay un solo collar.

La mejor pieza del lote.

En ese momento oye el silbido de Dragan. Tiempo.

Pero es que dejársela sería un crimen.

¡Al carajo el tiempo! Se abalanza sobre la vitrina.

—*Pedeset* —cuenta Predrag, que no le quita el ojo de encima a aquella puta china.

La chica se ha quedado frente a la puerta abierta de la tienda, dudando. Después, ha sacado el móvil del bolso y se ha puesto a grabarlo todo. El serbio descarga el puño sobre el volante. *Sranje! Sranje! Sranje!* Aquello no es bueno. No es la primera vez que uno de sus trabajos queda grabado. Tecleando: *Panthers Dubái* en YouTube puedes acceder a media docena de vídeos de algunos de sus golpes, por todo el mundo. Cualquier otro pensaría que uno más no importa. Pero el conductor no es de esos. El corazón le pide salir del coche, arrancarle el teléfono de las manos a la mirona esa y estrellarlo contra la acera. Pero la cabeza le recuerda que, si lo hace, toda la planificación se va a pique.

¡Venga, joder! ¡Salid de una puta vez!

Šesdeset. Hace seis segundos que ha saltado la alarma del crono. Dragan mira hacia las escaleras, furioso. Está a punto de salir a la calle y dejar a Cedo allí cuando escucha el retumbar de sus zapatones bajando por las escaleras. Sin decir nada, el gigante le pasa por delante y sale a la calle. Van con diez segundos de retraso. La policía se les puede echar encima en cualquier momento. Justo entonces se da cuenta de que la responsable de la tienda, una mujer guapa, de rostro ovalado y ojos oscuros, ha levantado los ojos para observarlo.

—Si das la alarma, te juro que vuelvo y te mato —la amenaza enseñándole la boca del revólver—. ¡Ahí quieta!

Ella vuelve a encogerse. Solo tiene un *flash* de los elegantes zapatos del atracador abandonando la joyería con paso firme. Entonces, hace un esfuerzo para acompasar la respiración y dominar el miedo. Cuenta hasta cinco, expulsa todo el aire de los pulmones y se levanta para ir a pulsar el botón de la alarma.

Sedamdeset. Dragan está a dos pasos del coche cuando el conductor baja la ventanilla y le grita:

233

—¡La puta china esa lo ha grabado todo! ¡Quítale el móvil!
—Y le señala con el dedo un punto a su espalda.

Dragan se da la vuelta. La tiene casi al lado, con el móvil echando humo. Como si aquello fuese una atracción de Disneyworld y ellos unos actores de tercera. Sin ser consciente del peligro que corre.

Hace un ademán de incredulidad y levanta el Magnum, apuntándola mientras se le acerca.

La chica tarda un instante en procesar lo que está grabando. Cuando lo hace, suelta un chillido e, instintivamente, tira el teléfono al suelo, en dirección al hombre que la encañona. Dragan lo hace pedazos con el tacón, como haría con un insecto enorme y plateado. Después da media vuelta y se mete en el coche.

—*Idemo! Ia!* —le dice, con voz firme, pero sin gritar.

Otro conductor con menos sangre fría habría quemado goma y enfilado el paseo de Gracia como si estuviera rodando la nueva entrega de *Fast & Furious*. Predrag, en cambio, se incorpora lentamente al tráfico, como haría un conductor septuagenario. Ignorando los lamentos de la muchacha oriental, que se ha quedado en la acera y señala, ahora a ellos, ahora a la joyería que continúa con la puerta abierta de par en par.

Dragan se quita el pasamontañas y se alborota el pelo, mientras el Toledo rueda perezosamente en dirección a la Diagonal. En el asiento de detrás se oye la respiración pesada de Cedo, que no deja de mirar por la ventana posterior. A cada momento que pasa, los tres Panthers esperan oír las primeras sirenas. Pero los segundos van cayendo y la persecución no empieza. Predrag tiene tiempo de hacer la maniobra prevista para ir al parquin antes de que escuchen, por fin, la llegada de un coche patrulla. Incluso así, pueden entrar en el aparcamiento sin haberse encontrado con un solo policía.

Cuando el Toledo se desliza por la rampa, adentrándose en el subsuelo, Dragan tiene que aceptar que lo han conseguido otra vez.

El concierto de sirenas estalla por fin en la calle, mientras ellos bajan planta tras planta, hasta llegar a la inferior. Hay muy pocos coches. Predrag conduce el Toledo hasta la parte más alejada de la rampa y detiene el motor. Dragan abre una bolsa y allí va a parar todo lo que han utilizado: mazos, armas, pasamontañas. Solo se dejan puestos los guantes, porque todavía les queda un trabajo por hacer. Recogen el bidón del maletero y se apresuran a borrar cualquier huella o rastro de ADN que hayan podido dejar. Después, los trapos y los guantes se van a la bolsa de Dragan, que también se queda las llaves del coche.

Los tres hombres no pierden el tiempo con palabras. Elegantes y sin nada que pueda comprometerlos, el gigante y el conductor se apresuran a ganar la calle, cada uno por su lado. Dragan finge seguirlos, pero no llega a salir. Se queda esperando en las escaleras hasta que deja de oírse el rumor de las sirenas y vuelve al coche.

Esconde la bolsa con el botín en el espacio para la rueda de repuesto y sale a la calle conduciendo lentamente.

Nada de lo que se encuentra durante el trayecto de vuelta al garaje haría pensar que acaba de cometerse el robo más importante de la historia de la ciudad.

23

Virginie Lenglet no puede ocultar la alegría que le provoca descubrir a Harry sentado en una mesa, al otro extremo del local. Se han citado en El Rey de España, un local para turistas situado en el corazón mismo de la Grand Place y que parece surgido del delirio de un diseñador de producción del Hollywood de los cincuenta. Con una escalera de apariencia medieval custodiada por las figuras de dos alabarderos gozosos, un gran caballo de madera en uno de los laterales y cornamentas de ciervo y banderines con diversos blasones colgando de las paredes. Un parque temático, vamos. Por eso están allí. Sabe que Harry lo detestará y la divierte muchísimo tomarle el pelo de ese modo.

Mientras va a su encuentro, esquivando mesas macizas y sillas difíciles de arrastrar, al investigador le parece aún más atractiva de como la recordaba la última vez.

El divorcio le sienta bien, sí señor.

Se levanta para darle dos besos y, sin tiempo para más, llega una camarera para preguntarles qué va a ser. Ella decide que es demasiado pronto para nada que no sea una cerveza sin alcohol. ¡Marchando! La joven desaparece en dirección a la barra y ellos dos se quedan a solas, contemplándose. Al final, ella hace el gesto de abrazarlo.

—¡Harry Cranston! ¡Cuánto tiempo, *mon ami*!

—Virginie Lenglet. Demasiado, tienes razón.

—La tengo... Pero te pasas la vida de un lado para otro y nunca haces ni una escala rápida en Bruselas —lo riñe—. Únicamente cuando necesitas la tecnología de la vieja Interpol. ¡Entonces, solo entonces, recuerdas mágicamente el camino!

—Me declaro culpable de todos los cargos, acepto la pena que el tribunal considere justo imponerme y me acojo a la clemencia de su señoría —reconoce Cranston con arrepentimiento—. Solo alego una cosa como atenuante: si cuando vengo me traes a lugares como este, ¿qué demonios esperas?

—Eso tiene fácil solución: me invitas a cenar a Le Rabassier y todos contentos. Si lo haces, puede que hasta te conmute la pena. ¿Qué contesta *monsieur* el acusado?

—Que vayas reservando mesa... Pero no para hoy. Hay alguien en Barcelona cuya cabeza pende de un hilo y no puede esperar.

La belga le dedica una sonrisa enigmática.

—Ese *alguien*, ¿es una mujer?

—Una policía. Y muy buena, por cierto. Si esta pequeña maniobra mía no da resultando, las cosas se pondrán muy feas para ella.

—¡Eres de lo que no hay, Harry! ¿Me haces pedir favores y casi jugarme el tipo para quedar bien con tu novia catalana? ¿Qué se supone que eres? ¿Uno de esos lobos de mar que tiene un amor en cada puerto?

Ella exagera el ademán mientras le suelta aquel reproche, pero Harry no puede evitar oír la voz de Althea resonando en su cerebro: en toda broma hay un poco de broma.

—¿Desde cuándo le interesa la vida sentimental de la tercera edad, inspectora Lenglet? —se defiende, contestando con una pregunta.

Ella le lanza una mirada que puede querer decir muchas cosas.

—¡Qué tonto eres, Harry! —concluye.

Y se saca un sobre del bolsillo interior de la cazadora de motorista que le sienta tan bien.

—Toma. Los resultados de las pruebas que tanto necesita tu superpoli catalana. Como te imaginarás, les he echado un vistazo. Has dado en el clavo, *mon cher*. El ADN de la sangre ha dado dos coincidencias con muestras extraídas en otros escenarios donde han actuado los Panthers. Ninguna de las dos está correctamente identificada en nuestro banco de datos. Pero, entre tú y yo, te diré que los del laboratorio están convencidos de que la del hombre corresponde a tu amigo, Dragan Jelusic. De la otra solo pueden asegurar que es de una mujer, caucásica, de entre veinticinco y treinta y cinco años.

—Stana Rakic.

—Yo también iría con todo, sí. Pero no tenemos la confirmación total.

—En este caso, me temo que tendré que arriesgarme.

—¿A qué, Harry? —Se inclina hacia él, cambiando la expresión juguetona por otra preocupada—. ¿A qué te arriesgarás, exactamente? ¿Y por qué me has pedido estas pruebas con tanta urgencia? El plasta de Leclerc me ha hecho prometerle que lo acompañaría a una cata de vinos a cambio de colarme por delante de un montón de gente cabreadísima. Y si voy a tener que soportarle toda una noche, más vale que sea por un buen motivo.

Harry sabe que se ha ganado que se lo cuente.

—Tengo una teoría —empieza—. Y estos resultados confirman que voy por buen camino.

—Entonces, *tout va bien*, ¿no?

—No *tout*. ¿Te has visto alguna vez en una situación en que tu única alternativa es hacer algo que nunca aprobarías y no habrías creído que llegarías a hacer jamás?

Lenglet pone una expresión aún más preocupada.

—¿Tan malo es?

—Peor. Pero no veo otra solución. Te prometo que te lo contaré todo cuando se haya acabado. Pero ahora no quiero comprometerte. Lo entiendes, ¿verdad?

Echa un último trago de agua y se levanta.

—¿A dónde vas? —le pregunta ella, nada segura de que dejarlo irse de aquella manera sea una buena idea.

—A tomar un avión.

Elsa hace tiempo en un Caffe di Francesco, cerca de comisaría, mientras espera la hora de la reunión matinal del grupo de homicidios. Los locales de esa cadena —todos con las mismas pizarras de color verde, idénticas sillas de madera y mesitas redondas de mármol, clónicas— nunca le han gustado. Pero, de vez en cuando, se deja caer ahí porque al encargado se le va la olla y en el hilo musical siempre suena una selección de Ska Third Wave. Las notas rápidas de guitarra, sonando a destiempo entre los golpes de batería, y las letras muchas veces combativas le levantan el ánimo y hacen que merezca la pena pagar el peaje que supone el resto.

Además, el café que dan se puede beber. Y ella lo necesita.

Vaya si lo necesita.

Lleva treinta y seis horas sin noticias de Cranston. Treinta y seis horas luchando contra la tentación de pimplarse una botella de ginebra entera, caer redonda y que pase lo que tenga que pasar. Treinta y seis horas sin poder dejar de pensar en lo que le ha hecho Santi y en cómo pudo ser tan idiota de acostarse con él. Treinta y seis horas de reproches y de miedo a que suene el teléfono y sea Santacana, pidiéndole que se vean los tres.

Treinta y seis horas que le han parecido treinta y seis meses.

El lado bueno es que, de momento, no le está costando mantener lo que ha pasado en secreto. En homicidios, todo el mundo va a su bola. Demasiado lío para fijarse en lo que hace el vecino. La reunión de esta mañana es harina de otro costal. Que Santi no aparezca ya resultará extraño. Si a ella tampoco se le viese el pelo, saltarían las alarmas. De manera que, por mucho que le cueste, tiene que ir y hacer el paripé. Lleva preparada una respuesta para la pregunta del millón. No es la mejor historia que se ha inventado, pero debería valer para salir del paso… Siempre que nadie se ponga tiquismiquis.

Mientras se termina el café, sigue las noticias del 3/24, leyendo la cinta que corre por la parte inferior de la imagen y mirando la pantalla sin sonido. Las tensiones entre el gobierno central y el catalán siguen al alza. Y aquello son malas noticias. El cuerpo entero está atrapado entre dos polos opuestos, en el ojo del huracán. Las discusiones entre compañeros son cada vez más frecuentes y las opiniones, cada día más extremas. Ella sabe de qué parte está, pero, independientemente de eso, la perspectiva de que a los *mossos* los usen de cabeza de turco le repatea tanto como a cualquiera. Con Nico habló muchas veces del tema, tratando de encajar perspectivas divergentes. No lo habían conseguido, pero al menos no los había separado.

Ahora, todo aquello le queda lejísimos La única ventaja es que, con el *prusés* acaparando el panorama, la presión mediática para que se resuelvan temas de delincuencia común es inexistente. Lo único que importa es a quién obedecerán llegado el momento. ¡Como si de verdad tuvieran capacidad para elegir! Hay que ser muy ignorante o muy hijoputa —ella sabe bien cuál de las dos casillas marcaría— para venderle a la opinión pública la historia de los *mossos* actuando como ejército catalán en un hipotético conflicto con España. Pero ya lo decía Goebbels, ¿no es verdad? Repite mil veces una mentira y la convertirás en verdad. Y con tantos medios apuntando contra ellos, repetir una mentira mil veces termina siendo cosa de un puñado de informativos y portadas.

Lo llevan claro.

Aparta la mirada de la pantalla, infestada de políticos, apura la taza y deja dos euros en el plato. Antes de irse, pasa un momento al baño. Se ha obligado a ducharse y a vestirse de persona para superar la prueba de la reunión. Ni rastro de mugre en el pelo, ni de rojo en el blanco de los ojos. Cualquiera diría que vuelve a ser la Elsa de antes.

Igual hasta da el pego.

Cuando llega a la sala, el grupo de homicidios ya está casi en pleno. Quien hoy lleva la voz cantante es el sargento Díaz, una de las grandes esperanzas blancas del cuerpo. Elsa maldice por lo bajo. Aún lejos de los cuarenta y con un físico en absoluto privilegiado —un tirillas de poco más de 1,60—, Díaz es listo como un hurón. Y aún más ambicioso. Tanto, que ya le han puesto de mote el Menor, en contraposición al jefe supremo del cuerpo, que ostenta el cargo de Mayor. Un alias que ha hecho fortuna porque, a pesar de ser retaco y tener cara de eterno adolescente, a más de un listo que se ha creído que podría vacilarle le ha metido un puro del quince.

Cuidadín con el Menor.

Elsa se repite que juega a su favor el que su caso no haya levantado alarma social. No como la del tipo que mató a su pareja a hachazos y luego la enterró bajo una higuera del jardín; o la pareja de la urbana que se cargó a la novia de él y le quisieron cargar la muerta a un compañero. Y no será porque el caso de Vicky no lo tenga todo para llamar la atención. En fin, cosas de los medios. Entra en la sala, busca un rincón discreto, al fondo, y se limita a escuchar los progresos de otros compañeros, tratando de pasar cuanto más desapercibida mejor.

Bajo la batuta de Díaz, la reunión no se eterniza como otras veces. El Menor va al grano y despacha los temas uno tras otro. Eficiente. Igual que la alumna que no ha hecho los deberes e intenta ser invisible cuando el profesor pregunta la lección, Elsa ve que la atención del sargento salta de un lado a otro sin atraerla nunca.

Cuando termina, el sargento los despacha sin ceremonia. Nada de «tengan cuidado ahí fuera» ni de «vayan a por ellos antes de que ellos vengan a por nosotros», que estamos en el mundo real. Solo un par de comentarios profesionales, una o dos sugerencias afiladas y arreando, que es gerundio. Elsa está a punto de deslizarse por la puerta cuando oye la voz del sargento llamándola.

—¡Giralt! Quédese un momento, por favor.

Mierda.

Da media vuelta y encara a su superior forzándose a sonreír.

—¿Cómo está? La veo mucho mejor.

Díaz tampoco es tan mal tipo. Quiere resultados y si lo ayudas a obtenerlos hará lo que pueda para facilitarte el trabajo. Además, no gasta el machismo aberrante de tantos compañeros, que todavía no saben cómo no mirar a las mujeres por encima del hombro o tratarlas sin condescendencia.

—Lo estoy —se apresura a responder—. Me encuentro mucho mejor, sí. Gracias.

—Me alegro. Nos tenía preocupados, ¿sabe? —Por un instante Elsa tiene la esperanza de que todo se quedará en eso. Se equivoca—. ¿Cómo llevan el caso de Medinaceli? ¿Han hecho progresos después del hallazgo de los serbios?

Ella tiene todas las respuestas preparadas. Se las sirve con naturalidad, como si no se hubiera pasado horas preparándolas.

—Bueno, la pista serbia es de Romero. Eso queda claro. Por ahí, nada más. Pero estamos detrás del otro hombre, el primer novio. Una de las compañeras de trabajo de la víctima nos aportó nuevos indicios y estamos haciendo algún progreso por ese lado. Ahora mismo buscamos un coche que podría contener pruebas decisivas.

El sargento asiente. Pero no se conforma con tan poco.

—¿Y González? ¿Por qué no ha venido? Me parece que fuimos claros en que sería bueno que todos asistiéramos a las reuniones de grupo...

—Tenía una cura en la mano. La cogió a primera hora porque luego estaremos todo el día fuera de Barcelona, siguiendo precisamente la pista del automóvil.

—¿Se ha lesionado? No lo sabía. ¿Trabajo?

—Fulbito... —Pone los ojos en blanco. Sabe que al Menor no le gusta el deporte. La estrategia le funciona.

—De acuerdo. Que sea la última vez. La coordinación es vital. Y tal y como están las cosas, mucho más. Téngame al corriente. No entiendo que la prensa no se haya fijado en esto, pero no quiero que nos pillen con los pantalones bajados si terminan reparando en ello. Y menos aún con los serbios del demonio metidos de por medio. Si en cuarenta y ocho horas no han conseguido nada, buscaremos otro enfoque.

Eufemismo de: «Le daremos el caso a Romero. A ver si él lo logra».

—Muy bien. Buenos días.

—Buenos días.

Elsa se va directa al servicio. Mientras vomita el café que acaba de tomarse, le tiemblan las piernas.

La autovía que va del aeropuerto a Niš está vacía de coches y flanqueada de tiendas que venden motocicletas, recambios y suplementos dietéticos para culturistas. La ciudad se siente muy lejos de la capital, con sus fachadas de la época del Imperio austrohúngaro y su criminalidad tranquila y ordenada, tan diferente de las bandas siempre belicosas de Belgrado. Las casi doscientas mil almas que viven a orillas del Nišava forman un crisol que cuesta imaginarse en un lugar donde se produjo una limpieza étnica tan brutal. Albaneses, macedonios, gitanos y serbios viven en paz a la sombra de la Ćele Kula, una torre construida con cal viva, arena y los cráneos de novecientos cincuenta y dos rebeldes serbios que, allá por 1809, rodeados por el ejercito otomano, prefirieron inmolarse, llevándose por delante a un buen puñado de atacantes, a dejarse capturar.

Así las gastan en Niš.

El taxi se interna en la ciudad pasando por calles de aceras desiguales donde chicas divinas de la muerte se cimbrean sobre tacones de aguja imposibles, seguidas muy de cerca por la mirada recelosa de sus novios, todos con cara de alienados.

Al otro lado del río se levantan bloques de apartamentos que amenazan con colapsar en cualquier momento. Desde allí, durante la guerra, los francotiradores serbios hacían prácticas de tiro con los Royal Marines destacados en la ciudad para mantener la paz. Aún hoy, esos gigantes de hormigón, de quince pisos de altura, continúan cubiertos de grafitis de equipos de fútbol y eslóganes nacionalistas. Harry los observa, incrédulo, fijándose también en los grupos de muchachos que beben de latas y botellas a su sombra. Uno le llama especialmente la atención: un chaval de no más de veinte años que lleva una camiseta negra con el dibujo de un par de pistolas y la palabra *Wanted* estampada en el pecho con letras plateadas. Tiene el mismo lenguaje corporal, con la agresividad a flor de piel, que Robert De Niro en *Taxi Driver*.

Are you talking to me?

Unos cuantos metros más allá, el investigador cuenta cuatro Audis recién estrenados y recuerda lo que le comentó André Notredamme —seguramente el detective europeo que conoce mejor la idiosincrasia de los Panthers— ya hace unos cuantos años: la marca alemana es la preferida por la mayoría de los jóvenes gánsteres serbios. Hasta que no tienes un Audi, eres un muerto de hambre.

Al parecer, sus gustos no han variado.

A medida que el taxi se va acercando al centro se van encontrando con más grupitos de hombres, entre los veinticinco y los cuarenta y cinco años, que parecen vagar por las calles, sin rumbo concreto. Además de las tiendas de recambios de moto, se diría que los negocios más prósperos de Niš son las salas de máquinas tragaperras. Se ven por todas partes, y todas a reventar. Harry cuenta cuatro seguidas a menos de cien metros del edificio del ayuntamiento: una casa de piedra, bonita pero decadente, al lado del río.

En la época del mariscal Tito, Niš había sido la capital de las industrias electrónicas y de ingeniería de Yugoslavia, que daban trabajo a más de treinta mil obreros cualificados. Hoy, el paro se mantiene por encima del quince por ciento y el buque insignia de la economía local es una fábrica de cigarrillos.

Y el tráfico de drogas, por supuesto. Pero eso, el padre de la patria yugoslava no lo vería con buenos ojos. Cuando menos oficialmente.

Además de revelarle las preferencias en automoción de los criminales serbios, el día que compartieron una cerveza, Notredamme también le dio un cursillo acelerado en psicología balcánica. Cuando vieron que sus padres perdían el trabajo y que todo giraba alrededor de la corrupción, una generación entera de jóvenes abrazó la idea de convertirse en delincuentes —le explicó—. ¿Y por qué no? Ser traficante, o atracador, sonaba la mar de bien. Solo tenías que salir del país e irte a Francia, Alemania o Inglaterra, a hacer lo que hiciera falta. Después, volvías a casa y te comprabas coches, negocios o mujeres. Lo que quisieras. Así de bonito y de sencillo. Todo por cortesía de la brutal autocracia que había establecido Slobodan Milosevic y que, incluso después de su caída, había dejado intactas unas estructuras estatales del todo criminalizadas.

Ríete tú de las repúblicas bananeras.

En resumen: robar a los ricos del Oeste estaba tan integrado en la cultura local que casi era una forma de patriotismo. Incluso cantaban una canción sobre eso —había recalcado el sabueso, limpiándose la espuma del enorme mostacho—. Recordaba una estrofa: *Nosotros no robamos en Montenegro. Robamos por Montenegro.*

Cuando el taxi llega por fin al centro, el día ha empezado a declinar. El alumbrado público —y el privado— continúa parpadeando como en los días de la posguerra. La ciudad es limpia, pero pobre. Las calles están desnudas de vallas publicitarias luminosas y otros elementos típicos del capitalismo. Algunos edificios incluso conservan todavía ostensibles los estragos de los bombardeos aliados. Harry había oído a hablar de todo aquello. Pero una cosa es que te lo cuenten y otra verlo con tus propios ojos.

Aunque podría haberse alojado en un lugar mejor, su contacto lo ha citado en un hotel de la era yugoslava, céntrico, pero con unas habitaciones espartanas que huelen a agrio y a cocina de gas. Le parece que el recepcionista, un hombre con pinta de nostálgico del socialismo independiente, se lo quita de encima cuando le dice que está esperando a alguien y que, cuando llegue, le diga que está en el bar del hotel. Pero, cuarenta y cinco minutos después, le demuestra que no, cuando Milos Simonovic entra en la sala desierta y va a sentarse a su lado.

—¿Es usted Cranston?

—Y usted el sargento Simonovic, supongo —responde el investigador alargándole la mano—. Tenemos amigos comunes. ¿Quiere tomar algo?

El serbio rechaza la invitación cortésmente. Es un hombre moreno y apuesto, a quien afean dos cráteres de fatiga, uno bajo cada ojo. Ha estado haciendo un turno extra como miembro de la seguridad del casino local, le cuenta, y está hecho polvo. Es un pluriempleo honesto, se apresura a aclarar. Nada que ver con los de la mayoría de sus compañeros de cuerpo, que reciben delante de todo el mundo, sin ruborizarse, bolsas llenas de dinero de manos de los narcos locales.

—En esta ciudad —concluye con cara de asco— lo más normal es encontrarte la tarjeta profesional de dos o tres detectives de narcóticos en las carteras de los traficantes a quienes acabas de arrestar. Tengo compañeros que hasta incluyen un listado de precios según el servicio que solicites.

—Y usted ¿por qué ha elegido el camino difícil? Perdone la curiosidad...

El policía no es rápido en responder. Pero al final le suelta:

—Prefiero estar sin blanca y poder mirar a mi hijo a la cara, sin avergonzarme, que no saber qué contestarle cuando sea mayor y pregunte de dónde sale el dinero. Lo que estamos a punto de hacer es mi límite. ¿Necesita recoger algo o podemos irnos? No conviene llegar tarde. Su hombre no está acostumbrado a que lo hagan esperar.

Las palmas de Cranston se apoyan en los brazos de la butaca, ayudándolo a impulsarse. Le pide que espere un instante mientras va al servicio. Su única necesidad es enviarse un *mail* a sí mismo en el que cuenta lo que está a punto de hacer y con quién. Después se lava las manos, se pasa un poco de agua por la cara y el pelo y regresa al salón.

—En marcha. ¡Cuanto antes salgamos, antes volveremos!

El silencio del otro es palmario. Harry prefiere no hacer interpretaciones.

Simonovic le ha puesto una venda alrededor de los ojos para impedirle ver por dónde van. Harry odia aquella parte del trato, pero es consciente de que resulta imprescindible. Por mucho que la mayoría de los Pink Panthers se muevan por las grandes ciudades serbias como Pedro por su casa, Pavel Rakic no es de los que van anunciando su presencia por ahí. Y con más motivo cuando resulta que el visitante es un enemigo de su calibre.

Para que se le pasen los nervios y el aburrimiento, el detective ametralla a su chófer con preguntas sobre los Panthers. El policía, inicialmente taciturno, se va soltando mientras conduce alejándose de la ciudad.

—Su Interpol se cree que los conoce, ¿verdad? He oído hablar del Pink Panther's Project y todas esas milongas. Bueno, que tengan mucha suerte. Yo, que solo vivo aquí, y tengo ojos y oídos, le diré lo que creo de verdad: sé que en Europa se habla de centenares de miembros. En mi modesta opinión, hay solo entre cuarenta y cincuenta Panthers en libertad. Punto. Eso, sin contar los facilitadores que tienen repartidos por todo el mundo, que sumarán algunas docenas más. El resto, imitadores más o menos dotados. Pero no Panthers.

Cranston se sorprende de lo poco que conoce a aquellos hombres con quienes lleva tanto tiempo jugando al ratón y al gato.

—Lo oigo hablar y casi parece orgulloso...

—No se confunda. De orgulloso, nada. Solo soy un enemigo que sabe que nunca podrá ganarles. Al estado serbio le gustan demasiado las inversiones. Y ellos son listos y lavan el dinero en Belgrado. Son dueños de media ciudad. Es una guerra perdida, como la de los americanos contra los cárteles mexicanos de la droga.

—¿Y a su gente le parece bien vivir así? A los ciudadanos honrados, quiero decir...

—¿Qué le hace creer que en Serbia hay ciudadanos honrados?

Harry suelta una risita.

—Los hay en todas partes —termina diciendo casi para sí mismo—. Lo que pasa es que hacen menos ruido.

De repente, Simonovic experimenta un pequeño ramalazo de orgullo.

—No le tenía a usted por un romántico, americano. Si piensa así, ¡debería ver cómo son las cosas en Montenegro! Dudo que la isla de la Tortuga fuera un refugio mejor para los piratas de lo que es Cetinje para los Panthers. Más de la mitad de los que están en alguna prisión de Europa occidental han nacido allí. Desde que el mundo es mundo, aquella ha sido siempre una tierra de bandoleros. ¡Tienen kétchup en lugar de cerebro!

Solo le falta escupir al suelo. Pero el coche, aunque no sea un Audi, sino solo un modesto Renault, está impecable. Y hace demasiado frío afuera como para ir con las ventanillas abiertas. El lapo se queda en la garganta.

Mientras continúan adentrándose en la noche incierta, Cranston va confirmando cosas que ya sabía: muchos de los Panthers son amigos del alma, incluso parientes. También padres de familia que regentan negocios o propiedades legales. Y aprende otras nuevas. Poco antes de llegar, Simonovic le revela algunas palabras de su argot: los diamantes son *vasitos*; a los nuevos reclutas los llaman *lagartos,* un ladrón con las manos muy grandes es un *violinista;* uno muy fuerte, un *asno;* quien distrae la seguridad, un *seductor* y los encargados de la logística reciben el nombre de *jatak,* una palabra muy antigua con la que se denominaba a los serbios que daban cobijo a los rebeldes que luchaban contra el Imperio otomano.

El norteamericano casi se lo está pasando bien, cuando nota que el coche se detiene. No puede evitar una punzada en el vientre. Algún resentido con mal perder podría salir de la nada, meterle una bala en la nuca y dejarlo tirado en la cuneta con total impunidad. Tendría suerte si alguien lo encontrara antes de que las alimañas dieran cuenta de sus restos.

Es lo que tiene meterse en la boca del lobo.

En lugar de una bala, las que llegan son las manos de Simonovic retirándole la venda de los ojos.

—Tengo que preguntárselo: ¿lleva micro?

—No. Regístreme si quiere.

El serbio pone los ojos en blanco.

—Sinceramente, no le creo tan idiota. ¿El móvil?

Cranston se lo entrega.

—Se lo devolverán en la recepción del hotel. Suerte.

Da media vuelta, se mete en el coche y un instante después se lo ha tragado la oscuridad. El detective lo ve alejarse y solo espera que no tenga que hacer el viaje de vuelta a pie. Después se gira para contemplar el edificio de ladrillo y grandes ventanales que se levanta al otro lado de la carretera de montaña donde ha ido a parar. En la fachada, la palabra *restaurant* en letras luminosas y otras más pequeñas, con un nombre en serbio: *Vode uno stijeni.*

«Agua en la roca».

Podría ser peor. Podría llamarse Tumba Abierta.

Mira a ambos lados. No hay comité de recepción. Bien, no tiene mucho sentido haber volado mil millas para después quedarse en la puerta. De forma que cruza la maltrecha cinta de asfalto que lo ha llevado hasta allá y entra.

El local es bonito, pese a estar vacío. Paredes bien pintadas, decoración sutil, manteles limpios. Solo faltarían comensales para poder considerarlo un lugar agradable para cenar. Harry pasea la mirada de un extremo al otro —como un *sheriff* que entra en el *saloon* donde sabe que se esconden los cuatreros— y descubre a la única ocupante: una mujer, detrás de la barra, pintándose las uñas con ademán aburrido.

Va hacia ella con cara de buen chico.

Es una mujer voluptuosa, entre los treinta y cinco y los cuarenta. Melena corta y oscura, con un corte pasado de moda pero que le favorece. Ojos verdes, nariz puntiaguda y labios carnosos, pintados de un rojo escandaloso, a juego con el que ahora se está pintando las uñas. Lleva un vestido negro y ceñido, con un ribete plateado en el escote, y una cadena de oro con una perla colgándole del cuello.

Apetitosa, pero vulgar.

—*Laku noć* —le da las buenas noches, usando el poco serbio que conoce. Enseguida cambia al inglés—: ¿Está abierto?

Ella deja lo que está haciendo y le mira como si acabara de soltarle una gran sandez. Junto al botecito de esmalte hay un cenicero donde se consume un Sobranie con la boquilla manchada de pintalabios. Lo coge y da una calada. Después le hace un ademán significativo con la mano que deja una cenefa de humo flotando en el ambiente.

¿No es evidente?

Él tuerce el cuello —sí, claro— y va a sentarse en una de las mesas que hay junto a la ventana. Fuera, la noche es negra como las intenciones de un asesino en serie. Consulta un momento la carta y la deja ostensiblemente a su lado. La mujer, que no le ha quitado ojo, hace un gesto de resignación y se acerca a tomar el pedido. De cuerpo entero, se le antoja todavía más rotunda. Le viene a la memoria la imagen de la Miss Piggy de los Muppets y tiene que hacer un esfuerzo para no reírse.

Sopa, de primero. Y luego, un bistec a la plancha.

Ella toma nota, suelta algo más de humo en el ambiente y se

marcha sin decir ni mu. Desde que ha bajado del avión, Cranston ya se ha dado cuenta de que aquel país es El Dorado de los fumadores. La gente humea por todas partes. En el aeropuerto ha visto a una azafata apurando un pitillo junto a un cartel de *Do Not Smoke*. Y después echan las colillas al suelo, como si el mármol o el cemento pudieran absorberlas.

Es como si hubiera vuelto a los ochenta.

La sopa resulta estar de muerte. Rebaña el plato cuando siente una presencia a su espalda. Levanta la cabeza y se lo encuentra de pie, mirándolo por encima del hombro. A medio camino de la sesentena. Grande, pero no gordo. Con el pelo y la barba blancos ligeramente desaliñados, la nariz de boxeador y los ojos de un azul sucio, pero inteligente. Lleva una especie de abrigo oscuro, con capucha, que le hace parecer un monje. O un guerrero que ha visto demasiadas cosas.

Una de esas personas que pueden parecer letales o bondadosas solo con un ligero cambio de expresión.

—¿Le gusta? —El inglés es impecable.

—La mejor que he probado en mi vida. Se lo digo de corazón. Y no soy fácil de contentar.

Rakic sonríe, obviamente satisfecho.

—Me alegro. Estamos muy orgullosos de nuestra sopa. Es uno de los platos estrella del local. No deje de recomendarla a todos sus conocidos, ¿quiere? —Hace una pausa para aparcar el tema gastronómico—. ¿Le importa que me siente?

—Por favor.

El serbio rodea la mesa y ocupa una silla al otro lado.

—¿Le molesta si pido una copa de vino? Ya sé que ustedes —por la manera de decirlo, Cranston sabe que se refiere a «ustedes, los alcohólicos»— ni lo prueban. Pero yo es que ya no sé comer sin vino…

—Se lo ruego. Los alcohólicos estamos acostumbrados a que nos rodee gente que bebe. Va con la condición.

Rakic levanta una mano. Miss Piggy, solícita, no tarda nada

en aparecer con una botella y dos vasos. Le da copa a Pavel y cuando se dispone a hacer lo mismo con la suya, el investigador se apresura a taparla con el dorso de la mano.

—Sería una lástima derrochar una cosecha tan buena —se justifica.

Por segunda vez en poco rato, ella le mira como si fuera idiota. Después le dedica una caída de ojos a Rakic y se va balanceando el culo de infarto.

La mirada golosa del Panther la sigue hasta el punto de partida. Echa un trago y comenta con el mismo tono de voz que utilizaría un campesino de Vojvodina:

—Qué pedazo de mujer, ¿eh? Me encanta que haya donde agarrarse, ¿a usted no? Le admito que esa negrita suya no está nada mal, pero dudo que sea como Ljubičica. Especialmente en la cama. Es un terremoto, se lo aseguro.

La expresión del serbio cambia radicalmente. El hotelero feliz de haber conseguido un me gusta de un cliente por la sopa se convierte en un gánster más peligroso que un crótalo.

Cranston no es un hombre de acción. En los catorce años que fue policía jamás tuvo que sacar el arma. Pese a ello, nadie diría que es fácil de achantar. Cuando Pavel le clava su mirada azulada y le demuestra hasta qué punto lo conoce, sin embargo, nota el monstruo del miedo royéndole las entrañas.

No lo exterioriza.

—Si se ha tomado tantas molestias para conocerme, sabrá que mi relación con la señorita Randle es estrictamente profesional. Ahora, coincido con usted en que echarle un polvo a ese zorrón suyo tiene que ser toda una experiencia.

El serbio lo mira de arriba abajo, mientras considera si debería tomarse aquello como una ofensa. Decide que no. Que Ljubičica es un zorrón salta a la vista. No puede pegarle un tiro a un hombre por llamar a las cosas por su nombre.

Ni tampoco por demostrarle que no le tiene miedo.

Aunque, si fuera listo, se lo tendría.

Ahora que ya han decidido que los dos la tienen igual de larga, será mejor ir al grano.

—Dígame, señor Cranston: ¿qué lo ha impulsado a jugarse la piel para venir hasta aquí? Porque seguro que no ignora que hay elementos de mi organización que serían mucho menos hospitalarios que yo. Y, según como vaya esta conversación, me costará no tener que darles la razón…

Cranston vuelve a sentir un mordisco en el estómago.

Tranquilo.

—He venido a proponerle una transacción, Pavel.

El serbio vuelve a reírse. Otra vez el hotelero encantador.

—¿Y qué podría usted tener que me interese? Me intriga mucho saberlo. ¿Su sistema de archivadores del siglo XIX? No colecciono antigüedades.

Harry traga saliva. Es el momento de la verdad.

—Creo que sé lo que les ha pasado a Stana y a Jelusic.

En cuanto oye el nombre de su hija, el hotelero sale por la ventana al mismo tiempo que todo el aire caliente de la sala. Aquello es una nevera cuando el Panther vuelve a preguntar:

—Ah, ¿sí? ¿Y dónde cree que están nuestro gran investigador?

—Muertos. Y sé quién lo ha hecho.

Pavel Rakic nunca se ha esforzado tanto para contenerse como en aquel momento. Da un trago largo de su copa, manteniendo los ojos clavados en los de su interlocutor.

—Seguro que no es tan idiota como para no haber traído pruebas, ¿verdad que no?

Harry se lleva muy lentamente la mano al bolsillo. El serbio sigue el movimiento con la mirada. Un sobre cambia de manos.

—Son las pruebas de ADN que se han realizado con la sangre encontrada en el maletero de un coche, abandonado en el aeropuerto de Barcelona. Como puede ver, uno de los tipos coincide con muestras en poder de la Interpol que se creen de Dragan Jelusic. Del otro tipo solo pueden asegurar que pertenecen a una mujer caucásica, de entre veinticinco y treinta y cinco años.

—Y esa mujer… ¿estás seguro de que es mi hija?

Los ojos son igual de árticos que hace un instante. Pero a Cranston le parece distinguir una leve vacilación muy dentro.

—No puedo afirmarlo al cien por cien, porque la Interpol no tiene muestras suyas. Pero no, no habría sido tan idiota de venir hasta aquí si no estuviera seguro.

Pavel tampoco cree que el norteamericano lo sea.

—¿Y el cabrón que lo ha hecho?

—De ese sí estoy seguro. Al cien por cien.

El serbio vacía la copa. La rellena.

—¿Qué pides para darme el nombre?

Cranston se lo dice.

El Panther lo escucha y vacía otro vaso de vino como si fuera agua. Ahora los ojos le brillan. Pero no es por el alcohol.

—¿Y qué te hace suponer que te necesito para encontrarlo? —mastica las palabras—. ¿Crees que no puedo encontrarlo por mi cuenta y ahorrarme lo que me pides?

—Al contrario. Estoy convencido de que lo encontrarás. Pero tardarás un poco más. Y siempre existe la remota posibilidad de que el tipo sea bueno y todavía te ponga las cosas más difíciles. El hombre al que llevo diez años queriendo meter entre rejas preferiría una solución más… inmediata. Por eso estoy aquí. Pero puede que no lo conozca tan bien como creo…

El serbio se termina la botella. Es una olla a presión, con el vapor tratando de hacerlo saltar todo por los aires. Pero la válvula funciona y él continúa allí, como si estuvieran manteniendo una agradable charla de sobremesa. De hecho, cuando vuelve a hablar, Harry se da cuenta de que ha recuperado el control que estaba a punto de perder.

—Tranquilícese, señor Cranston: lo conoce. —Se acabó lo del tuteo—. Sus condiciones me parecen razonables. Baratas, incluso. Me imagino que en el mismo lugar de dónde ha sacado este sobre hay otro con la información que voy a necesitar. No hay prisa. Termine de cenar y cuando se vaya, déjelo sobre la mesa.

Tiene mi palabra de que cumpliré mi parte del trato. Y, por supuesto, su seguridad, mientras dure esta visita, está garantizada.

Se levanta. Desde esa perspectiva, a Harry le parece más que nunca un templario, listo para desenvainar la espada y decapitar a un batallón de turcos.

—Está invitado, señor Cranston. Cuando se vaya, Ljubičica le pedirá un coche para que lo lleve de regreso a su hotel. Si quiere un consejo, no se quede mucho entre nosotros. Una vez que ha probado la sopa, por desgracia, nuestra pequeña Niš tiene poco que ofrecer a un hombre de mundo como usted. Que tenga un buen viaje de vuelta a Europa.

Mantiene las manos en los bolsillos de esa especie de abrigo que lleva. Harry lo agradece. No se sentiría cómodo teniendo que estrechársela. Está rodeando la mesa para irse cuando se detiene una última vez.

—Otra cosa, señor Cranston: usted y yo nunca seremos amigos. De hecho, estoy seguro de que nos volveremos a enfrentar. Y vete a saber si uno de los dos no terminará siendo responsable de la perdición del otro. En nuestro oficio, es una posibilidad nada descartable. Eso no cambia nada. Pero hoy... le estoy agradecido.

Harry lo mira a los ojos. Al final, hace un gesto de asentimiento. Un signo de entendimiento mudo entre dos viejos rivales que se respetan a su manera pero que no dudarían en destriparse el uno al otro si hiciera falta.

Hasta la vista entonces.

El serbio le dedica una última sonrisa cansada y después abandona la sala. Un segundo después, Ljubičica aparece llevándole el segundo plato. Sin fumar. La hostilidad sepultada que le reservaba hace un rato ha salido por la misma puerta que Pavel. Ahora le pone el plato delante con delicadeza.

—Que aproveche. —Tiene una voz sorprendentemente dulce, pero el aliento le apesta a tabaco—. Si necesita cualquier cosa, no lo dude. Lo que sea.

Miss Piggy también sabe ser simpática, cuando quiere.

—Gracias.

La tensión de la conversación le ha cerrado las tripas, pero Harry se obliga a terminarse el bistec. Lo hace muy despacio, mientras observa discurrir la noche al otro lado de los ventanales. Ha salido la luna y ahora puede intuir mejor el paisaje que lo rodea. Caminos de tierra enroscados alrededor de rocas blancas desgastadas y una vegetación puntiaguda y tenaz, muy parecida a la de los cerros de Judea donde su hija vive desde hace un par de años.

Cuando consigue tragarse el último bocado de carne —tierna, pero a años luz de la sopa—, todavía espera un par de minutos. Después, deja el sobre en la mesa, como han acordado, y se levanta para ir a hablar con la mujer, que precisamente acaba de decorarse la última uña y se la está soplando. Tiene la piel tan blanca que casi reluce bajo la luz de las bombillas.

—¿Ha estado todo a su gusto?

—Muchísimo.

—¿No quiere un postre? Tenemos un *orasnice* buenísimo. A los hombres les encanta. ¿O quizás preferiría una copa de *šljivovica*?

—La próxima vez. Esta noche, estoy lleno. Antes cenaba como un oso, pero la edad me está quitando el apetito.

Ella le dedica la clase de mirada que las mujeres de aquel país reservan a los hombres cuando quieren ser complacientes. Muy eslava. Pues a mí no me parece tan mayor, dicen aquellos ojos oliváceos.

Por un instante, envidia a Pavel. Hace demasiado que no está con una mujer. Pero cuando pierda la antigüedad, no será con una como esta.

—Avisaré a su coche. Tardará cinco minutos.

—Lo esperaré fuera. Así estiro las piernas.

—Como le parezca.

Tú te lo pierdes.

Harry sale y recorre el caminito pedregoso que lleva hasta la carretera. Más allá de la oscuridad, alguna clase de insecto arma tal alboroto que le parece haber sintonizado una emisora de radio de otro planeta.

No pasan ni dos minutos hasta que un Audi A8 llega desde algún lugar, detrás del restaurante, y frena a su lado. El conductor sale enseguida para abrirle la puerta.

—¿Al hotel, señor?

¿Todo el mundo habla un inglés con acento neoyorquino en aquel país de bandoleros?

—Si no le importa.

Le ajusta con delicadeza la venda en los ojos y lo ayuda a subir al asiento trasero. El motor ronronea como un gato satisfecho y el cuero de los asientos huele a nuevo. Harry se arrellana en el asiento posterior.

Definitivamente, podía haber ido peor.

Oye la voz del conductor advirtiéndolo:

—El señor Rakic me ha encargado que le pida que tenga prudencia con lo que diga o haga en su hotel. Estuvo controlado por la UDBA en la época de Tito y el nuevo propietario mantiene todos los teléfonos pinchados y los micrófonos de las habitaciones activos.

Harry suelta una risita. Si tuviera el cuerpo para apostar, se jugaría la banca entera a que ha estado cenando con el nuevo propietario del hotel.

El resto del trayecto, que se le hace considerablemente más corto que la ida, lo hacen los dos en silencio.

24

Dragan se siente aliviado cuando llega ante la puerta del garaje y se encuentra la persiana ligeramente abierta. Buena chica. Cuanto antes se pongan en marcha, menos posibilidades de que puedan seguirles la pista. Las primeras horas son las más críticas. Cuando Pavel se dé cuenta de que no está siguiendo el plan establecido, empezará a ponerse nervioso. Con todo y con eso, al principio no lo buscará porque le costará aceptar que les pueda estar haciendo una putada semejante. Pero la buena fe no durará mucho. En veinticuatro horas media Europa estará en pie de guerra.

Será demasiado tarde. Pero para eso hay que seguir el plan. Que Vicky esté allí es la mejor de las noticias.

Nunca lo ha hecho en los servicios de un avión. Pero con un vuelo tan largo y viajando con ella… Para todo hay una primera vez.

Mete el coche y corre a bajar la persiana. Ella está esperándolo, de pie, junto a la mesa de trabajo. Con la blusa que le regaló y unos pantalones blancos y ceñidos. Es una mujer magnética. Le resulta difícil aceptar que continúe provocándole la misma sensación de urgencia que la primera vez.

Diseñada para hacerle perder el seso.

Aparca el coche y baja. Ella se le acerca con la mirada llena de interrogantes.

¿Y...?

—Como la seda —responde él levantando las mochilas donde están las piedras—. Lo tenemos. Veinte millones. Puede que incluso más.

Como hace siempre, ella se le arrima y le pone la mano en la nuca para atraerlo. Dragan se tensa. Sus besos son dinamita. ¿Qué le da esa mujer? Le arrancaría la ropa allí mismo.

De repente, el tacto sedoso de los dedos de Vicky es sustituido por la fría rotundidad del metal. Ella se separa y a su espalda oye una voz de hombre que lo amenaza.

—Levanta las manos, hijoputa. Como intentes algo, te pego un tiro. ¿Entendido? Vicky, aléjate de él. Es peligroso.

Ella obedece y se retira. El serbio se vuelve muy despacio para enfrentarse al hombre que lo está encañonando. Unos treinta. Cuerpo de atleta, camiseta ceñida, vaqueros, zapatillas deportivas y el pelo cortado al dos. Podría ser uno de sus miembros más jóvenes.

La busca a ella con la mirada.

¿Qué coño está pasando aquí?

Ella se encoge levemente de hombros. ¿Qué quieres? Las cosas son así.

El hombre vuelve a reclamar su atención.

—Venga, cabrón, suelta las bolsas y de rodillas, que no tenemos todo el día.

El serbio obedece. Lo hace tan desafiante y lentamente como puede. Pero suelta las bolsas y se arrodilla.

—Tíraselas —ordena señalando a la chica y los *backpacks* con el cañón del arma.

Lo hace.

—¿Por qué? —le pregunta mientras ella los recoge.

—Cállate la boca o te la reviento —amenaza el de la pistola.

Pero Vicky cree que se merece una respuesta.

—No puedo pasarme cuatro años metida en el culo del mundo, cielo. Ni siquiera contigo. Te lo dije: Laureano puede colocar todo esto, y a mejor precio. Incluso nos ayudará a desaparecer. Tendrías que haber dicho que sí.

Dragan sacude la cabeza. Idiotas.

—Te estás equivocando. Vas a acabar con una bala en la nuca…

—No. *Tú*, vas a acabar con una bala en la nuca, listo. ¡Y ahora mismo si no te callas la puta boca!

El tipo se muere de ganas de pegarle un tiro. La cosa está jodida. Calla y observa a Vicky que abre las bolsas con el botín, envuelve los diamantes en plástico, como le enseñó, y los va metiendo en el compartimento que le añadió al *trolley*. Lo hace muy bien. Es una buena alumna.

Demasiado buena, vistas las circunstancias.

Sin dejar de apuntarlo, el de la pistola se acerca a Vicky y le habla en voz lo suficientemente baja como para que no los pueda oír.

—No podemos dejarlo vivo, ya lo sabes. Lo mejor es que me encargue de él ahora mismo. Es un tipo muy peligroso. Cada momento que esperamos es una oportunidad que le damos para jodernos. Por no hablar de que, si lo dejamos vivo, te aseguro que nos perseguirá. Y sabe por dónde empezar a buscarnos. Tú misma se lo has dicho…

Ella vacila. No querría matarlo. Ni hacerle ningún daño. Esa es la parte del plan que siempre le ha desagradado. Solo desea no tener que pasarse los mejores años de su vida escondida en un pedrusco, en mitad de ninguna parte. Le ha dado muchas vueltas y está segura de que la opción de Laureano es mil veces mejor. Pero él no ha querido escucharla.

¡Joder, Dragan! ¡Podríamos haberlo pasado tan bien!

Ojalá hubiera podido ser con él. No encontrará otro que le encienda aquel fuego. Ha estado con demasiados como para no

260

darse cuenta. Y, una vez que lo ha tenido, echará de menos estar con alguien que sepa hacer todo aquello con ella.

Pero, lo ha pensado mucho y puede vivir sin tanta pasión.

Por el contrario, sin tanto dinero…

Si los compara, el pobre Santi se queda muy lejos de Dragan. Es como poner al lado un bolso de Gucci y la imitación de la manta. Puede que, si te limitas solo a contemplarlos, te baste con el de pega. Pero si piensas usarlo, ¡ay!

A cambio, el *mosso* es como todos los demás: un juguete en sus manos. Cuando le dejó acercarse aquella noche en la discoteca, jamás habría imaginado que estaría mucho tiempo con él. Estaba bien para echar unos cuantos polvos, mientras no le salía algo mejor. Incluso por encima de la media, se lo reconoce. Pero al final, se le queda pequeño.

La cruda realidad es que lo necesita. No puede deshacerse de Dragan ella sola. Y cuando haya que tratar con Laureano, tener alguien a su lado que pueda tirar de pistola tampoco le vendrá nada mal. Sí. Santi es justo lo que le conviene ahora mismo. Más adelante, cuando tenga una posición consolidada, ya encontrará la manera de quitárselo de encima.

Todo a su tiempo.

—¡Vicky…! No podemos perder más tiempo.

La voz imperativa la devuelve a la realidad.

Mierda, tiene razón.

No pueden dejarlo vivo y esperar que no se vengue.

Por mucho que lo lamente.

¿Tan difícil era entrar en razón? Lo que está pasando es culpa tuya, nene. No mía.

No me has dejado más remedio…

Al contrario que los otros dos —que ignoran lo que hará Dragan por seguridad—, Stana está al tanto de sus planes para volver a Serbia. De forma que ha ido directa del aeropuerto al garaje donde espera encontrarlo, antes de que salga de Barcelona con las joyas. Le ha dicho que no usaría el Toledo, pero que lo dejaría allí porque está seguro de que la poli tardará mucho en encontrarlo —han alquilado el local por tres meses. Tiene tiempo de darle una sorpresa y convencerlo para que regresen juntos—.

Necesitan hablar de muchas cosas y ese viaje es la manera ideal de cerrar todas las heridas. Está contenta de haber vuelto.

Se encuentra la persiana a dos tercios del suelo y pasa por debajo sin hacer ruido. Quiere darle una sorpresa.

Enseguida oye las voces. *Sta je bre ovo?*

Deja el *trolley* y se desliza dentro de la oficina que hay junto a la entrada, donde, en tiempos, un mecánico atribulado rellenaba las facturas y se daba cuenta de que el negocio se hundía poco a poco. Agazapada, va asomando la cabeza hasta distinguir a una morena que coloca el botín en el escondrijo, mientras otro tipo, con pinta de ser un mal enemigo, apunta a Dragan con una automática.

¿Polis? Él, quizás. Ella, ni en sueños.

Entonces, ¿qué? ¿Los están robando otros hijos de puta? ¿Y cómo diablos han sabido que estarían allí?

Deja para luego las respuestas a esas preguntas. Ahora, lo urgente es sacar a Dragan del atolladero.

Y deprisa.

Stana mira a su alrededor, con la esperanza de que haya dejado la bolsa con las armas en la oficina antes de deshacerse de ella. Nada. Solo una mesa y tres sillas apolilladas, un archivador con los cajones vacíos y entreabiertos y un calendario de vaya usted a saber cuándo, con la inevitable *stripper* que iba en cueros, pero a quien el tiempo ha vestido de polvo y telarañas.

Habría sido demasiado bonito.

La tipa no le preocupa. Puede dejarla fuera de combate con media hostia. El problema es él. Sin la pistola ya sería un enemigo temible. Pero si intenta enfrentársele con las manos desnudas, la coserá a tiros.

Necesita algo. Aunque sea un pincho.

Gatea hasta la mesa e intenta abrir el cajón superior sin hacer ruido. Dentro, cuatro clips oxidados, un puñado de papeles amarillentos, una moneda de cinco céntimos… y un cúter.

Stana acciona el mecanismo y hace salir la hoja entera. Siete u ocho centímetros de metal afiladísimo pese al tiempo que lleva sin usarse.

Contempla aquella arma precaria con preocupación. Muy poca cosa para vérselas con una pistola que carga un mínimo de once balas.

Pero, si pudiera ponérsela a ella al cuello, a lo mejor consigue que él suelte la pistola.

Vuelve a gatear hasta la ventana. Ahora los dos asaltantes están juntos, a unos metros de Dragan. Incluso desde donde está, Stana nota la tensión que irradia él.

Si no hace algo, y pronto, está listo.

Sopesa el cúter. Parece tan poca cosa.

No te lo parecerá tanto cuando te lo meta por el culo, hijoputa.

Retrocede agachada hasta la puerta y sale esperando no ser vista. Los tiene a cuatro o cinco metros. Si la oyen estará demasiado lejos para tener alguna oportunidad. Avanza centímetro a centímetro, mientras los ve cuchichear entre ellos. Cuando está a unos tres metros, Dragan la ve.

Cruzan miradas.

¿Qué haces aquí, loca? ¡Lárgate antes de que te maten!

Ella no le hace caso y continúa acercándose por la espalda. Ya casi está cuando el hombre —esto lo termino yo de una jodida vez— se separa de la morena y se acerca a Dragan, apuntándolo a la cabeza.

Stana se da cuenta de que va a matarlo. Se le acabó el tiempo. Felina, se levanta de un salto, agarra a la mujer por un brazo y tira de ella, mientras le pone la hoja del cúter en la garganta.

—¡Quieto ahí, hijoputa! O le rebano el cuello a tu zorra…

Pillado por sorpresa, el tipo se revuelve instintivamente y la apunta. Es todo lo que necesita Dragan, que se ha estado preparando. Se impulsa hacia delante con los talones y embiste como un ariete, buscándole el brazo del arma con ambas manos. La Walther escupe un tiro que hace saltar en pedazos uno de los cristales de la oficina. Antes de que pueda volver a disparar, el serbio le aplica una llave que le hace saltar la pistola de los dedos.

Stana ha juzgado mal a su oponente. La ropa y los complementos le han hecho pensar que era una pija asustadiza cuando lo que tiene delante es una chica de barrio, acostumbrada a sacudirse a los idiotas de encima y a romperles la crisma a las putas que se ponen en su camino. Así que, cuando se oye el tiro, Vicky tampoco pierde el tiempo. Aprovecha que la mujer que le ha puesto el cuchillo al cuello se agacha instintivamente para esquivar la bala, se revuelve y le hunde el codo en las costillas, vaciándole los pulmones de aire.

Se separa enseguida, poniendo el carrito de las herramientas entre las dos. Con un vistazo tiene bastante para adivinar quién es: la rubia loca y leal de los cojones. ¿No tenía que estar en un avión? ¿Qué coño hace aquí?

Gira la cabeza un instante para comprobar cómo le va a Santi. Lo hace a tiempo de ver volar la pistola por los aires y, un segundo más tarde, el puño de Dragan impactándole en la cara y haciéndolo tambalearse.

Se asusta. *Mucho.*

No va a poder con Dragan.

Tiene que salir de aquí, ya mismo.

Coge el *trolley* que sigue sobre el carrito. Por suerte ha tenido tiempo de cerrarlo. Pero la rubia loca se ha recuperado del susto y la amenaza con lo que lleva en la mano, que resulta que no es ni siquiera un cuchillo. La hoja parece ridículamente pequeña, pero la ha tenido en el cuello y sabe que puede rasgárselo de parte a parte.

Levanta el *trolley* para protegerse, intentando mantener el carrito entre las dos.

Es la primera vez que Santi recibe un puñetazo semejante. Se ha peleado unas cuantas veces, pero siempre contra adversarios medio borrachos, con quienes ha hecho valer fácilmente el entrenamiento recibido.

El serbio es otra cosa.

Para empezar, es bastante más alto y tiene los brazos más largos. Y, lo que es aún peor: no ha bebido y sabe pelear.

Sin la pistola, ni la ventaja que supone poder tirar de placa en un momento dado, lleva las de perder.

Se separa, levantando la guardia. Si se deja volver a tocar la cara, puede acabar *KO*.

Y, si eso ocurre, ya no volverá a levantarse.

Se mete la mano en el bolsillo y saca el *kubotan*, un arma secundaria muy popular entre los agentes que no van uniformados. El suyo es un cilindro de plástico duro y negro, de unos quince centímetros de largo y más estrecho que un rotulador, marcado con seis agarraderas circulares para poder asirlo mejor. En un extremo tiene una anilla para colgar las llaves.

Cualquier no iniciado solo ve en él un llavero quizás demasiado grande para llevarlo en el bolsillo. Pero para alguien mínimamente entrenado es un arma de artes marciales, muy efectiva para anular a un adversario a base de golpes dolorosos en puntos precisos. Y, encima, no deja marcas.

Los primeros en usarlo fueron los agentes de la policía de Los Ángeles, siempre tan laxos a la hora de respetar los derechos civiles de los afroamericanos que sufrían mayoritariamente sus métodos expeditivos. Pero enseguida habían creado escuela y el *kubotan* fue adoptado de forma no reglamentaria por muchos cuerpos de todo el mundo, porque era muy efectivo y fácil de usar.

Los Mossos también lo usaban y, como en otros países, aquello les había ocasionado más de una acusación de brutalidad policial. Años atrás, un *conseller* demasiado progre incluso había intentado prohibirlo, pero, en la práctica, era poner puertas al campo. Cualquier cilindro duro es un *kubotan* en potencia y, por lo tanto, inmune a una regulación restrictiva. Al final, muchos agentes se habían limitado a camuflarlo de una u otra manera y listos.

Recordando las lecciones aprendidas, Santi lo empuña como si fuera un picahielos, pero apoyando el pulgar en la parte superior para reforzar la adherencia. La manera que a él le parece más efectiva.

De repente, la pelea vuelve a igualarse.

Durante la guerra, Dragan recibió entrenamiento básico de lucha cuerpo a cuerpo. Pero nunca llegó a ponerla en práctica. Y, además, estaba acostumbrado a contar con un puñal de combate. Mientras también se pone en guardia, busca la pistola con la mirada. Si puede cogerla antes que su rival, aquello terminará enseguida. Y no tiene ninguna intención de jugar limpio. Solo quiere reventar a ese cabrón cuanto antes y después ajustar cuentas con Vicky. Esta vez, sin prisa.

Se lo había dado todo. *Todo*. Y la muy puta lo ha traicionado.

Va a hacer que lo pague.

Intercambian golpes de tanteo que no dañan a ninguno de los dos. Santi es prudente. Espera. Con un solo golpe con la punta del *kubotan* tendrá bastante. Dragan, en cambio, se deja llevar por la rabia. La traición de Vicky le hace perder su frialdad habitual y lo lleva a arriesgarse.

Dos veces intenta penetrar la defensa del *mosso*, aprovechando su superior envergadura. Santi se defiende bien. Lo esquiva. Lo hace bailar. Siempre pendiente del lugar a donde ha ido a parar la pistola.

A la tercera, arriesga demasiado. Santi se da cuenta. Para el golpe con la izquierda y con la derecha, armada, le busca el muslo. El extremo del *kubotan* impacta contra el recto anterior y le provoca una punzada de dolor intensísimo. El serbio suelta un grito y la pierna ya no puede soportar su peso.

Pone una rodilla en tierra. Todavía trata de mantener la guardia, pero es inútil. El *mosso* sabe que ya lo tiene. La punta del *kubotan* le pincha el hueso del codo, inutilizándole el brazo derecho.

La tercera vez encuentra la base del cráneo. Dragan deja escapar un gruñido y se desploma cuan largo es.

Stana se sorprende al comprobar lo fácilmente que la pija esa se la ha quitado de encima. Está claro que la ha juzgado mal. Sabe pelear.

Pero ella es una Pink Panther.

Y tiene el cúter.

Cuando se asegura de que el hombre no podrá volver a usar la pistola contra ella, se concentra en lo que tiene que hacer. Cuanto antes se la cargue, antes podrá ayudar a Dragan a deshacerse del otro cabrón.

Intenta acercársele, mientras la morena retrocede, protegiéndose el cuerpo con el *trolley*. La ve mirar de reojo hacia la puerta. Si pudiera, saldría por piernas. Aquello le facilitaría mucho las cosas.

Se lo ofrece.

—Es tu día de suerte —le suelta, con una sonrisa feroz—. Deja eso ahí y lárgate. Ya te mataré la próxima vez.

Parapetada tras la precaria protección de la maleta, Vicky vacila. No quiere que la maten, pero le parece aún peor continuar viviendo como hasta ahora.

Tiene en la mano el pasaporte a la vida que siempre ha soñado.

Una mierda se lo va a dar.

Niega con la cabeza.

—A tu novio no le está yendo demasiado bien —contesta—. Si me dejas irme todavía podrás salvarle la piel. Si no, los dos acabareis muertos.

Harta de la situación, Stana hace lo más inesperado: se abalanza contra su adversaria, encaja el golpe de *trolley* con el que la recibe y consigue apuñalarla con el cúter en un costado. Lo hace muy deprisa, como le enseñaron. Una, dos, tres veces. Cuatro. La hoja entra y sale de la carne sin ninguna dificultad, como se abren y cierran los párpados. Vicky chilla, más por la sorpresa que por otra cosa. Solo siente los golpes contra los riñones. El metal, ni lo nota.

Al final, consigue quitarse a la serbia de encima con otro golpe de maleta.

A Stana sí que le duele el trancazo. Nota el regusto salado de la propia sangre en la boca. Y también la calidez viscosa de la ajena entre los dedos. Le dedica otra mueca cruel. Estás lista, puta. Pero antes de que pueda atacarla otra vez les llega el gemido de dolor de Dragan, cuando el *kubotan* se le hunde en el muslo. La rubia se gira y tiene bastante con un vistazo para darse cuenta de que está en dificultades.

Solo lo piensa un momento. A la mierda los *vasitos*. Ya los recuperarán. Ahora lo que importa es él.

Da media vuelta y, profiriendo un grito salvaje, ataca al hombre.

Vicky solo necesita un momento para hacerse cargo de la situación. La pistola está lejos, pero ahora que Santi lo ha dejado fuera de combate a él, podría ir a por ella y ayudarlo.

En lugar de eso, agarra con fuerza el *trolley* y corre hacia la salida.

Cuando se desliza por debajo de la persiana, todavía oye los gruñidos de los otros dos, enfrentándose en una lucha encarnizada.

Ojalá se maten el uno a la otra, piensa. Aquello le ahorraría muchísimos problemas.

Se aleja del garaje tan deprisa como puede.

Tanto, que ni se da cuenta de las gotitas de sangre que va dejando en la acera.

Santi está a punto de asestarle el golpe de gracia al serbio —directo a la garganta, para romperle la nuez— cuando un grito lo obliga a girarse. Tiene el tiempo justo de apartarse y evitar que Stana le haga el mismo destrozo que acaba de hacerle a Vicky. Aun así, ella todavía es capaz de abrirle un par de cortes profundos en el antebrazo. Si no se hubiera visto obligada a delatarse, habría podido atacarlo por la espalda. Quizás incluso degollarlo. Pero no habría llegado a tiempo de evitar que matara a Dragan.

Ahora tiene que enfrentarse a él, frente a frente.

Es más alto, mucho más pesado y tiene un arma equivalente a la suya. Pero Stana no se arredra. Al revés, trata de interponerse entre él y Dragan, para darle tiempo a recuperarse.

—*Dragan, uzmi pištolj, čuješ le me?*

Desde el suelo, él la oye pedirle que coja la pistola. Quiere hacerlo, pero el golpe en el cráneo lo ha dejado conmocionado. El mundo gira a su alrededor como si le hubieran quitado el cerebro y lo hubiesen metido en una batidora. Intenta centrarse. Ponerse en pie. Ayudarla. Pero apenas es capaz de arrastrarse sin saber a dónde va.

Stana se da cuenta de que tendrá que hacerlo sola.

Ningún problema.

—*Iščupat ću ti oči, kopile* —musita, mientras le enseña la hoja del cúter, manchada de sangre.

Santi ni la oye, demasiado ocupado sopesando la situación. Está bastante seguro de que lo ha dejado a él lo bastante jodido como para ser un peligro. Pero si se equivoca y llega a coger la pistola, las cosas se le pondrán muy feas.

Tampoco ve a Vicky por ninguna parte.

Tiene que acabar con esta mierda ahora mismo.

Sin pensarlo más, va a por ella.

Stana intenta pararlo, pero el cúter no es un cuchillo. Vuelve a cortarlo, pero él le acierta la mano con el *kubotan* y tiene que dejarlo caer. Con la izquierda aún intenta golpearlo en el cuello, pero Santi se sabe ganador. Para el ataque y le devuelve un puntapié a la altura de la rodilla. Stana gime de dolor. Le queda ánimo para intentar una última acometida. El *mosso* la evita fácilmente y contraataca con un golpe en el plexo solar. La rubia se dobla sobre sí misma. Él lo aprovecha para agarrarla por detrás y obligarla a incorporarse. Sin darle tiempo para nada más, le pone una mano en la nuca y la otra en la barbilla y le hace girar el cuello con violencia, a derecha e izquierda.

Se oye un crujido como el de un tronco seco al partirse.

Los ojos de Stana, un momento antes llenos de furia y determinación, se vacían de vida en un suspiro. Las piernas le fallan y cae al suelo como un títere al que le han cortado los hilos.

Dragan no llega a darse cuenta de nada. Todavía se arrastra, buscando inútilmente la pistola, cuando un puntapié en el flanco lo obliga a doblarse. Mientras intenta recuperar el aliento, Santi recoge el arma del rincón donde ha ido a parar y se la pone en la cabeza.

Una detonación y todo termina.

Después, se dobla y pone las manos en las rodillas, intentando recuperar el aliento. Está agotado. Dolorido. La sangre le mana por los cortes del antebrazo y tiene media cara entumecida por el primer puñetazo.

Está vivo de milagro. Sin el *kubotan* no lo cuenta.

Apenas se siente con fuerzas, sale a buscar a Vicky. No quiere pensar que lo ha dejado tirado, para que los serbios acabasen con él. Se habrá asustado y ha salido pies para qué os quiero. No puede estar lejos. La encontrará y se marcharán juntos, tal y como lo han estado planeando.

Anda por un par de calles, siguiendo el rastro de sangre como Teseo el hilo de Ariadna. Hasta que se rinde a la evidencia: ella no se ha quedado a esperarle. La muy hija de puta se ha largado. Y no se ha olvidado de llevarse las piedras.

Siente que la rabia lo inunda.

Cuando la encuentre, la raja. ¡Por estas! ¿Qué se ha creído? ¿Que puede jugar con él como con un jodido muñeco? ¡Va a enseñarle la clase de muñeco diabólico que puede llegar a ser!

Pero a la segunda persona con quien se cruza y tuerce la cabeza se da cuenta de que no puede perseguirla tal y como va. Ensangrentado y con toda la pinta de haber salido vivo de milagro de una pelea.

Cagándose en todo, vuelve al garaje y baja la persiana.

La encontrará, aunque sea lo último que haga. ¡Palabra!

Pero antes tiene mucho de que ocuparse. Tiene que deshacerse de los cuerpos. Abandonarlos allí para que se pudran no es una opción. No, con todo el ADN que ha dejado por todas partes. Por mucho que nada lo relacione *a priori* con ellos, es policía y sabe de cuántas maneras un buen investigador puede encontrar la conexión. Lo mejor para evitar que la científica meta las narices es que no haya fiambre.

No hay muerto, no hay crimen. Así de sencillo. Y de estos dos nadie denunciará su desaparición. Si los mete en un agujero bien profundo, la cosa se acabará allí.

Rebusca en los bolsillos de él hasta encontrar las llaves del Toledo. Abre el maletero y los mete dentro. Primero él y después la chica. ¡Qué buena estaba, la cabrona! Jamás se habría imaginado que le daría matarile a una mujer como esa. Y ahora lo más seguro es que acabe matando a dos. Porque cuando encuentre a Vicky, o tiene una explicación realmente buena para lo que ha hecho... o terminará en el mismo sitio que esta.

Antes de cerrar el portaequipajes decide que no utilizará el Toledo para mover los cuerpos. Por improbable que sea, no quiere arriesgarse a que estén buscándolo. Mejor va a por el Mustang. Más seguro. Ya se encargará de limpiarlo a conciencia luego. Total, nadie va a procesarlo...

Lo último que hace, antes de apagar las luces, es derramar el líquido que quedaba en el bidón sobre la mancha de sangre que ha dejado Dragan en el suelo. Cuando vuelva a llevarse los cuerpos, se ocupará de ella. Pero, de momento, aquello evitará que se adhiera demasiado. Por suerte, todo el local está hecho una mierda y si no salta a la vista que aquello es sangre, nadie se fijará si alguna vez llegan a reabrir aquel lugar.

Gracias a Dios, su casa no está lejos. Se cambiará de ropa, se vendará las heridas como pueda y empezará a buscarla.

Después de todo, está herida. Con un poco de suerte la encontrará en el primer hospital al que llame.

Enseguida estoy contigo, Vicky…

25

Santi se daría de hostias por cómo han salido las cosas.

Del plan inicial —esconderse en algún hotel de cinco estrellas de Acapulco o Cabo San Lucas, follando con Vicky como leones mientras su primo gestionaba la venta del botín— a la mierda donde ha ido a parar —una madriguera infecta en un rincón del barrio de Eilandje, de Amberes, solo y agobiado— hay una distancia tan enorme como la que separa Anchorage de Ushuaia.

Tenía asumido que los planes nunca salen como está previsto. Pero sigue sin entender cómo ha podido salir todo tan jodidamente mal.

¿Cómo ha podido pasar?

¿Cómo, imbécil? ¡Yo te diré cómo! ¡La muy hija de puta te ha jodido bien! Y lo peor de todo es que, aunque sabes que te ha utilizado, traicionado y dejado tirado como un perro…, la echas de menos como el amputado a quien sigue doliéndole el miembro que le acaban de cortar.

Cabrona. Supo desde la primera noche que le traería problemas. No se encuentran mujeres como esa —tan seguras de sí mismas, tan poderosas, que estén tan increíblemente buenas— en los lugares que él frecuenta —*Frecuentaba*, porque ya no podrá volver nunca más—.

Sí. Lo supe desde el primer momento y, aun así, se tiró de cabeza. ¿Quién habría podido resistírsele? La muy zorra brillaba como una pepita de oro en mitad de un campo de guijarros. Cuando le levantó la copa desde lejos y ella reaccionó con una media sonrisa, corrió a acercarse con el mismo entusiasmo con el que el insecto vuela hacia la luz ultravioleta que lo abrasará.

Esa noche, con todo, ella había sido absolutamente sincera. Mira, nene: no está hecha la miel para la boca del asno. Lo que pasa es que, a veces, hay excepciones. Y él era uno de aquellos asnos afortunados para quien los planetas se alinean y el destino les ofrece un bocadito de aquello que habitualmente les habría estado vedado.

Ahora bien, guapo: no te acostumbres. Porque esto no durará mucho. Follaremos unas cuantas veces y cuando me canse, ¡que te vaya bonito! Si te hace, nos ponemos ahora mismo. Y si no, ningún problema. Yo lo que no quiero son malos rollos con la peña.

Él no estaba acostumbrado a que las tías lo trataran así. Al contrario. Un tipo con su percha, un coche como el que conducía y la paga de *mosso* destinada íntegramente a pasárselo bien, hacía estragos allá por donde pasaba. Encontrar la horma de su zapato era terreno inexplorado. Y, además, la piba estaba es-pec-ta-cu-lar. Aunque la cosa acabase en un polvo de una noche, sería una noche memorable.

Por supuesto que me hace. Mejor procura no colgarte tú conmigo, nena, que luego a las tías no te las quitas ni con agua caliente.

Ella había soltado una risita. Animalito.

En los meses posteriores, había llegado a creer que ella se había colgado tanto con él como al revés. Vale, quizás *tanto* no. Pero sí un poco. El pasaporte que se le había anunciado inminente no terminaba de expedirse. A ella le gustaba que la fuera a buscar a la salida del trabajo y se la llevara con el Mustang, delante de las miradas de envidia de las otras. Y el sexo... ¡Joder! El sexo era l-a-h-o-s-t-i-a.

Había llegado a hacerse ilusiones. Sí.

Sabía que a Vicky le gustaban las cosas caras. Los lugares exclusivos. La ropa, no de marca, sino lo siguiente. Y él estaba dispuesto a hacer lo necesario para darle tanto como pudiera. Si sabía montárselo y llamaba a las puertas adecuadas, un *mosso* podía sacarse un sobresueldo apañadito sin tener que cometer demasiadas irregularidades. Hacer la vista gorda, la protección y un chivatazo de vez en cuando se cotizaban al alza en la Barcelona de dibujos animados que querían venderte todas las Administraciones, fueran del color que fueran. Y si él había tenido alguna vez vocación de marcar la diferencia o de cambiar las cosas en la calle, se la habían quitado antes, a hostias, unos cuantos.

Para hacerla feliz, se habría vendido gustoso. A él y a su madre, si hacía falta.

O sea que sí. Que se había pillado hasta las trancas. Y cuando, inesperadamente, ella había dejado de cogerle el teléfono durante unos cuantos días, la posibilidad de perderla lo había puesto como una moto. Estaba a punto de hacer un disparate la noche en que —por fin— había vuelto a dar señales de vida y le había pedido, muy seria, que hablasen.

—Si es para darme el pasaporte, no hace falta. Considérame despachado —le había dicho, tratando de mantener cuando menos la dignidad.

—El pasaporte te hará falta. Pero no de ese modo. ¿Quieres que hablemos sí o no?

Había querido. Por supuesto que había querido.

Y ella le había vendido la moto muy bien vendida. Un botín de veinte kilos, nada menos. Un primo que los ayudaría a colocarlo por una comisión razonable. Y un atracador a quien cogerían por sorpresa y que no supondría ningún problema.

Como quitarle un caramelo a un niño, vamos.

Todo muy bonito. Pero él no se chupaba el dedo. La discusión había sido agria:

Te lo has follado, ¿verdad? ¿A quién? ¡Al pato Donald, si te parece! ¡Al atracador este a quien ahora quieres desplumar, cojones! Pues sí. ¿Cómo crees que podría saber todo esto, si no? ¡Ah! ¡De puta madre! ¿Y qué? ¿Te lo ha hecho bien, el hijoputa? De cine, Santi. ¡Me lo ha hecho de cine! ¿Y entonces por qué no te vas con él, eh, Vicky? ¡Dímelo! Mira, guapo: eso es cosa mía. Podría irme con él, pero te lo estoy ofreciendo a ti. La cosa es: ¿actuarás como un hombre y no volveremos a tocar el puto tema, o serás un adolescente idiota, que solo quiere saber quién la tiene más larga, y dejarás escapar la oportunidad de tu vida? ¡Elige!

Había elegido ser un hombre, claro. Se había tragado el orgullo y había elegido ser un hombre... que la seguía como un perrito.

La sola idea de que se fuera con otro se le hacía insoportable.

Muy bien, reina. Como tú digas. Hagámoslo.

Con todo y con eso, había tratado de hacerle ver que su plan para colocar la mercancía era demasiado optimista. O ese primo suyo era el puto Heisenberg gallego, o las cosas podían ponerse muy chungas. Pero ella tenía confianza ciega en el Laureano de los cojones —quería tenérsela— y también le había soltado que para eso estaba él. ¿No eres un poli cabrón y *echao p'alante*? ¡Pues gánate un poco la pasta, que estamos hablando de cuatro millones!

Sumiso, había aceptado pulpo como animal de compañía.

Si el primo era tan fantástico como creía, bingo. Y si no, haría lo que pudiera para salir del paso. A lo mejor la perspectiva de cargarse a un poli de otro país les hacía echarse atrás...

Y si acababan en el fondo del mar, matarile, rile, rile, dentro de un bidón, pues al menos sería juntos.

Hasta ese extremo estaba colgado con ella.

¡Si sería idiota!

A cambio de su devoción, lo había dejado tirado, arrancándose el hígado con aquellos dos serbios hijos de su madre. Sin mover ni un dedo para ayudarlo, ni siquiera quedarse por los alrededores, a ver qué pasaba. Se había largado sin mirar atrás. No había podido dejar de pensar en ello desde aquel día y siempre llegaba a la misma conclusión: lo que quería en realidad era que lo mataran. O, todavía mejor: que se mataran entre ellos. De ese modo toda la pasta sería para ella solita. Sin nadie con quien repartir y nadie a quien sentirse atada.

No había otra manera de verlo. Habría podido ir a por la pistola y ayudarlo. Pero había preferido dejarlo allí.

Hija de puta.

Y yo que te quería…

¡Eh! Y aún queda la última y suprema idiotez que añadir al *pack*: haber dejado viva a Elsa. Porque si de algo estaba seguro era de que ella ya le habría echado encima a todo el cuerpo de los Mossos, la Interpol, la CIA y hasta los putos Vengadores. Y no la culpaba. Lo que le había hecho era muy gordo.

Cuando, en el piso de Vicky, le había preguntado qué demonios iba a hacer con ella, mientras la apuntaba a la cara con la Walther, no lo tenía decidido. Lo más sensato habría sido aplicarle el mismo masaje en la nuca que a la serbia y después enterrarlas de ladito, para que se hicieran compañía. Eso habría dejado a Cranston descolocado y le habría dado más tiempo para huir y borrar su rastro.

Pero una cosa es llevarse por delante una escoria como los serbios y otra muy distinta una buena tipa como Elsa. Una buena tipa que, para colmo de males, era su compañera y con quien se había liado.

Había matado a dos personas, sí. Y posiblemente habría matado a Vicky si la rubia no se le hubiese adelantado. Pero no era un asesino.

Al menos, no la clase de asesino que se requiere para esa clase de situación.

Resumiendo, que la había dejado respirando, pese a saber que ella no le daría tregua. Que sacrificaría su carrera y todo lo que hiciera falta para que lo detuvieran. Y que, si eso sucedía, diría la verdad en el juicio y se hundiría con el barco, como el capitán del Titanic.

Esa era *su* Elsa. Y en parte era por eso por lo que no había podido matarla.

No se lo merecía.

Cosa que no podía decirse de los otros tres.

Punto final.

Se levanta de la cama desvencijada donde se ha estado consumiendo las últimas horas y se acerca al ventanuco que ilumina (mal) y ventila (peor) aquel antro. Le han dicho que no se queje, que tiene las mejores panorámicas del establecimiento: una vista de reojo de la fachada de piedra caliza y los paneles de cristal curvo del Museum aan de Stroom, que se levanta en el Bonapartedock, entre antiguos almacenes reconvertidos en *lofts* impresionantes y embarcaciones de recreo que cabecean, ancladas en la dársena.

Pues eso: que aún tendrá que pagar un extra por aquella mierda.

Aunque fuera no hace precisamente calor, lleva solo los *boxers*. El resto de la ropa está colgada en el respaldo de la silla, tan precaria como el resto del mobiliario. Las chapas de identificación, tipo ejército americano, que lleva colgadas del cuello tintinean al ritmo que él les marca. Una lleva su nombre y la otra, el de ella. No llegó a enseñárselas nunca, porque sabía que se habría reído de él. Pero incluso después de todo lo que ha pasado continúa llevándolas.

Otro ejemplo de lo patético que llega a ser.

Echa otro vistazo al marco incomparable que se le abre a los pies y después vuelve a consultar el reloj. Han pasado más de doce horas y sigue sin saber nada de De Bruin. No confía en él. Y tiene motivos. Con la excusa de la posible conexión con los Panthers, consultó la base de datos de la Interpol sobre los peristas que trabajan en esa ciudad. Basándose en los informes que había leído, él parecía el más adecuado para asumir un cargamento de aquellas dimensiones. Pero tenía un historial que ahí es nada. Con tiempo, se le habría acercado tomando las precauciones necesarias. Pero, tal y como habían salido las cosas, ha terminado llamando a su puerta como si hubiera encontrado su dirección en una guía turística: a su derecha, el Museum de Reede, que alberga una magnífica colección de grabados que abarcan cinco siglos de artes gráficas.

Un poco más adelante, la Sint-Pauluskerk, que se caracteriza por su elegante combinación de gótico y barroco. Y, a su izquierda, la madriguera de Jan De Bruin, uno de los contrabandistas de diamantes con más pedigrí del país. Si no llevan joyas, es inofensivo; pero vigilen sus pertenencias, por si acaso.

Hace horas que tendría que haber dado señales de vida. Pero la llamada no se produce y él no puede hacer otra cosa que esperar. Ojalá se hubiese agenciado una pipa —no podía subir la suya al avión sin levantar la liebre y tuvo que dejarla en Barcelona—, pero no tiene dinero ni contactos para conseguir otra. O sea que está indefenso. Siendo realistas, puede dar gracias que De Bruin haya querido hacer tratos con él. Nadie llama a esa puerta con veinte millones de euros en diamantes, que queman como el napalm, y espera que lo reciban. Y menos aún cuando la primera confirmación que hagan sobre ti te identifique como agente de la policía catalana. Por suerte, el perista es un hombre de negocios ambicioso y no un pistolero de gatillo fácil. Y veinte kilos son muchos kilos, especialmente cuando quien te los ofrece está en una situación tan jodida.

Un dólar por cada veinte, le había dicho. Y gracias. Si no, ahí está la puerta.

Un robo, sí. Pero, aun así, mucha pasta. Y necesitará hasta el último céntimo si quiere esconderse los próximos dos o tres años con garantías. De momento, el mismo De Bruin le ha ofrecido los papeles necesarios... por un suplemento de cincuenta mil euritos.

Otro atraco. Pero que ha aceptado gustoso. Cuanto antes pueda salir de Europa y camuflarse entre el caos de algún gigante asiático, como Bangkok, Yakarta o Manila, más oportunidades tendrá de salir de esta. Una vez en la otra punta del mundo, ya gestionará mejor el patrimonio. Ahora toca dejarse tangar y dar las gracias.

Vuelve a echarse en la cama. Cierra los ojos y ve a Vicky. ¡Joder, qué buena estaba! Ella y cuatro millones de euros. Hubiera sido la bomba. ¡Y había estado tan cerca! Una vez más, como cien veces más en los últimos días, se pregunta si todo aquello ha merecido la pena. Ninguna tía lo merece, le repite el cerebro. Esta sí, discrepa una parte más central de su cuerpo.

Inesperadamente, piensa en Elsa. No hay dos mujeres más diferentes. Y, aun así, la *mossa* tiene su puntito. En otras circunstancias..., vete a saber.

Como hace siempre que está demasiado tenso, empieza a tocarse. Si no hay otra forma de quitárselo, lo eyaculará. Sabe que le funciona. Al menos, por un rato. Y luego, con suerte, llamará el mamonazo de De Bruin y se pondrán en marcha.

Las imágenes de ambas mujeres se suceden en su cerebro sin que logre decidirse por ninguna. Sobre el papel, no hay color. Pero la traición de Vicky y la manera tan desesperada de Elsa de entregarse equilibran ligeramente la balanza.

Está tan concentrado en aquello que no oye los pasos en la escalera hasta que ya es demasiado tarde.

Cuando la puerta revienta y dos hombres entran, con las pistolas por delante, trata de saltar de la cama. El que va delante le asesta un culatazo que lo devuelve al colchón. Sin tiempo para recuperarse, el mismo tipo le mete el cañón en la boca, rompiéndole un incisivo.

—Quieto, cabrón. O te pego un tiro.

La voz tiene un acento metálico. Eslavo. Santi entiende demasiado tarde por qué De Bruin tardaba tanto.

Tenía que darles tiempo a llegar.

Cuando recupera el sentido, nota la cara tumefacta y un dolor sordo en todas partes. En las concavidades de su cuerpo suenan miles de diminutos cristales de dolor y, con cada pequeño movimiento, tropiezan unos contra otros provocándole una neblina de sufrimiento atroz. Entreabre los labios, pero antes de poder pronunciar palabra, pone los ojos en blanco y se desmaya otra vez.

El serbio lo abofetea para hacerlo regresar.

—¡Despierta, hijoputa! Ya dormirás luego. Ahora todavía tienes que responder a unas preguntas.

Santi nunca hubiera imaginado que se podía sufrir tanto. Le han arrancado las uñas de manos y pies y también la mayoría de los dientes. Tiene una rodilla rota y tantos golpes en la cara que la inflamación le ciega completamente un ojo. En el otro le han practicado un corte para que la sangre brote y pueda abrirlo parcialmente, como hacen a los boxeadores que están recibiendo una paliza.

Como si lo estuviera mirando a través de un cristal sucio, ve la cara del hombre que tiene delante. Un tipo a medio camino de la sesentena. Masivo. Con el pelo y la barba nevados, la nariz bulbosa y los ojos de un azul sucio, pero despierto. Viste una especie de abrigo oscuro, con capucha, que lo hace parecer un fraile. O un asesino.

Lo mira con los ojos de un lobo perverso que se relame ante el cabritillo que se dispone a devorar.

Habla. Solo un par de frases. Cortas e implacables como el martillazo que le ha fracturado la rótula.

—Dice que esto no tiene por qué seguir más tiempo —traduce el hombre que lo ha estado torturando—. Puede acabar ahora. Solo dile lo que quiere saber y podrás descansar.

Sí. Descansar. Dormir. Cerrar los ojos y hundirse en aquella negrura que lo aleja del sufrimiento y le concede un olvido misericordioso.

Escupe, mezclado con sangre, el lugar donde ha escondido los diamantes. Después, como puede, cuenta también donde enterró a los dos serbios en Barcelona.

El hombre de la capucha se le acerca y lo contempla por última vez. No recuerda haberle infligido tanto dolor a nadie, ni durante la guerra ni después.

Y a pesar de todo, le parece que todavía no es suficiente.

Le dice al verdugo, que se ha sacado la pistola de la cintura y acaba de amartillarla, que todavía no.

—*Ne još. Odrežite jaja y pojedite ih. Onda ga mož ete ubiti.*

Se vuelve para irse. Mientras se dirige hacia la puerta todavía oye cómo Santi se da cuenta de lo que ha pasado y lloriquea. Primero flojito, y luego tan fuerte como es capaz. No entiende lo que dice, pero no le hace falta para saber que está suplicando que lo maten de una vez. Que él ya ha hablado. Que por favor.

Antes de que se los corten y se los metan en la boca, los genitales de Santi ya han reconocido que ni siquiera un bellezón como Vicky se merecía que tuvieran que pasar por esto.

26

Vicky vuelve a mirar atrás.

Nada.

Aguza el oído.

Tampoco.

Respira.

Lleva casi veinte minutos andando, poseída, por las calles de Barcelona. Primero con el *trolley* en brazos, para no armar tanto alboroto, y, cuando ya no ha podido más, arrastrándolo. Ni siquiera el croc-croc-croc de los ruedines traqueteando sobre las irregularidades de la acera la ha delatado.

Nadie la sigue.

Endereza el cuello, acorta el paso e intenta recuperar el aliento.

Lo ha conseguido.

¡Sí, joder, lo ha conseguido!

El corazón deja de bombear adrenalina a través del flujo sanguíneo y, de repente, se siente cansada. También se da cuenta de que tiene la pierna izquierda húmeda y viscosa. Baja la vista y ve que tiene una buena mancha roja en el blanco de los pantalones. Aquella zorra debe de haberle hecho un corte antes de dejarla escapar. No puede ser grave, porque no duele nada y hace un buen rato que anda sin problemas. Pero tendrá que cambiarse de ropa.

Suerte que los pantalones son de Zara. En la maletita lleva otros, aunque no combinan tan bien. Solo espera que la blusa no se haya manchado. Cuando pueda entrará en un bar, se cambiará y se limpiará la herida.

Trata de orientarse. Las calles están oscuras y ella no conoce bien el barrio. Se siente tentada de llamar a un taxi para que la lleve a la estación, pero le da miedo que el conductor pueda recordarla. Dragan la ha instruido bien sobre cómo no dejar pistas. Decide que irá en metro. Está un poco cansada, pero se encuentra bien. Solo necesita parar un poco y recuperar el aliento.

Mientras anda cada vez más lenta, va repasando mentalmente lo que la espera a partir de ahora. Pontevedra está lejos y el viaje en tren será un palo. Pero le parece más seguro que tomar un avión, donde todo está mucho más controlado. No, mejor un AVE hasta Atocha y allí ya verá qué posibilidades tiene. Llamará a Laureano para avisarlo de que va y le lleva un regalito. Que vaya moviendo sus contactos. Conoce a su primo y sabe que, para que todo vaya como la seda, tendrá que permitirle algunas concesiones.

¡Bah! Le hará un par de pajas. Para engrasar los engranajes, que decía Roger. Es mejor tenerlo contento. Con eso y un buen pellizco de lo que saquen está segura de que puede confiar en él. Y si con eso aprueba la asignatura que tiene pendiente con ella desde que eran adolescentes, pues mejor para él.

Ahora no puede ponerse tiquismiquis. Le falta tan poco para tener lo que siempre ha soñado. Y sin necesidad de cargar con ningún imbécil de propina.

Cuando pone el pie en la calzada, para cruzar, nota la primera punzada en el costado. ¡Ay! ¡Qué heridita más molesta! ¡Ojalá Santi le haya sacado las tripas por la boca! Un segundo antes que ella a él…

Lamenta un poco haber tenido que dejarlo allí. Sin él no lo habría conseguido. Pero más siente lo que le ha hecho a Dragan, y no le ha temblado el pulso. Después de todo, Santi solo era un pobre diablo muy guapo. En cambio, el serbio sí era un hombre con quien hubiera podido pasar mucho tiempo. ¡Pero no en el culo del mundo, por Dios! ¿Qué sentido tiene ser rica si no puedes disfrutar del dinero? Todavía no entiende cómo no pudo hacérselo entender.

En fin, las cosas han salido de ese modo. Tampoco piensa rasgarse las vestiduras. Lleva toda la vida dándoles a los hombres lo que querían. Ya es hora de cobrarse las deudas. Mejor ella a ellos que al revés, como de costumbre.

Pero a Dragan lo echará de menos.

En fin, en Miami ya conocerá a alguien. Tiene claro lo que piensa hacer: cogerá los tres millones y medio e invertirá una buena parte en construirse la imagen con la que siempre ha soñado. Una mujer joven, independiente, rica. Se paseará por los locales de moda y las discotecas más exclusivas de Florida. Se hará ver. Y escogerá. Esta vez sin prisa. Sí, claro, dos millones no son doscientos. Pero son suficientes para que ya no se te vea como una cazafortunas cualquiera, sino como alguien a quien puedes mirar como una igual. Puede que hasta haga algunas inversiones, a ver si es capaz de incrementar lo que ya tiene. ¿No sería irónico que al final fuese ella la ricachona a quien se le acercaran los macizos?

Ni de coña. De esos ya ha tenido bastantes. Pero estaría bien conseguir aún más pasta. ¿Cómo era lo que decía la aristócrata esa? ¿No se es nunca lo bastante rica ni se está nunca lo bastante delgada? Pues eso.

Ahora el costado empieza a molestarle en serio. Cada vez que tiene que poner el pie en el suelo, la herida protesta con un latido de dolor. Mira a su alrededor, para ver si encuentra un bar donde poder cambiarse de ropa y quizás vendarse un poco. Pero está todo cerrado. Tal vez en la estación.

Ahora está cansada de verdad. Es normal. No todos los días te peleas con una atracadora internacional y sales como una rosa. En el tren podrá dormir un buen rato. Cuando llegue a Madrid volverá a estar al cien por cien.

Veamos, ¿por dónde iba? ¡Ah, sí! Metro, estación, cambiarse, AVE, y adiós para siempre, Barcelona.

¡Lo has conseguido, Vicky! ¡Lo has hecho!

Se siente desbordante de euforia. Ha pasado unos días muy nerviosa, ahora ya no tiene sentido negarlo. Y hoy ha sido el peor. Pero ha merecido la pena. Lo que siempre has querido a cambio de un corte en el costado y el recuerdo de un hombre que te perseguirá algún tiempo, pero del que, seguro, te acabarás librando.

El negocio del siglo.

Cuando sale a la plaza Medinaceli desde Nou de Sant Francesc vuelve a sentir como un duendecillo maligno le hurga el flanco derecho. Por un momento, necesita apoyarse en la fachada del edificio que tiene al lado. ¿Sabes qué? Mejor se deja de tantas precauciones y toma un taxi. Al final, ¿qué podrá decir el taxista si lo interrogan? ¿Recogí a una chica muy guapa que llevaba una maleta? ¡Uy, sí! ¡Señor juez, lléveme presa!

Solo al poder apoyarse en el *trolley* disimula lo vacilantes que son ahora sus pasos.

Decide atravesar la plaza e ir hasta el paseo de Colón, donde podrá encontrar un taxi sin dificultad. A medio camino, ve el banco y decide sentarse.

Necesita parar un momento y recuperar el aliento. Además, sentada parece que le duele un poco menos.

Dos minutos. Después se levanta y se va a la estación.

Deja la maleta a su lado, muy cerca. La ciudad está llena de ladronzuelos y ya tendría bemoles que, después de todo lo que le ha costado, se dejara arrebatar su nueva vida por un robacarteras de mierda.

Joder. Ahora le duele de verdad.

Baja la mirada y le parece que la mancha roja que tenía hace un rato se ha extendido por toda la pierna. No puede ser. Será la luz. Una vez más, desea que Santi le haya dado lo suyo a la rubia loca. Dragan no mentía cuando le habló de ella. Como un cencerro y de lo más leal. Tienes que serlo mucho para meterte en la boca del lobo y enfrentarte a una pistola solo con un cúter de mierda para salvar a tu novio.

Y también hay que ser muy idiota. Ningún tío lo merece. Y mira que le reconoce que Dragan era cosa fina. Pero ¿y qué? Puedes ser fiel y estar muerta, como seguro que lo está ella, o mirar por ti y cargar con cuatro millones de euros mientras pones rumbo a todo aquello con lo que has soñado.

¡Ya me dirás qué es mejor, monina!

¿Tanto le querías? ¡Pues todo para ti! Brindaré por vuestro amor trágico junto a la piscina, bajo el sol de Miami, mientras espero a que alguno de esos cubanos ricos y guapos a rabiar venga a tirarme los tejos.

No se había dado cuenta de que estaba tan cansada. Qué bien le ha venido este banco. Un par de minutos más, para recuperar el aliento, y en marcha.

Solo espera que no se le manche la blusa. Es muy bonita y no quiere que se eche a perder.

Cierra los ojos un momento. ¡Qué sueño! Ya dormirá en el tren, allí nadie le robará la maleta. Se buscará algún caballero andante que quiera hacerle un favor a una chica desvalida mientras ella se echa una siesta. ¡Ay, gracias! Eres tan amable, echándole un ojo. Voy de culo en el trabajo y hoy no he podido dormir como es debido. Eres un sol, de verdad. ¿Si me apetece un café esta tarde, antes de regresar? Claro, ¿por qué no? Pásame tu número y te llamo cuando esté libre, ¿te parece?

Patéticos. Son todos iguales. Tan previsibles.

Pero eso es historia. En Miami las cosas serán muy diferentes. Ya lo veréis.

Sonríe. Está agotada, pero feliz. Miami será la bomba. Le encantaría encontrarse a Roger allí. Trabajando en un McDonald's por cuatro pavos la hora. Y pasar ella por delante, conduciendo un cochazo y sudando billetes de veinte. Lo sacaría un par de veces a cenar, le dejaría que se hiciera ilusiones para después tirarlo, como hizo él.

Pagaría por ver aquel sueño hecho realidad.

Se tendría que ir levantando. Nadie la persigue, pero ya no queda tanto si quiere coger el primer AVE hacia Madrid. No tiene fuerzas. Se está bien en aquel rincón.

Solo un momento, para coger aliento, y se pone en marcha.

Tiene que cambiarse los pantalones antes de entrar en la estación. Allí siempre hay policías y no puede presentarse con una mancha de sangre en la ropa.

¡Todo son problemas! ¿Por qué no pueden dejarla en paz? ¿Y qué si va manchado? La ropa es suya, ¿no? Ya no saben qué hacer para impedirle que haga realidad su sueño. Pero no lo conseguirán. ¡Lo ha hecho! ¡Lo ha conseguido! Y ya nada podrá apartarla de la vida que se merece.

Se da cuenta de que al otro lado de la calle hay un hotel. El Soho House. Tiene buena pinta. Seguro que dentro podrá cambiarse y lavarse. Los pantalones ya los puede tirar. Da igual. En Miami se comprará docenas.

Otra punzada en el costado. ¿Por qué le duele tanto? ¡Pero si cuando la ha pinchado ni lo ha sentido! Qué extraño es el cuerpo.

Trata de levantarse, pero el cuerpo no le responde. Está tan cansada.

Se quedará solo un momento de nada. El tiempo justo para recuperar el aliento.

Pero no mucho. Su vida soñada la espera. Al alcance de la mano. Y no quiere hacerla esperar más. Lo que pasa es que tiene que ser prudente. No puede perderlo todo por un error estúpido.

¿Qué tenía que hacer?

¡Ah, sí! El tren. Decidido: cogerá un taxi. Tiene todo el dinero del mundo para pagárselo.

Hace un esfuerzo terrible y mira a su alrededor. Es como si, en lugar de amanecer, se hiciera más de noche. Las formas se difuminan lentamente. ¿El hotel sigue ahí?

¡No seas burra! Pues claro.

Ahora voy. Un momento. Solo para recuperar el aliento.

Nota algo, tibio y pegajoso, chorreándole por el tobillo. Baja los ojos para ver qué es, pero ya solo encuentra negrura. ¿Qué le pasa al sol en esta mierda de ciudad? ¿Se ha declarado en huelga?

Piensa en Miami. Allí tendrá todo el sol que quiera.

Y ropa.

Y dinero.

Y hombres. Con suerte, alguno hasta se parecerá a Dragan.

Será maravilloso. Lo que siempre ha soñado.

¡Lo has hecho, Vicky! ¡Lo has conseguido!

Y aquel pensamiento, el último, la hace sonreír.

Cuando la ve entrar en el local, Elsa levanta el brazo para llamarle la atención. La recién llegada la detecta y se le acerca. Es exactamente como se la ha descrito Savall: morena, muy delgada y ligeramente más alta que ella; peinada con flequillo y cola de caballo. Viste un traje de chaqueta blanco sin nada debajo, excepto unos cuantos collares largos de bisutería. Con poco maquillaje en los párpados y un toque de pintalabios rosa. La cara, angulosa, y la nariz, recta y perfecta, tampoco necesitan más aditivos.

—Hola! —la saluda cuando llega a la mesa—. Eres Elsa, ¿verdad? Soy Mónica Vidal.

Levanta ligeramente el trasero de la silla y la invita a sentarse.

—¿Te apetece tomar algo? —Con una mueca de disculpa señala la botella de agua que tiene delante.

—Una Estrella, sí —acepta Mónica. Saca el iPhone del bolsillo y lo coloca sobre la mesa—. Cuando quieras empezar, lo encenderé, ¿de acuerdo?

A Elsa se le nota que no le gusta la idea.

—Mira, si la cosa es como me ha insinuado Sandra, tengo que grabarte sí o no —se justifica la periodista—. Sería la primera vez que revelo una fuente, también te lo digo. Pero no puedo escribir determinadas cosas sin tener un seguro. Espero que lo comprendas.

Elsa se rinde. Solo sabe de periodismo lo que ha visto en las pelis y, desde luego, si estuviera en la piel de la otra, también querría grabarla. Es el ABC. Como eso de leerles los derechos a los detenidos.

El camarero aparece brevemente para dejarles la cerveza y una copa. La periodista pasa de la copa y da un trago directamente de la botella. Ella no puede evitar mirarla de reojo. Ya no va por el mundo con pinta de borracha, pero daría el sueldo de un mes por poder terminarse esa cerveza. En las reuniones le han asegurado que, con el tiempo, se le irá pasando. Que dentro de poco podrá estar junto a bebedores sin sentir esa sed. Que es una etapa. Que bla, bla, bla.

No sabe si creérselo. Pero es lo que hay.

—¿De qué conoces a Sandra? —pregunta, en parte para quitarse la cerveza del pensamiento.

—Teníamos un amigo común. Lluis Artigas.

Ah, claro, sí. Se lo había dicho: el de los tres kilos. Elsa no ha llegado a coincidir con él, pero ha oído la historia, como todo el mundo. Su yo anterior habría sido implacable con él. La persona que es ahora intenta ser mucho más indulgente. Por lo de la paja, la viga y todo eso...

—Es verdad. Me lo había comentado. —Una pausa—. Sandra dice que eres muy buena. La mejor, de hecho. Me leí los artículos que escribiste sobre el *conseller* Turó y tengo que decirte que estoy de acuerdo con ella. Son cojonudos.

Mónica da otro trago. El flequillo se le balancea sobre las cejas y la hace parecer más joven de lo que es.

—Sandra me quiere. Y la maternidad la ha vuelto... digamos un poco boba. No sé cuál será tu excusa... Pero gracias. Se hace lo que se puede. De todos modos, si no te lo ha dicho nuestra amiga abogada, te aviso yo: por mucho que me hagas la pelota no te dejaré leer lo que escriba antes que al resto del mundo.

Lo dice sonriente. Para quitarle hierro. Pero la *mossa* entiende que no bromea. ¿Cómo dijo, Savall? ¿Insobornable? ¿Como los de Eliott Ness? No, esos eran intocables.

—No lo pretendo. Pero sí tengo una condición. Espero que te haya hablado de eso…

Ahora es Mónica quien parece un poco incómoda. Le habló de eso, es verdad, pero no le gustan las condiciones. Y menos aún cuando se trata de trabajo. Sandra asegura que la poli es de las buenas y, aunque le cuesta admitirlo, valora mucho su criterio. Por eso está ahí.

—Mira, te propongo una cosa: tú me lo cuentas todo, de cabo a rabo, y después me dices lo que esperas que haga. Si me parece aceptable, hay trato. Si no, borro la grabación delante de tus ojos y aquí paz y después gloria.

—¿Tengo que contártelo todo antes de estar segura de tu respuesta?

—Me temo que esa es la parte no negociable. Es lo que tiene estar sentada con la mejor periodista de Barcelona, según tus propias palabras, te lo recuerdo: que me gusta conocer la historia sin censurar. Y si al final no juego, me quedaré con las ganas de saber lo que falta.

Elsa bebe un trago de agua para darse tiempo a responder. La periodista se compadece de ella.

—No te apures, no voy a hacerte ninguna putada. No soy de esas. Y, además, Sandra ya me ha advertido de que si me pongo borde me retira las visitas a mi ahijada. Y, entre tú y yo, la echaría de menos. ¡Aunque negaré haberlo dicho!

En realidad, Elsa no tiene otra opción. Si quiere salir bien parada del asunto, necesita la colaboración de alguien como ella. Y no encontrará a nadie que sea más de fiar. La mira. Le cae bien. Y Sandra pone la mano en el fuego por ella.

—De acuerdo —acepta—. ¿Cómo se llama el digital para el que trabajas?

—*El Republicà.* —Pone los ojos en blanco. Sí, ya lo sé, ya lo sé. Pero es que el accionista mayoritario es tonto del culo—. No te dejes engañar por la cabecera. No somos el *Washington Post*, pero ya querrían muchos. ¿Empezamos?

Acerca el índice al botón rojo del teléfono.

—Cuando quieras.

—Pues, *on the record*.

Y Elsa se lo cuenta todo, todo y todo. Tanto lo que se refiere a ella misma —el hallazgo del cuerpo a la puerta de su casa, la aparición tan conveniente de Santi, el descubrimiento de la conexión con los Panthers, la entrada en juego de Cranston, la traición de su compañero y la actuación tan inesperada que acabó teniendo el detective— como lo que saben de los otros implicados —quién era Vicky y qué la motivaba, Dragan Jelusic y el atraco a la Miralles, el papel que jugó Stana y el trato final con Pavel Rakic—. No se olvida ni de sus problemas personales ni de mencionar que se fue a la cama con Santi.

Cuanto concluye, Mónica hace un buen rato que ha secado la botella. Se incorpora y detiene la grabación. Es un archivo de casi una hora.

—¡Jo-der! —exclama—. ¿Ves como tenía que obligarte a contarlo todo? Después de lo del vudú creía que nunca volvería a toparme con una historia parecida. Pero esta tiene muy poco que envidiarle. Había oído campanas sobre los Pink Panthers, pero después de lo que me acabas de contar tengo que admitir que son la bomba. No entiendo que todavía no tengan serie en Netflix. —Suspira, hace una pausa y decide que ya es hora de ir al meollo—. Bien. Supongo que ahora es cuando viene el tío Paco con la rebaja, ¿verdad? ¿Cuáles son tus límites?

Elsa baja la vista. Le cuesta reconocer que la ha cagado tanto y necesita ayuda para salir del lodo. Y más aún con alguien como Vidal, que es un águila en lo suyo.

—Como ya habrás deducido, mi actuación en todo este asunto ha sido... una mierda. He infringido media docena de reglas, cada una de las cuales podría significar, yendo bien, mi expulsión del cuerpo, y, en el peor de los casos, varios años de cárcel. He trabajado estando borracha. Me he dejado engañar por mi propio compañero delante de mis narices. Me he acostado con él. He pasado información clasificada a un tercero. Y he permitido... He permitido que...

Tiene que callarse. Otro trago. Largo. Mónica le da todo el tiempo del mundo. No tiene ninguna prisa.

Al final, consigue continuar:

—No tengo claro que no me merezca que me echen. O que me encierren. He sido una policía de mierda, eso lo sé. Y como persona tampoco merezco muchos más puntos. ¿Tú qué crees?

La pregunta coge Mónica a contrapié. ¿Importa su opinión? Parece ser que a ella sí.

—Mira..., soy la persona menos indicada del mundo para juzgarte. He estado muy cerca de donde estás tú ahora, ¿sabes? La gente la cagamos. Tooooodos los días. Si tenemos suerte, encontramos la manera de compensarlo. Si no... pues como el Titanic. Particularmente, detesto que los barcos se hundan. —Inclina la cabeza y le dedica una mirada cargada de complicidad—. ¿Qué haría falta para evitar que chocaras con el iceberg? Porque es de eso de lo que va este asunto, ¿no?

Elsa esboza una sonrisa triste. De eso, sí.

—La idea de Cranston, y también de Sandra, después de haberla puesto al corriente, es la de hacerme quedar como la heroína de la historia. A ningún departamento de policía del mundo le gusta admitir que tiene manzanas podridas en su cesto. Si lo que se le da a la opinión pública hace quedar bien al cuerpo, harán la vista gorda con lo demás.

—¡Casi *ná*! ¿No quieres un poni, también? Ya puestas...

Mónica tiene suficiente para hacerse una idea de la situación. Le están pidiendo un titular que deje a la policía catalana a la altura de las mejores de Europa y una historia donde una *mossa* dedicada y tenaz recupera un botín de más de veinte millones de euros, y resuelve el asesinato de una chica, dos por el precio de uno. Una fábula donde no caben ni Santi González ni Harry Cranston y que pase de puntillas por el triste final de Dragan Jelusic y Stana Rakic. Y, encima, en sintonía con el *Girl Power* tan en boga.

Una historia al estilo de la peli esa que la fastidió tanto: *Ahora me ves*; limpia, espectacular, segura. Donde las cosas acaban como tienen que acabar, a pesar de que por los agujeros que presenta el guion para conseguirlo se pueda caer un camión, con remolque y todo. No, se corrige a ella misma: lo que le piden es que su guion sea mucho mejor y no tenga agujero alguno. Por mucho que, como dirá lo que todo el mundo quiere oír, no haya peligro de que nadie venga a ponerle pegas. Igual que los espectadores, contentos y divertidos, se tragaron las incongruencias de aquella peli al mismo ritmo que las palomitas.

Panem et circenses. Dos mil años y continúan en la época de los césares.

¡Mierda! Detesta que la utilicen. Y la jode aún más tener que tragarse una historia tan cojonuda como esa. Aunque de eso, los Vidal —una estirpe de periodistas que ya va por la tercera generación— tengan una larga tradición. ¿No es cierto, bisabuelo Pol?

Bueno, ella no se la tragará exactamente. Solo la endulzará. La convertirá en un cuento para todos los públicos. Ahora mismo no sabría decir si es un adelanto o un retroceso. Ya lo pensará mañana, como Scarlett O'Hara.

—Antes de acceder a escribirte ese cuento de hadas, necesito saber un par de cosas…

—Dispara.

—Primera: ¿no habrá nadie por ahí dispuesto a romper una lanza por Santi? Porque eso sería un problema.

—No. Sus padres están muertos. No tenía hermanos, ni mujer. Y en el cuerpo tampoco le quedaban amigos. Algo parecido a lo que pasó con tu amigo Artigas…

Mónica todavía nota una punzada cada vez que escucha ese nombre. La disimula muy bien.

—Vale. Y segunda: si lo hago, ¿me das tu palabra de que encontrarás la manera de compensarlo? ¿De que no me arrepentiré de haberte ayudado?

La *mossa* contesta enseguida. Como si ella misma ya se hubiera hecho la pregunta antes.

—¿Sabes qué…? Podría decirte que sí. Que me esforzaré al máximo. Que me lo mereceré. Que seré una niña buena. Que si patatín, que si patatán… Pero la puta verdad es que no lo sé. Estoy mejor, sí. Llevo ropa limpia, voy a las reuniones y hace catorce días que estoy sobria. Pero estoy rota por dentro. Y no sé si el Loctite que me estoy aplicando será suficiente, o si la grieta es de las que ya no tienen remedio y se parten a la menor presión. No lo sé. Lo intento. Cada día. Es lo máximo que te puedo decir.

Si le hubiese puesto cara de angelito y le hubiera asegurado que sí, que lo lograría, a Mónica le habría costado más acceder a participar en aquel tinglado. Pero la avalancha de sinceridad con la que acaba de empaparla es demasiado convincente. También tienen mucho que ver la cantidad de cosas que comparten. Fantasmas, alcohol, hombres que las han dejado. ¡Por el amor de Dios! Si hasta se han acostado las dos con polis corruptos, que ahora están muertos. Por mucho que Artigas fuera mejor…

Y comprende por qué Sandra ha insistido tanto en que lo hiciera ella. Después de lo dura que fue con el *conseller* Turó y el intendente Jubany, sería la periodista menos sospechosa de estarles haciendo la pelota a los Mossos. Si los dejaba bien, tenía que ser porque se lo merecían.

Mira, tú, Sandrita. ¡Qué maquiavélica ella! Ahora entiende por qué le va tan bien el nuevo chiringuito. Ya ajustarán cuentas…

—De acuerdo —cede por fin—. Os escribiré el cuento que queréis. Y trataré de que se publique de manera que obtenga la mayor repercusión posible. Incluso capada, la historia se las trae. Pero conste que solo lo hago porque creo que con todo lo que ya se ha perdido, no es necesario que tú también te vayas por el desagüe. Bueno, por eso y porque quiero seguir viendo a Claudia de vez en cuando…

Elsa hace una mueca indescifrable y se acaba el agua. Todavía mataría por una gota de alcohol.

—Gracias.

—No se merecen. Así haré las paces con el cuerpo. No se puede estar siempre de malas con la poli. ¡No tienes ni idea de lo hijos de puta que pueden llegar a ser!

Elsa sonríe. Y tanto.

—¿Sabes qué es lo que más me jode? —le confiesa la periodista, empezando a recoger—. Que los grandes beneficiados de todo esto habrán sido los de la compañía de seguros. ¡No soporto a esas sanguijuelas! Hacen lo que sea para no pagar.

Elsa piensa en Cranston. Lo que sea, sí. Literalmente. Pero a ella le habrá salvado el cuello.

Mónica se levanta y se estrechan las manos.

—Escucha… Ya sé que ahora debes sentirte como un trapo sucio —le dice, siguiendo un ramalazo inesperado—. Pero yo he pasado por eso. Y ¿sabes qué? Lo estás haciendo bien. Lo conseguirás. Estoy segura. Y piensa que te lo dice la mejor periodista de Barcelona.

Elsa la ve irse por donde ha venido, envidiándola por haber recorrido todo el camino que aún le falta a ella.

¿Lo conseguirá? ¿De veras? A veces, cree que sí. Otras…, le cuesta tanto.

Empieza por hacerse pasar las ganas que tiene de pedir una copa.

Harry Cranston abre la puerta y enciende la luz de su despacho, en Bayswater Road. Aunque la zona es bastante céntrica y tiene Hyde Park allí mismo, los vetustos edificios de dos plantas, que son los que más abundan, hacen que el lugar todavía resulte relativamente asequible. Aun así, si ahora tuviera que alquilar su misma oficina, el precio lo expulsaría hacia zonas mucho menos amigables, como Newham o incluso Dagenham —el Señor no lo quiera—.

Es demasiado tarde para que Meghan esté, aunque ya hace un

par de días que se reincorporó. De un solo vistazo, se da cuenta de que la mano de la chica ha pasado por allí desde que él se fue. No sabe por qué, pero le parece menos caótico. Más aseado.

Se alegra. Aquello no es lo mismo sin ella.

Se acerca a su escritorio y enseguida ve el pósit que le ha dejado pegado en la pantalla del ordenador que tanto detesta usar. *Missed u, asshole*, ha escrito. Y ha añadido una carita sonriente debajo.

Sí. Yo también te he echado de menos.

Harry se sienta en la silla giratoria y pone los pies en la mesa. Es tan de detective de película que no puede dejar de hacerlo.

Duda que se lo pudiera permitir en Berkshire Hathaway Inc. No quedaría serio.

No conoce a nadie que trabaje para una aseguradora que no parezca que le hayan metido un palo por el culo. Cortados por el mismo patrón. Forrados, pero aburridos a más no poder.

Thaw se creerá que le ha hecho el favor de su vida ofreciéndole aquel trabajo, pero lo cierto es que ha sido una mala jugada de cojones. El hombre debe de estar convencido de que es lo menos que podía hacer después de que un mensajero, de esos que van en bici, irrumpiera en su despacho llevando un paquete a nombre del señor John Patrick Thaw. Un paquete sobre el que su cliente ha insistido —y pagado— para que le fuera entregado únicamente en mano.

Echando pestes, el hombre fuerte de la compañía lo ha abierto para descubrir en su interior todas las joyas robadas en el golpe de la Miralles. El pasmo le ha durado apenas un par de segundos.

Condenado Harry. Sabía que hacía bien confiando en él.

Ni un treinta, ni un veinte, ni un diez. El lote enterito y sin tener que rascarse ni una libra.

El chollo del siglo.

Cuando lo ha llamado, no solo ha sido más efusivo de lo que nadie podría recordarlo en sus treinta años en el negocio. También le ha dicho que contara con el doble del *bonus* previsto para esos casos. Y, cuando ya parecía que la cosa acabaría la mar de bien, ha añadido el regalito envenenado:

—Escucha, Harry: ya sé que esto es un poco precipitado, pero Morgan —Henry Morgan, la mano derecha de Thaw, a quien todo el mundillo conoce por el mote nada original, pero que le sienta como un guante, de El Pirata— nos ha avisado de que lo deja a finales de año. Su mujer le ha dado un ultimátum: o el trabajo o ella, ¿te lo puedes creer? El caso es que, ahora mismo, no se me ocurre nadie mejor que tú para sustituirlo. Ya sabes que en los detalles nos pondremos de acuerdo. Pon una cifra y esa será. Bueno, no hace falta que me contestes ahora, pero, ya lo sabes: si lo quieres, el puesto es tuyo.

Y había colgado, despidiéndose como hacen las personas. Seguramente el mejor cumplido que le había hecho nunca, incluida la oferta de ser su número dos.

Llevaba todo el día dándole vueltas.

¿Número dos de John Thaw en Berkshire Hathaway?

Ahí es nada: despacho en la City, cochazo de empresa, un sueldo de seis cifras y la mejor jubilación que te puedas imaginar. Y todo eso solo por supervisar. Lo de ensuciarse las manos, ir de un lado a otro constantemente y vivir siempre a salto de mata sería historia. El trabajo sucio se lo dejaría a algún pringado, como ahora es él. Seguro que hasta podría añadir a Meghan en el *pack*. Claro que, tal y como es, lo más probable es que aproveche la ocasión para dejarlo. Antes se la imagina votando a Boris Johnson que llevando sus rastas a trabajar a la sombra de la cúpula de Christopher Wren.

Entorna los ojos y visualiza a la Moneypenny que le pondrán los de la compañía en su lugar. El sistema totalmente informatizado. Las vistas al Támesis, o a Saint Paul's. Las reuniones. Los objetivos. Las comidas de trabajo. Las hojas de Excel. Las previsiones de riesgos.

Un coñazo. Pero hay que estar loco para decir que no. Una oferta como esa no volverán a hacérsela. De hecho, es un milagro que haya llegado, a su edad. La guinda del pastel. La apoteosis de su carrera. Los: «¿Te has enterado de lo de Harry?»; «¡Sí, chico! Menudo golazo ha marcado, ¿eh?». Incluso la cara que pondrá Virginie cuando se lo cuente, cenando en Le Rabassier. «¡Pues va a ser que al final no estabas tan viejo, *mon ami*!».

Cuatro o cinco añitos en la City y podrá largarse a las Bahamas. ¿Qué clase de idiota no lo querría?

Pasea la mirada por el despacho, tan a su medida. Cuando llega al peluche de la pantera rosa, colgando de la horca en un rincón, se da cuenta de un detalle que se le ha pasado por alto. Se levanta y va hacia él, lentamente.

A los pies de la pantera, en el suelo, alguien ha dejado un recipiente cilíndrico. ¿Un táper? Él no usa. Y no ve a Meghan llevándose la comida al trabajo ni siquiera ahora, que ya es toda una mujer casada.

No, no. Además, hay otra cosa: un sobre grande, debajo.

Se pone en cuclillas y lo observa, sin atreverse a tocarlo. Sí, es un táper. Corriente y moliente. De esos que se usan, sobre todo, para llevar líquidos. Caldo. Sopa…

Y entonces cae.

Lo coge y lo sacude con precaución. Efectivamente, está lleno. Pero si fuese nitro ya habría volado por los aires.

Lo abre y husmea.

Suelta una carcajada.

¡La madre que…! Es la sopa del restaurante de Pavel. Y aún tibia, por si fuera poco.

Luego dedica su atención al sobre. Dentro encuentra la funda de un antiguo disco de vinilo, con la banda sonora original de *La pantera rosa ataca de nuevo*. La ilustración de la portada muestra al célebre felino rosado, con sombrero y pajarita, sosteniendo un peso con dos dedos de la mano derecha. Y debajo, a la altura de sus rodillas, a punto para recibir el impacto, la caricatura del inspector, mirando hacia arriba con una lupa, inconsciente de lo que está a punto de caerle encima.

Cuando busca dentro, en lugar del disco encuentra una nota. *Next time.*

¿La próxima vez? No lo cree. Ni siquiera los Panthers pueden llegar a las plantas nobles de los edificios de la City. Desde su nuevo despacho, Pavel y su mundo de ladrones y pistoleros quedarán tan lejos que no podrá verlos ni comprándose un telescopio.

Adiós para siempre, muchacho. La próxima vez que oigas hablar de mí será de boca de los chicos que habré enviado para hacerte la vida imposible.

Vuelve a la butaca y se sienta. Siguiendo un pronto, abre el táper y prueba un sorbo. Buenísima. Y recién hecha. El muy jodido ha hecho viajar a su cocinero hasta Inglaterra solo para eso. Se apostaría lo que fuera.

Mil cuatrocientas millas para prepararle una sopa. Eso sí que es un detalle.

A algo así no se le puede hacer un feo. Se la termina.

Decidido: mañana llamará a Thaw para decirle que no. Que gracias, pero que le gusta aquello de ensuciarse las manos, vivir como un nómada y pagar a una secretaria para que lo vacile siempre que tenga oportunidad. Pero que se acuerde de él cuando los Panthers vuelvan a hacer de las suyas.

Después vuelve a poner los tacones sobre la mesa. Cloc. Cloc. El *sheriff* Cranston ha vuelto a la ciudad, pringados. Inclina ligeramente la butaca para tener una visión directa de la horca, con la pantera colgando.

Convierte el pulgar y el índice de la mano derecha en una pistola y apunta a la cabeza.

¡Bang!